# EXTASE ARVERNE

JEAN-ARMAND BAPTISTE

# EXTASE ARVERNE

Policier

© 2022 Jean-Armand Baptiste

Édition : BoD – Books on Demand, info@bod.fr

Impression : BoD – Books on Demand, In de Tarpen 42,

Norderstedt (Allemagne)

Impression à la demande

ISBN : 978-2-3224-3785-6
Dépôt légal : Août 2022

**Jeudi , Paris**

Mauvaise-Nouvelle est sur le cours de Vincennes depuis bientôt une heure. Une heure qu'il mate le cul de la nana qui croise en bordure de caniveau. Lui est sous les arbres entre l'avenue et la contre allée. De temps en temps, la fille se penche à la vitre ouverte d'une caisse et fait saillir sa croupe haut perchée. Malgré la pénombre dans laquelle il se dissimule, il aperçoit la couture des bas se tendre sur la cuisse galbée. Elle doit être sacrément bonne pense Mauvaise-Nouvelle en se touchant le sexe par l'intérieur de sa poche. Ça fait aussi une bonne demi-heure qu'il bande ferme, il commence à souffrir et sautille de temps en temps d'un pied sur l'autre pour libérer la tension qui le dérange. La fille vient de se faire embarquer à nouveau, une bagnole pourrie dont Mauvaise-Nouvelle n'est même pas parvenu à reconnaître la marque. De toute façon il n'en voit pas souvent des bagnoles derrière les murs du foyer de Bagnolet où il est enfermé depuis quatre ans; pas de quoi devenir un pro à 'questions pour un champion des tires'. La seule qu'il connaît c'est $CO_2$: C'est comme ça que les jeunes du foyer surnomment la Super 5 de la directrice, une poubelle qui vient leur cracher ses nuages de gaz frelaté sous les narines tous les matins pendant qu'ils sont au garde à vous pour l'appel. C'est la troisième fois que la meuf monte depuis que Mauvaise-Nouvelle la surveille. Pendant les dix minutes que dure la passe il imagine ce qui peut bien se passer dans la voiture qui a chargé la fille. Et ça ajoute à son inconfort. Il regarde nerveusement sa montre fluo, cadran vers l'intérieur du bras. 4h moins le quart, il espère que la tapineuse va finir par se sentir fatiguée ou rassasiée. Puis il revient à son fantasme le plus vif. Il s'imagine à cette même place debout dans la pénombre, la fille est accroupie en face de lui. Elle a la peau brune, elle a retroussé sa mini jusque sur ses hanches. Il peut voir ses longues cuisses gainées de noir et la courbe d'une fesse charnue. Il pétrit à pleines mains les deux globes au silicone qu'elle a sortis du bustier provoquant qui l'exhibe. Elle s'applique sur son sexe qu'il vient de libérer de sa braguette. Il imagine qu'elle en a plein la bouche, se demande si ce sera vraiment le cas et il se met à débander doucement. Puis il passe en revue les différentes étapes du plan qu'il a dressé. Un de ceux qui l'appellent Mauvaise-Nouvelle au foyer lui a refilé le tuyau. Attendre que la gagneuse ait fait le plein vers quatre heures du mat et lui proposer une dernière passe dans un endroit discret, y'en a qui aiment la jeunesse, et là bas la dépouiller et s'échapper sans traîner. Seulement attention : Outre la proie, gaffe le mac et surveille les keufs toujours en maraude le long du boulevard. Mauvaise-Nouvelle est certain que le type qui lui a parlé de la combine pense qu'il n'est pas capable de monter un plan. Seulement, lui, Mauvaise-Nouvelle, il l'a amélioré, le plan. Avant de dépouiller la gonzesse, lui se fera sucer, comme un grand. Il pense que ça n'aura sans doute pas lieu sous les arbres, en voyant passer les bleus pour la dixième fois. Il va devoir renoncer à son fantasme, il espère tout de même que la récolte sera bonne. Au fond de sa poche il fait sonner la collection de pièces dépareillées qui ont fini par faire cent francs ou à peu prés. Elles serviront d'appât, en plus de sa jeunesse : Comment se faire des centaines de keus, et plus, avec seulement cent keus de capital, le remède anti-crise. La tas finit par revenir, elle se remet du rouge à lèvre et minaude sur ses guibolles comme des échasses. Les caisses du premier rang passent au ralenti ,captées par le champ magnétique. Voilà que ça le reprend, à la voir se tortiller de cette façon. Peut-être qu'une pipe ne suffira pas, peut-être qu'elle acceptera une baise pour le même prix. La belle tapineuse se déhanche maintenant sur un rythme que même Mauvaise-Nouvelle trouve suspect et le miracle se produit. Elle se retourne vers le trottoir et se dirige vers les arbres et l'ombre où le jeune gars est à l'affût. Elle vient droit vers lui à allure rapide en tortillant des fesses. Elle est grande et baraquée et il n'est plus certain de pouvoir disposer d'elle aussi facilement. Elle passe tout prés de Mauvaise-Nouvelle et se cale debout face à un arbre. Il la voit distinctement maintenant, plus grande et plus forte que lui, de dos ,les jambes écartées. Elle tourne la tête dans sa direction et met ses mains sous sa mini.

« Regarde pas Trésor .» Elle a une voix étrange, chantante et retenue. Puis Mauvaise-Nouvelle atterrit et il jure entre ses dents. Il n'a plus que deux cigarettes mais c'est le moment d'en griller une et d'abandonner toute idée de touche minette. Il tire sur le filtre jaune en matant la devenue-gonzesse remballer son artillerie tout en se disant que le pompier reste quand même au menu, il s'est déjà fait sucer par des hommes plus hommes. Sa mauvaise réputation et sa méchanceté lui

ont valu l'affection de certains petits au foyer, en échange
d'une protection qui lui procure l'essentiel de son second
plaisir dans la vie: La baston. Il en reçoit mais il en donne
plus, c'est ce qui assure son classement. Le réré retourne à la
pêche au gogo et adresse un clin d'œil à Mauvaise-Nouvelle
en lui envoyant un baiser. Elle a le regard fixé sur la toile
tendue du jean délavé qui moule le gars.
« Garde moi un morceau. » Les lèvres pourpres se sont
tendues, ont fait des signes. Mauvaise-Nouvelle est confiant, il
va gagner sur les deux tableaux. La taspé semblait assez jeune
et il est à nouveau en appétit, il mate les allers retour et les
flexions des longues tiges qui se fondent dans le goudron  et
sa main, au fond de sa poche sur son bangala, suit
inconsciemment le rythme du wubi le long du trottoir. Les
caisses se font rares, quelques unes de moins en moins
souvent, continuent à venir s'échouer pour quelques secondes
puis repartent. La fille ne se décourage pas, elle adresse un
petit salut en se retournant vers le repère de Mauvaise-
Nouvelle. Il s'était calmé un peu et il lutte pour garder l'esprit
froid. Puis une belle grande bagnole vert sombre métallisé
accoste.  Le réré semble plonger par la vitre qui vient de
s'abaisser à un rythme électrique. Seules ses deux jambes et
l'extrême promontoire de ses fesses sont encore à l'extérieur.
C'en est trop pour Mauvaise-Nouvelle qui voit le haut des
cuisses et même, s'il était plus prés, le petit pli sous le bodge.
Sa queue lui fait mal, enserrée dans tout ce coton moite.
Brusquement la pro s'éjecte de la portière, les bras en
débandade, Mauvaise-Nouvelle jure d'avoir aperçu un rasoir
dans sa main droite. Mais il n'a pas le temps d'y penser , la
fille s'effondre comme un linge perdant un de ses brodequins
pointus.  Elle tombe côté face et le jeune gars pense à une
tartine. Il ne se passe plus rien, le silence est total, le cours de
Vincennes plonge dans l'immobilité, un froid glacial s'empare
du cerveau de Mauvaise-Nouvelle. Il est seul le long du
boulevard, la tire tourne toujours et il se doute de ce qu'il va

trouver à l'intérieur. Il s'approche lentement, on dirait que des extraterrestres ont kidnappé ce morceau de ville et l'ont mis au frais dans leur frigo cosmique. Il est prés du tapin et il connaît la raison de sa chute. Une flaque dont l'odeur lui donne déjà la nausée grossit lentement sous la tête du transsexuel, abreuvant le goudron assoiffé par la chaleur de la journée. Il la retourne du bout du pied, un trou glougloute dans son front. Sa mini a quitté ses cuisses et tire-bouchonne autour de sa taille. Il prend le temps de mater l'entrecuisse où une petite bosse fait désordre. Ses deux seins se sont libérés du bustier et ce n'est pas du chiqué. Cocktail silicone-hormone garanti mais Mauvaise-Nouvelle qui n'a aucune notion de biologie est étonné, il n'en a jamais vu de si gros hors des magazines et des conneries télé. Il regarde encore la grolle au bout du pied , au bout de la jambe au bout du cadavre de son désir, il voit le rasoir taché puis lève finalement la tête et se courbe pour gagner la portière de la limousine. Il s'accroupit et passe une main rapide par l'entrebâillement de la vitre. Il perçoit un râle et se dresse brusquement. Le type qui grogne de l'intérieur ne lui fera pas de mal. Ses deux mains tentent de retenir le sang qui sort vite vite de son cou. Le regard de Mauvaise-Nouvelle est immédiatement attiré par l'éclat vicieux d'un flingue. Il ne connaît pas le modèle mais il devine que le boudin qui prolonge le canon est un silencieux. Il saisit rapidement l'arme sur le ventre du mec bien sapé qui fait de l'huile, la cale dans sa pogne et vise le torse du gars. Il fait pan ! et l'autre prend enfin conscience de sa présence. Il s'appuie de son épaule sur la vitre opposée puis croise le regard du pétard et celui de Mauvaise-Nouvelle. Sa bouche a un mouvement désordonné mais rien ne vient, il tend une main. Mauvaise-Nouvelle tire; la balle traverse la main et va se ficher dans la poitrine du type qui a un petit soubresaut comme dans les films. Mauvaise-Nouvelle a un sourire satisfait. Il croit en sa mauvaise étoile et il est sûr que sa chance est pour ce soir. Il planque le flingue dans la grande poche intérieure de sa veste en jean et il est prêt pour la cueillette. Il commence à se retourner vers le trav'l mais il aperçoit un grand sachet de plastique transparent sur le siège passager de la caisse . Le contenu émet une clarté blanche et mate comme des perles. Le gars pêche la poche : ce sont des pastilles, des centaines de pastilles, Mauvaise-Nouvelle ne sait pas compter plus loin. Il garde le sachet à la main, tend son autre main vers la veste ouverte de l'égorgé et capte son portefeuille. Ce connard n'a pas plus de trois billets de cent balles, une carte bleue et un badge bleu-blanc-rouge. Malgré la tentation Mauvaise-Nouvelle n'entreprend pas de chercher le code de la visa, il se saisit seulement de la carte de la police-montée française; et puis la fille est plus sure, elle aura de la fraîche. Il se penche à nouveau hors de la voiture et cherche le sac des yeux, rien. Mauvaise-Nouvelle entend le moteur d'une caisse à l'approche. Il s'allonge près de la morte et passe la main sous la bagnole. Il a enfin les doigts sur le cuir d'un gros sac à main qu'il ramène dare-dare. Il en répand le contenu sur le sol tandis que les phares de l'arrivant commencent à chasser l'ombre. Un poudrier, une boite de capotes, des mouchoirs en papier, du rouge à lèvre, des papiers, du parfum, un porte-monnaie fatigué et une boite à cigarette en argent. Il saisit la bourse et tombe sur deux malheureux billets de cinquante. La planque à joints lui livre 1 cône et deux billets de cent. La nouvelle bagnole s'est arrêtée, une grosse voix appelle :

«Sonia !». Dans un réflexe, Mauvaise-Nouvelle saisit le sac, y fourre porte-monnaie et boite en argent et détale en direction des arbres . Il entend une porte claquer et la même voix qui fait

« Hé! ». Il est déjà sur la contre allée quand les pneus crissent sur le goudron. Le jeune court de tous ses poumons et de tous ses muscles, un sac à chaque main et le choc du flingue sur son flanc qui lui dit « tient bon ». Il est dans une rue plus étroite sur un faux plat descendant. La bagnole grogne en entrant à son tour avenue Bizot . Mauvaise-Nouvelle accélère encore et tourne au coin à gauche en se plaquant au mur. Il pose les deux sacs à ses pieds et attend son gros gibier, à l'affût. La charrette déboule au taquet mais doit ralentir pour prendre le virage. La tête du pilote qui s'aperçoit trop tard de sa connerie est à deux mètres du canon de Mauvaise-Nouvelle qui appuie sur la détente. Il n'a pas de doute sur son tir, la ferraille va s'écraser sur la ferraille à l'extérieur du virage dans un grand boucan. Le gars prend le temps de glisser le sachet de pilules dans le sac à main, remet le feu dans sa poche et referme son blouson sur le sac. Il tapote son bidon et fonce au grand trot, sans but, simplement pour s'éloigner. Il vient de tuer deux hommes et il se sent plus calme qu'il ne l'a jamais été, comme apaisé. Le vent de la course siffle à ses oreilles mais son cœur n'accélère pas, il ne perçoit même pas son souffle. Il continue à descendre l'avenue, une sirène hurle au loin et il prend à gauche au hasard. La rue est plus étroite, elle monte légèrement et au rythme de sa course qui ne faiblit pas il parvient jusqu'à un pont qui enjambe la chaussée. Il stoppe brusquement, observe les alentours. L'atmosphère est au diapason de ses sensations, détachée, distante, froide à force d'être calme. Il décide de grimper au lampadaire du côté droit de la rue. Il parvient ainsi à s'agripper à une des rambardes du pont et à faire un rétablissement. Il est sur le tablier à présent, il marche calmement entre les rails de la voie de petite ceinture pendant qu'un fourgon de police passe en hurlant au-dessous de lui, rue Montempoivre. Mauvaise-Nouvelle sourit, sa mauvaise étoile l'a guidé, il a la certitude d'être à l'abri dans l'obscurité qui l'entoure maintenant. Il remonte la voie vers le nord jusqu'au moment où des grands bâtiments se dessinent sur sa gauche; un peu plus haut sur sa droite il tombe sur une ancienne baraque qui devait servir au temps où les trains circulaient encore sur la petite ceinture. Elle est abandonnée, ça sent la pisse, la deum et la vieille sueur mais ce n'est pas fait pour gêner Mauvaise-Nouvelle, pas plus que les graffitis obscènes qui souillent les murs rongés. Il cherche un coin tranquille à la lueur de son briquet et finit par s'adosser à une porte. Il ouvre sa veste et dépose le flingue sur sa cuisse droite, à portée de main. Puis il extirpe le sachet plastique du sac à main et entreprend de fouiller méthodiquement ce dernier. Il tâte les doublures quelques secondes et finit par découvrir ce qu'il cherche, un renflement entre la toile et le cuir. Il déchire d'un coup sec et peut enfin mettre la main sur un petit paquet de tune serré. Il y a là une dizaine de billets de cent et deux cent mêlés, pour mille trois cent Francs exactement mais Mauvaise-Nouvelle n'est pas vraiment capable de faire l'addition, il est seulement heureux d'avoir vu juste en ramassant le sac. Il fourre le brouzouf dans sa poche de jean, vide le porte-monnaie et la boite à cigarette et les lance à travers la pièce. Les billets vont rejoindre leurs semblables au fond de son jean. Il coince le joint entre ses lèvres et l'allume. Il n'a jamais été adepte de la fumette qui rend bêtes et mous certains de ses collègues du foyer, mais la soirée mérite un écart à sa ligne de conduite habituelle. Il observe maintenant les pilules à la lueur du joko qui grésille sous ses aspirations puissantes. Elles le lorgnent tranquille, à l'abri du plastique qui les protège. Mauvaise-Nouvelle se demande de quelle sorte de dope elles sont pour qu'on s'étripe à leur sujet  le long du cours de Vincennes. Il n'est pas non plus amateur de cacheton  depuis qu'il sait qu'au foyer la directrice les oblige à en prendre certains pour calmer leurs ardeurs sexuelles et éviter le viol des petits. Il recrache toujours les siens après avoir fait semblant de les avaler et ainsi il garde la gaule au contraire des collègues qui avalent tout ce qu'on leur donne comme si c'était du pain béni.

Dès 5h du mat', l'agitation prévaut sur le Cours de Vincennes. Pas loin d'une demi-douzaine de caisses et un panier à salade ont débarqué leur contingent de schmits sur le boulevard. L'un des leurs est tombé dans un champ qu'on a du mal à imaginer d'honneur. On a fait le vide, une vingtaine de mètres alentour. Sandrelli, un jeune inspecteur de la criminelle, s'est retrouvé un des premiers. Il inspecte la bagnole vert sombre avant tout le monde. Quand on emporte le corps du travesti personne ne trouve rien d'anormal à ce que Sandrelli parte appeler sa copine. Une fois arrivé à la cabine, il se trompe de numéro et la laisse dormir. Par contre il prend un malin plaisir à réveiller Câlin celui qu'il faut prévenir dans ce cas;  pas un poulet, plutôt un requin de la politique qui a réussi dans son domaine, un parvenu qui se donne des airs d'esthète. Il ne le laisse pas souffler après le « Allo » sec de Câlin

« Biwzek s'est fait descendre, une vilaine trace de rouge à lèvres en travers de la gorge. C'est un tapin qui a fait le coup, Sonia, hors-jeu aussi. »

« Les bagages de Biwzek ? » La voix est froide, déjà parfaitement éveillée.

« J'y viens : Ils étaient trois à la fête, et le troisième manque à l'appel. Il a quand même pris le temps de sortir le mac de Sonia du jeu avant de disparaître avec les bagages de Biwzek. Fin du rapport.»

« Trouvez qui est le troisième et localisez les bagages. Je m'occuperai du reste. Qui est le flic en charge ? »

« Commissaire Planqué du grand banditisme. »

« Il a un nom prédisposé, marquez le ! Prochain rapport dans deux heures. »

Le jour se lève. Mauvaise-Nouvelle est toujours éveillé assis dans la lumière timide qui inonde doucement les murs pouilleux. Il mate la carte du keuf un nommé Biwzeck; le type ne lui ressemble pas vraiment, elle ne pourra pas servir. Il tourne et retourne le rectangle plastifié entre ses doigts calmes. Il réfléchit aussi profondément qu'il en est capable. Le photomaton du moustachu décrit sa révolution sous le regard concentré de Mauvaise-Nouvelle. Malgré son peu d'expérience il se doute que deux ou trois morts font beaucoup de ce côté de Paris et que la flicaille va ratisser ferme. Le mieux serait de quitter la place mais Mauvaise-Nouvelle prévoit des difficultés. Des civils planqués à chaque coin de rue et il n'a pas de faffs à part ceux du flic. Il devrait filer loin d'ici comme il l'a toujours voulu. Le grand saut, pas mal pour un mec qui ne connaît rien d'autre que la vie au foyer de Bagnolet. Et il a son Bethléem, à lui seul. Un de ces

trucs que la psy veut absolument lui faire cracher et qu'il garde bien au secret. Un des souvenirs que sa mémoire a laissé filtrer au cours des séances de canapé. Il se repasse la scène. Sa mère est face à lui, vautrée dans le fauteuil du salon, tirant sur une clope en regardant voler les mouches, elle est provocante dans une robe rouge qui compresse sa poitrine. Le type est là, grand, massif . Il est de dos comme d'habitude, vêtu d'un costume sombre les jambes légèrement écartées il bouche la faible clarté qui vient de la rue. Sa voix retentit :
« A Nîmes, sois à Nîmes le 7. Tu resteras deux jours, pas plus
« Et le cœur de Mauvaise-Nouvelle se serre, il sait que son cœur d'enfant s'est serré. Sa mère ne sera pas là pendant au moins trois jours et ce que ça signifie il ne le sait pas depuis très longtemps. C'est à l'avant dernière séance de canapé qu'il l'a appris pendant qu'il fantasmait sur la voix de la psy parfumée: Trois jours dans l'ombre de l'appart des vieux du rez de chaussée qui n'ont rien d'autre à bouffer que du viandox . Il a même retrouvé l'odeur de l'appart, de la vieille pisse de chat  et des haleines fatiguées, des fenêtres toujours fermées. Il ira à Nîmes. Il ne sait pas où c'est.

Mauvaise-Nouvelle est sur le boulevard Soult, il a décidé de prendre un taxi, un moyen sûr de voyager quand on a de la tune. Il est six heures trente, le jeune ne se sent pas fatigué malgré sa nuit blanche. L'état de clairvoyance dans lequel il s'est trouvé plongé sur le cours de Vincennes l'habite encore. Au bout de cinq minutes, un grand noir finit par stopper une vieille 505 à l'appel de Mauvaise-Nouvelle. Il a un accent au couteau mais Mauvaise-Nouvelle comprend direct la question.
«La gare qui va à Nîmes»
«Ça, mon jeune, va falloir expliquer la route.»

«J'en sais rien. Y'a pas une gare dans le coin ? «

«Y'a gare de Lyon, c'est juste à côté. Mais ça m'arrange pas. Je rentre. »

«Cinquante c'est bon pour aller là-bas? »

«C'est bon mais je mets pas le compteur. Ça va?»

«Roule !»

Mauvaise-Nouvelle a à peine le temps de s'installer comme un pacha, la course est déjà finie, Petite Ceinture-Gare de Lyon avant sept heures , au mois de juillet, pas de quoi prendre ses aises. Arrivée par la rue de Lyon, en entrant sur la voie d'accès aux parkings, Mauvaise-Nouvelle repère le gyrophare des chtarres face à la grande entrée.  Il sort rapide un bifton de cinquante qu'il tend au taximètre, déguerpit vers le fond du parking puis redescend boulevard Diderot par un escalier qui sent la pisse. En rentrant les mains profond dans sa veste au contact du feu d'un côté, de la caillasse de l'autre, il se donne confiance en passant devant la bouche de métro. Il cherche une autre entrée et contourne la gare par le nord-est. Il avance à l'abri des petites rues et atterrit par Hector Amelot à la Place de Chalon. Il évite le grand escalier gris à sa droite et arrive à l'entrée qui donne sur la salle Méditerranée. Juste sur le premier débarcadère de béton blanc un poch' relève d'une cuite à la vinasse, le dos appuyé au bastingage de métal
.

« Fils, t'aurais pas une pièce pour un mec dans le besoin «
Mauvaise-Nouvelle le contemple : Le visage du type n'est pas trop vieux entre trente et quarante. Sa peau est brunie par les heures passées au soleil dans les squares, à cuver la cuite du

matin. Sur le bord de son nez un gros grain de beauté, tout comme celui de la mère de Mauvaise-Nouvelle quand elle le prenait dans ses bras et le couvrait de  baisers rouges. Il s'arrête, regarde le type fixement, ses yeux bleu pâle fixés dans ceux, bruns, de la cloche.

« J'suis pas ton fils, tête de mort «

« J'disais ça comme ça, t'émotionne pas mon gars » Le type fait un gros rot gras, Mauvaise-Nouvelle est prêt à s'éloigner , il se ravise.

« Y'a des trains pour Nîmes, dans le quartier  ?»

« Tu frappes à la bonne porte. Moi Cady, je connais la gare comme ma poche surtout si ça me rapporte un peu  ?» Il plisse la lèvre jetant un regard interrogateur des pieds à la tête de Mauvaise-Nouvelle.

« J'suis ton homme, tu m'amènes au train de Nîmes et t'auras du brouzouf . Mais direct, loin du nez des civils »

« Fais-moi confiance. T'es dans ton train. »  Après un instant

 « Tu veux passer par le guichet avant  ? »

« Bien sur vieux chnok, qu'est-ce que tu crois ? «  Le clodo se lève en grognant.

« T'es pas plus fier que moi, crois pas. J'suis sûr que t'as pas passé la nuit dans un lit. Vrai ? » Le mendiant part d'un rire toussotant, Mauvaise-Nouvelle aboie :

« Ta gueule vieux con. T'as d'la chance que tu pourrais être mon père !» Cady remonte son fute, pas ému, et part en trottinant dans ses godasses sans lacets. Mauvaise-Nouvelle le suit à quelques distances, guettant les képis. Le  hall est calme à cette heure et le soiffard le guide en clopinant vers un

guichet libre sur la gauche. Derrière sa vitre, le seuneuceufeu
est tout pimpant, rasé de frais et il fronce le nez sous ses
montures dorées quand le clodo s'adresse à lui.

« A quand le prochain pour Nîmes ?» Le gars tapote son
clavier et consulte son écran, il est de bonne humeur, hier soir
il a enfin levé la préposée deux postes plus loin. Un mois et
demi qu'il courrait après. Il mime l'amabilité

« Avec ou sans escale, Monsieur ?» Mauvaise-Nouvelle
répond, sec.

« Celui qui part le premier «

« Un corail dans huit minutes, par Clermont-Ferrand »

« Impec, c'est combien ?» Le marchand a suivi une formation
de motivation à la vente, les réflexes jouent.

« Mais attendez pour juste un peu plus, vous pouvez être à
Nîmes... » Il calcule rapidement

« presque cinq heures plus tôt, avec le TGV » Il dit ça, tout
fiérot.

« En partant dans combien de temps ? »

« Dans 20 minutes » Mauvaise-Nouvelle calcule à son tour.

« Alors ça sert à quoi? T'as jamais entendu parler du lièvre et
de la tortue ? » Le cas n'est pas prévu par la formation et le
marchand de vitesse arrondit les lèvres à la recherche de
l'étincelle, qui ne vient pas. Mauvaise-Nouvelle plonge la
main dans sa poche et en sort la liasse de Delacroix.

« Envoie le billet par Fermons-L'écran. J'suis pressé. »

« Clermont Ferrand . Aller-retour, première ou 2éme classe ?»
C'est le sans-abri qui répond

« 2éme, aller simple. Planqué! » Le guichetier lance son impression en soulevant les épaules et annonce le prix à Mauvaise-Nouvelle

« Trois cent cinquante huit francs » Le jeune balance une mini liasse au préposé qui fait le décompte et lui rend un des billets et de la mitraille. Mauvaise-Nouvelle reçoit son ticket et fait signe à la cloche qui a déjà commencé à s'avachir sur le comptoir

« Où c'est ? »

L'autre ouvre un œil puis lance au préposé

« Quel quai ? » Il y a du monde maintenant derrière eux et le cheminot s'impatiente.

« Consultez les panneaux de départ, c'est juste là-bas. » Il tend le doigt en direction d'un tableau électronique. Le sdf n'aime pas la technique

« On sait pas lire » Le marchand s'acharne à nouveau après son clavier.

« Quai 17 » Ils dégagent enfin sous les yeux impatients et les soupirs de la file des voyageurs en puissance. La cloche fait un demi-tour sur place qui les conduit à longer la terrasse d'un estaminet  où un gars en  blanc et noir commence à suer dans la température qui monte déjà.

« Hé fils ! On irait bien s'en jeter un petit , histoire de se rafraîchir, c'est le kalahari ici » Le guide a déjà pris la tangente en direction de l'abreuvoir, Mauvaise-Nouvelle le rattrape de la main. Il lui tord légèrement le bras. L'autre grimace et incurve sa trajectoire en direction de la gauche de la salle. Ils approchent d'une rangée de consignes, le jeune libère le gnoleur , le saisit par son paletot crasseux et le projette sur la première ligne de casiers. Le corps de Cady fait un grand boum sur les caisses vides et deux ou trois voyageurs hâtifs se retournent.

« J't'ai déjà fait savoir que j'suis pas ton fils. » Mauvaise-Nouvelle siffle, les yeux fixes et les narines palpitantes.

« C'est pas parce que tu t'prends pour une lumière, j'm'en torches de ton kabanari. J'pourrais te buter ici même. Poum-poum. » Il prend la main du type qui pourrait être son père et la plaque sur sa veste à l'endroit où sommeille le feu.

Mauvaise-Nouvelle déteste tous les hommes de cette classe d'âge, celle de l'ombre chinoise qui revient dans ses songes chez la psy. Il aime bien démontrer sa supériorité à celui-ci. Le père putatif déglutit avec peine, il n'a pas confondu, son instinct lui dit de se méfier de ce qu'il a senti dans la poche du jeune.

« C'est juste un désert, le kalahari. » Il a rentré la tête en parlant, comme un gamin qui attend la grêle. Le type dégoûte Mauvaise-Nouvelle et lui fait pitié en même temps : Pas un mec fait pour la rue, né pour payer comme on dit au foyer. Mauvaise-Nouvelle aperçoit les képis des blanc-bleu en approche.

« Où c'est ? » Le clodo tend le pouce sur sa droite, vidé.

« Juste là » Ils partent dare-dare vers l'escalator pour les voies numériques mais empruntent l'escalier, plus facile de faire demi-tour en cas de besoin. Pas d'uniformes en haut mais ça ne veut rien dire.

« Oublie pas de composter .» Mauvaise-Nouvelle fait signe qu'il ne comprend pas et le clochard doit le guider jusqu'à la machine où Mauvaise-Nouvelle enfonce son ticket avec rage.

« Bon au train, maintenant. Pas d'embrouille. Tu connais les civils par ici ? »

« Sûr . »

« Et alors ?» Mauvaise-Nouvelle boue.

« Pas un. Y'a pas un de ces paresseux dans le coin, gars. »

« Chouf, au train feignasse. » Ils se dirigent vers la voie 17 et le clodo s'arrête en tête.

« V'la ton dur, garçon. Celui de droite. T'as qu'à choisir un compartiment au calme, vers le milieu. Évite le bar »

« J'sais c'que j'ai à faire. Tu t'prends vraiment pour mon père vieux con ? J'en ai pas d'père, j'suis comme Jésus. En plus vicieux. » Il fouille les poches de son jean et remonte la ferraille qui devait servir d'appât la veille.

« V'là de quoi te prendre une vraie cuite, pouilleux. Moi ça m'allège et toi ça va t'faire décoller. » Le visage du mendiant s'éclaire tandis qu'il convertit en 8.6 l'amoncellement des pièces que retiennent ses deux mains.

« J'savais bien qu't'étais pas si mauvais que ça. »

« Allez, on s'embrasse pas vieux schnok, j'aime pas ton parfum » Et Mauvaise-Nouvelle se retourne en plongeant les mains dans ses poches. Le clodo fortuné murmure en secouant la tête.

« Oublie pas. Ceux du milieu «

Mauvaise-Nouvelle remonte la ligne de wagons tandis que le soiffard met sa fortune à l'abri dans ses braies qui en profitent pour passer au-dessous de la ligne de flottaison. Il tient son falzar d'une main en fonçant vers la réserve à 8.6, un chinois qui tient boutique sur le boulevard Diderot.

Mauvaise-Nouvelle a trouvé un wagon, il s'avachit sur une banquette dans un grand compartiment et sort sa dernière cibiche. La détente, le tabac et la lumière qui inonde le train font remonter les effets du pétard de la nuit. Il ferme doucement les yeux , du bruit à sa droite les lui fait ouvrir brusquement. Une vieille s'installe juste sur la travée à droite de la sienne. Elle le regarde d'un œil furibond et dit d'une voix pincée en fixant le mégot de Mauvaise-Nouvelle.

« On ne fume pas ici jeune homme !» Elle lui désigne maintenant du regard une pancarte où un clope triste est en prison derrière une barre rouge de travers. Pour le moment Mauvaise-Nouvelle à envie d'écraser le sien sur les genoux de la bonne femme de l'autre côté du couloir.

« C'est bon, grand-mère. Où je pourrais bien aller griller mon oinj tranquille ? » Il se lève nonchalamment et vient se planter à l'aplomb de la mamy qui redresse le nez sous l'effet de l'assaut du tabac et de l'indignation.

« En face jeune malappris. Et je ne suis pas votre grand-mère. » Mauvaise-Nouvelle s'éloigne en chaloupant , il lui fait un bras d'honneur par-dessus son épaule sans même se retourner. Il trouve une nouvelle place solitaire tandis que le train quitte le quai. Une voix accentuée souhaite bienvenue aux moutons rassemblés et annonce la litanie des gares qui seront desservies. Mauvaise-Nouvelle ne retient rien et s'endort à hauteur du périphérique. Une première fois le contrôleur le réveille. Malgré son cerveau embrumé le cavaleur remarque la mine du type : Comme s'il avait un mauvais pet coincé quelque part dans la tuyauterie. Il lui tend son billet en se frottant le visage.

« Tu croyais que j'en avais pas hein leur-leur ? »

« Vous n'êtes pas dans le bon wagon. Ce sont les 23 et 24 qui vont à Nîmes. Il faudra changer avant Clermont. »

« Combien de temps ? »

« trois heures, un peu plus »

« Je serai réveillé avant. »

Il replonge dans le sommeil ayant réglé son réveil interne, un des seuls dons que lui reconnaisse la directrice du foyer. Il se retrouve dans le petit appartement de la rue de la Lune. Sa mère est  là dans sa robe rouge. Elle tient le téléphone et elle pleure en écoutant la voix de Nîmes. Les sanglots agitent ses épaules nues sous les bretelles de satin rouge. Mauvaise-Nouvelle se précipite, il vole à travers la pièce, embrasse les genoux de la femme pour la consoler. Il jette son petit corps en barrière protectrice devant les belles jambes de sa mère. Elle lui caresse enfin la tête, il prend l'écouteur et entend les derniers mots que prononce la voix enrouée

« Je ne viendrai plus. Ne cherche pas à me revoir. Tu sais ce que tu risques, n'est-ce-pas ? » Puis le claquement sec du poste raccroché et un long bip avant que sa mère, muette à présent, ne raccroche à son tour.  Il s'agite dans son sommeil et une ombre passe sur ses sourcils clairs comme du blé. Il sue dans la moiteur du compartiment, personne ne s'est encore levé pour régler la clim. Puis, brusquement, sur un dernier sanglot de sa mère, il s'éveille, de la cendre dans la bouche, comme toujours après un de ses plongeons dans le passé. Il jette un regard alentour : Un voyageur par banquette, roupillant, des écouteurs dans les oreilles ou penché sur des mots croisés, pas un rave quoi. Mauvaise-Nouvelle décide de ne pas tenir compte du second conseil de l'éponge, il a déjà fait l'effort de s'installer en milieu de train et ça lui vaut de devoir déménager. Il s'arrache de la moleskine suintante et traverse tout le compartiment en scandant un rap qui en veut aux bourgeois. Mais personne ne lève la tête et le jeune dur se retrouve près du gog, son premier objectif avant le bar. Un mec est  là, pas plus vieux que lui, répandu au sol et bloquant la porte de ses grosses godasses au bout renforcé dont Mauvaise-Nouvelle ne connaît pas la marque. Mais elles ont de la gueule et elles doivent valoir un paquet estime-il. Par contre, de gueule, le propriétaire des grolles, il en a pas. Le blond ne voit rien d'autre qu'une tête à la tignasse rasée et rouge vif. « Déchet de l'humanité » pense Mauvaise-Nouvelle en contemplant le gars vautré à ses pieds. Il lui met un coup de basket vicieux dans la cuisse, un de ceux qui réveille même les plus paresseux. Le jeune ne sursaute même pas et Mauvaise-Nouvelle a eu la nette impression que son coup ne s'enfonçait pas beaucoup. L'autre a l'air plus solide que prévu dans son large pantalon à carreaux écossais qui lui donne l'air d'un clown. Mauvaise-Nouvelle ne fait pas l'erreur de se pencher mais il ne se met pas assez vite sur la défensive. Un coup d'une des énormes godasses lui fait plier le genou droit puis sa cheville se tord sous les efforts conjugués des deux pieds armés de son adversaire. Il plie complètement pour sauver sa cheville et plonge vers le gars qui n'a plus qu'à le cravater pendant sa chute en roulant sur lui-même et Mauvaise-Nouvelle se retrouve avec un coude en travers de la gorge et la main gauche de son adversaire qui lui a saisi le paquet à travers le jean. Deux yeux vert gris sont braqués dans les siens et une voix qui passe des graves aux aiguës sous l'effet d'une haine contenue en disant

« Tu bouges, j't'éclate la gueule et les burnes. Capiche ?»
Mauvaise-Nouvelle en a vu d'autres au foyer et il lâche aussitôt du leste, le gars est plus jeune que lui c'est certain. Il prend son air de grand frère fâché en soufflant dans ce que l'autre lui laisse d'élasticité au larynx.

« Cool, j'ai pigé. Où t'as appris à te battre ? »
Le kepon se redresse dans un seul mouvement et c'est son tour d'observer Mauvaise-Nouvelle étendu.

« J'dormais pas. Suffisais de parler »

« Ok, c'est bon. Excuse. » Mauvaise-Nouvelle a pris son air buté-soucieux qui peut passer pour une caricature de remords si on n'est pas trop regardant.

« En tout cas explique où t'as appris. J'suis candidat. »

« A Drancy, école de close-combat. Y'a des champions chez nous, des vrais bêtes de concours. Moi, j'me défends. Un point un trait. » Mauvaise-Nouvelle a fini par se redresser, il est juste resté au sol un peu plus longtemps que normal, histoire de montrer qu'il le prenait à la cool. Il s'aperçoit maintenant de son erreur d'appréciation, le gars mesure cinq bons centimètres de plus que lui et doit peser dix kilos de plus. Un t-shirt blanc moule ses biceps. Des cuisses et un cul moulé dans du latex noir pointe au centre de son torse avec une légende circulaire. « La caverne d'Ali Baba. » Une cible rouge orne la position supposée de la rondelle.

« Bon dieu t'es une tafiole ou quoi ? »

« Non c'est pour les meufs, juste pour qu'elles se trompent pas sur mes goûts. » Mauvaise-Nouvelle ne moufte pas, qu'un type aussi jeune ait déjà un code pour les femmes le laisse pantois mais il n'en montre rien. Il agite les épaules ce qui est un signe d'énervement. Au foyer la place se fait autour de lui quand il est dans cet état. L'autre continue à l'observer calmement comme si de rien n'était. Mauvaise-Nouvelle questionne

« Ton blaze c'est quoi ? »

« Sid comme Vicious et toi ?»

« Mauvaise-Nouvelle, comme les infos à la téloche. »

Sid part d'un grand éclat de rire qui le détend

« Ah ouais et ton nom de famille c'est Nouvelle, Mauvaise ça te va bien. »

« Écoute Ducon j'étais venu pour chier, j'y vais « Sid étend son bras pour bloquer l'accès

« Je vais pisser d'abord, dac ? » Les épaules de Mauvaise-Nouvelle s'agitent, il détourne les yeux pour que Sid ne voit pas la haine qui brûle. Sid prend son temps, il doit se laver les dents et Mauvaise-Nouvelle a la pêche à la porte de parachutage. Il serre les dents et tente d'oublier ses tripes en bataille. La porte s'entrouvre enfin, elle coulisse vers l'intérieur; Mauvaise-Nouvelle ne réfléchit pas, il donne une grande poussée de l'épaule. Sid est repoussé dans le cabinet contre la paroi. Avant qu'il reprenne ses esprits Mauvaise-Nouvelle a déjà fait faire trois allers retours à la porte. Le punk en a pris un coup par la tête, il grogne entre le panneau du chiotte et la portière. Mauvaise-Nouvelle a enfoncé son épaule dans le bois laqué et appuyé ses pieds sur le montant, il est légèrement de biais. Il donne de la pression dans ses jambes et la porte s'enfonce un peu, c'est mou maintenant derrière.

« Moi c'est le foie que j'vais t'éclater, à la poignée de porte, ils pourront toujours chercher l'arme du crime. T'es un vrai connard, c'était que le premier round et t'as gagné aux points.»

« Arrête je vais foxer. » Mauvaise-Nouvelle relâche un peu la pression

« Tu sais ce que c'est le kalahari toi ? » Sid éructe

« Non , j'men tape du kala chose »

« Et toi, tu veux savoir d'où j'tiens mon art ?  De Bagnolet mon pote, du foyer de Bagnolet. Oublie pas l'adresse pour la passer à tes champions, je leur refilerai quelques conseils. » Déjà la haine reflue, le laisse un peu hébété.

« Ok, Ok laisse-moi sortir, il me faut de l'air. » Mauvaise-Nouvelle ouvre la portière et le vaincu sort se tenant le ventre, une marque violacée au milieu de son front concurrence le rouge de ses tifs. Le blond est grand seigneur.

« Attend moi, j'vais poser. J't'offre un verre après ? » Il n'attend pas la réponse et se met en position pour libérer un des trésors de la caverne d'Ali Baba. Soulagé, torché, les mains et le visage hydratés il ressort plus fringant. Sid n'est pas fier, il a recensé les dégâts, battu à plate couture et il préfère éviter le troisième round. Ils partent en direction du wagon-restaurant sans parler, Sid passe devant, penaud, pendant que Mauvaise-Nouvelle, nouveau Roland, sifflote à l'arrière garde. Ils sont devant deux bifs, le nez collé à la vitre qui fait défiler la campagne jaune. Mauvaise-Nouvelle tend à Sid une des clopes du paquet fraîchement acheté. Le jeune la prend et l'allume à la flamme que fournit le briquet nacré de la pute au creux du poing de Mauvaise-Nouvelle.

« Tu vas vers où ? Vous les kepons vous vous traînez plutôt en troupe d'hab ? »

« Au festival de Saint Amant Roche Savine. »

« Festival ? »

« Ouais des groupes qui viennent et plein de jeunes, des punks, des rastas, des rockers, des réguls. Pour tous les goûts. C'est près de Clermont, je suis presque arrivé. Encore deux gares. »

« Moi je pars pour Nîmes, retrouver mon père. J'dois changer de wagon d'après le leur-leur voiture 25 et 24. Tu m'accompagnes ?» Sid charge son sac à dos et prend sa bière. C'est Mauvaise-Nouvelle qui est devant maintenant.

« J'ai pas de bagages tu comprends, je suis parti à la bourre. Alors comme ça c'est pratique, les mains dans les poches »

« Moi j'ai une tente là-dedans, ça va me servir, fais pas chaud là haut, la nuit. Et j'compte bien dégoter une taspé à fourrer dedans. »

« Tu vas camper ? J'ai jamais eu l'occase ça doit être chouette. J'vais demander à mon père. »

« Le mien voudrait même pas regarder dans ma tente.»

Ils sont arrivés à la voiture 24 et on vient de passer Vichy. Ils discutent encore un peu en grillant une sèche, Sid propose même, sans succès, à Mauvaise-Nouvelle de passer par Saint Amant. A Clermont ils se font leurs adieux, sans effusion ni d'un côté ni de l'autre.


A 9 heures, Cady le clodo est fin plié, prêt pour la glissade. Ce qui ne manque pas et se produit rue Traversière qui comme chacun sait porte le trottoir étroit. Cady n'en a cure et se vautre en travers de celui de droite qui lui tend les bras. Il sombre aussi sec et quelques mémères à chien-chien offusquées doivent entreprendre la traversée . Les keufs rameutés à la surveillance des gares, malgré une réduction d'effectifs consécutive aux congés des uns et à la flemme des autres, ne manquent pas dans ces parages vers 9h30, 10h. Le buveur se fait serrer sans résistance et conduire dans un endroit plus discret pour cuver. Cady, d'humeur joyeuse malgré un réveil sans douceur prend les bleus à parti. Il ricane entre deux rots et maudit tous les flics de la création. Puis il part dans le délire

« Le jeune il vous a bien eu. Hein les keufs ? Envolé, sous la truffe des chiens policiers. A cause de moi. » Un des chtares, mal luné, le bouscule un peu sur le chemin du dépôt. Son pote plus éveillé demande

« Quel jeune ? »

« Celui qui s'est fait la belle à la gare de Lyon. » Il rit grassement et ses mouvements libèrent son odeur d'homme qui vit sans eau, indisposant les flics.

« Quand ça ? »

« Tout à l'heure, j'en sais rien. » La tête du sdf dodeline , le keuf éveillé regarde son poignet.

« Pour où, où est-il parti ? »

« Nîmes, Nîmes, aller simple et seconde classe. » Cady plonge à nouveau dans le coma, il sourit en se recroquevillant sur la banquette comme une nymphe. Avant de sombrer complètement il peut encore plastronner

« Même qu'il avait un sacré flingue, ouais un sacré flingue. »

A 10h30, gare de Lyon, la flicaille se met, par acquis de conscience, à questionner ses collègues de la SNCF plutôt bienveillants. Entre fonctionnaires n'est-ce pas ? Bien lui en prend : Le jeune cravaté, à qui tout décidément arrive en ce jour, se souvient parfaitement des deux emmerdeurs du matin. Il décrit si bien Mauvaise-Nouvelle qu'à midi un portrait-robot est établi. Il ne ressemble absolument pas au premier portrait tracé à partir du témoignage d'un type qui avait aperçu Mauvaise-Nouvelle tirer sur la voiture vers 4h, à partir de sa fenêtre au deuxième étage de l'avenue Bizot. Mais la grande fraternité des fonctionnaires jouant, c'est celui du cheminot qui est retenu. Pas de chance pour Mauvaise-Nouvelle, c'est de loin le plus ressemblant.

On n'a pas pu réveiller Cady et faute d'information plus précise, Paris alerte toutes les gares sur les chemins de Nîmes. Clermont fait partie de l'échantillon et le commissariat central de Pélissier envoie deux fourgons à la gare. Les pandores ne sont pas d'humeur laborieuse et glandent un long moment devant la gare, à l'ombre dans la chaleur précoce. Le train de Paris, Mauvaise-Nouvelle à son bord, est déjà à quai alors qu'ils commencent seulement à se répartir dans la gare. Mauvaise-Nouvelle observe, il est en éveil, la journée a bien commencé. Il pense à la proposition de Sid, un festival n'est pas une mauvaise place pour écouler les pils qui gigotent gentiment dans son blouson. Et puis il s'aperçoit que la poignée de yébis gagnée la nuit même ne fera pas long feu. Il a décidé d'attendre d'être arrivé à Nîmes pour goûter à sa came. Le quai se calme déjà, par la vitre, il voit une tête passer, de proche en proche. Il se tourne côté voie et aperçoit, au quai numéro un, une formation de bleus qui scrutent. Mauvaise-Nouvelle se lève aussi sec et se dirige sans précipitation vers le fond du wagon. Il n'a pas acquis ces réflexes au foyer , ils lui viennent d'avant, il en est sûr. Il a plongé la main bien profond dans sa fouille et il sert la crosse glacée qui lui communique sa lucidité. Le festival de Saint Amant Rock Ça Vibre est devenu la seule solution. Il glisse sur le quai, les chtares ne sont pas encore sortis de la coursive souterraine qu'ils doivent emprunter pour passer du quai un au quai central. Un bon paquet de voyageurs et de familiers s'agglutine encore à l'amorce de la descente. Mauvaise-Nouvelle aperçoit le sac à dos et il crie deux fois

« Sid, Sid » Comme si l'autre attendait son appel, il se retourne et voit Mauvaise-Nouvelle qui progresse vite vers lui, les épaules rentrées. Il se retourne vers l'escalier et visionne les képis qui tentent de remonter le flot. Le punk n'a pas besoin d'un dessin, il fait demi-tour aussitôt et court vers Mauvaise-Nouvelle qui s'arrête. Au quai trois un train rouge et blanc qui n'a pas l'air neuf est venu  accoster juste en face du corail parisien du quai deux.  Sid fait signe d'y aller, Mauvaise-Nouvelle traverse alors que les rondelles blanc bleu font leur apparition en haut des escadrins. Les deux jeunes grimpent chacun dans le compartiment le plus proche et se rejoignent à l'abri d'un passage entre les wagons. Les corps habillés remontent le train de Paris, le crieur annonce:
« Pour la Bourboule, quai 3, le train va partir. Veuillez-vous éloigner et libérer la fermeture des portières. » Un chuintement, le caoutchouc qui grogne sur la ferraille, et les deux mecs regardent courir le quai et les bourres, le nez au vent. Ils partent d'un éclat de rire, se tapent les épaules et rient encore, et rient. Ils reprennent leur souffle
« C'était pour toi ? »
« Ça se pourrait bien. Pas sûr. »
Un leur-leur passe et demande les billets. Sid prend les devants devinant le peu d'aptitude de Mauvaise-Nouvelle pour la diplomatie.
« M'sieur, tu vois on a pas eu le temps de prendre le billet. Mais on peut payer, sûr. » Il se tourne vers Mauvaise-Nouvelle avec un mouvement d'interrogation. Le fuyard

ferme les yeux. Le contrôleur ne doit pas être l'aîné de Sid  de plus de cinq ans.  Il prend la chose plutôt bien.

« Vous allez où ? »

« La prochaine gare, c'est loin ? »

« Royat on est presque arrivé. »

« Royat, c'est là qu'on s'arrête »

« Pour Royat c'est gratuit alors. Vous y êtes. » Les deux sont un peu interloqués, ils serrent les mains du seuneuceufeu et descendent.  Sid connaît le coin, il est déjà passé par là. La façade de la gare lui rappelle des souvenirs. Il y a un parc dans le coin dans lequel il est venu se défoncer, l'année passée. Et derrière ce parc, une montagnette s'il se souvient bien : Au pied de la colline, des jardins avec des cabanes, certaines prévues pour accueillir un famille les après-midi de week-end. Le confort au plus bas prix. Le kepon hésite dans les rues, tourne un peu puis se décide pour la montée. Ils rencontrent deux vieux qui refusent de leur dire s'ils sont bien sur le chemin du parc. Mauvaise-Nouvelle les insulte copieusement, Sid rit comme un perdu et leur fait des doigts. Une sorte de cure de jeunesse pour ces deux curistes. Les deux jeunes montent toujours, Mauvaise-Nouvelle les mains dans les poches, Sid tirant sur les bretelles de son sac à dos, au virage on devine des arbres, une arche de pierre à mi montée. Sid est fier, il a retrouvé presque du premier coup malgré l'état dans lequel il était lors de son précédent passage. Ils entrent dans le parc Bargoin et vont tenir conciliabule sur un banc en contrebas de l'entrée. Les grands arbres sont protecteurs, l'ambiance est propice aux mises au point.

Mauvaise-Nouvelle allume deux mégots et en tend un au grand punk. Le visage enfantin de Sid est barré de deux ornières verticales à hauteur des arcades sourcilières. Il attend que Mauvaise-Nouvelle parle, les rôles sont tacitement distribués dans leur association. Mauvaise-Nouvelle tire un moment sur sa sèche en contemplant le monde qui l'entoure. Il ne se souvient de rien d'aussi réel. Tout le reste, le foyer, ses souvenirs d'avant, tout lui semble artificiel. La réalité s'installe à nouveau, comme si on avait tiré un rideau sur l'ouverture qui s'était dessiné.

« Probable qu'ils étaient là pour moi. T'as assuré. On est potes maintenant, ça te dit ? » Il tend sa main le pouce haut levé. Sid le regarde dans les yeux puis lui claque la main. Ils font un rapide passage de trois phases, sobre, puis laissent retomber leurs mains.

« Et maintenant ? »

« J'ai un keutru à te montrer. Teums ce que j'ai là. » Il tire sur le sachet de plastique et exhibe une bulle de cellophane où s'ébattent des pils en rangs serrés. Sid s'est déjà défoncé avec tout l'éventail de ce que sa jeune bourse peut lui offrir. Il diagnostique rapide

« De l'extase ? »

« J'ai pas goûté encore. »

« Si c'est que ça » Sid tend la main, prêt à tester.

« On attendra ce soir si tu nous trouves un coin narpé. Tu crois que ça peut se vendre à ton festival de Saint Machin ? »

« Saint Amant Roche Savine, c'est là le festival. » Sid a eu, lui aussi, du mal à retenir le nom au début, il aime bien le prononcer maintenant, comme pour ne plus l'oublier.

« Plus que sûr, mon pote. Tu verrais les équipes de tripés qui circulent là haut, tu comprendrais. T'en as beaucoup ? »

« Plus que ... « Mauvaise-Nouvelle réfléchit il a du mal à estimer le chiffre .

« Plus que deux cent au moins. »

« Bon va falloir goûter pour savoir ce que ça vaut. Après on fixera le prix, les mecs se gênent pas là-haut. T'es peut être riche. On va filer juste dans la forêt au-dessus et repérer une cabane. A la nuit, je péterai la porte et on aura plus qu'à s'installer. Qu'est-ce que t'en penses ? » Mauvaise-Nouvelle en pense du bien et ils désertent aussi sec le parc, lâchant leurs raxes sur le chemin de sable rosé. Ils contournent un moment le Montoudou à la recherche des souvenirs de Sid le long des chemins étroits qui cernent la colline. Ils finissent par jeter leur dévolu sur une grande cabane de bois goudronné avec des petits volets en fer. Ils s'allongent un peu plus haut à la lisière des châtaigniers, le corps dans l'herbe, la tête au creux du bras, surveillant la cabane. Sid sort un grand démonte-pneu de son sac.

« C'est ma clé par ici. Tu sais, on a rien à glander jusqu'à ce soir on pourrait se payer une petite chirdée. » L'ambiance a mis Mauvaise-Nouvelle en confiance, il n'a plus rien contre le fait de tester cette nouvelle drogue, mais avec prudence. Il pratique une mince ouverture dans le plastique et extrait deux pils. Ils avalent chacun, à sec. Cinq minutes plus tard la dope a fait son effet sur les deux jeunes à jeun. Ils se mettent à ricaner en pensant aux keufs

« T'as vu. Y'en a un on aurait dit le sergent Garcia. Ta dope c'est de la vraie. On n'aura pas de mal à la fourguer. » Ils regardent passer les nuages en se racontant les formes qu'ils voient.

« Un pot de chambre »

« Un bison »

« Une choucroute «

« Un cul de meuf »

« Comment tu sais que c'est celui d'une meuf ? »

« Sinon on verrait les burnes » Mauvaise-Nouvelle est tout chaud.

«Ce que j'ai envie de me gaspiller une taspé! »

« T'inquiètes, y'aura tout ce qu'il faut à Saint-Amant, surtout si on a de la défonce. Quel genre t'aimerais ?.»

Mauvaise-Nouvelle a connu celle qui ressemblait le plus à la femme de ses fantasmes la veille au soir. Il n'en a pas connu d'autres de toutes façons.

« Une salope qui fait ce que je lui dis. C'est ça qui me plairait. »

« On peut trouver. «

Ils partent chacun dans leurs rêveries érotiques en regardant défiler les rares nuages, très haut. Il est midi, le soleil tape et il commence à faire soif et faim mais Mauvaise-Nouvelle est pris par le manque de sommeil. Sa tête pèse des tonnes. Il entend Sid qui lui demande

« Aboule une pils pour la route. Je pars faire des courses. » Il lui en donne une mais n'en prend pas. Le grand aux cheveux vermillon se tire vers le contrebas. Mauvaise-Nouvelle l'observe un moment contournant la clôture barbelée qui protège la cabane et ses mystères. Dès qu'il a passé le tour du chemin, Mauvaise-Nouvelle sort lentement l'arme de son oubli. Elle avale la lumière, un trou noir dans le jour étincelant. Il vise tour à tour la cabane, un châtaigner qui a retenu son attention, un oiseau sur une branche proche, l'éclat d'une fenêtre dans le lointain puis les petits nuages qui ressemblent tous à des quiches ou à des miches maintenant. Le quatorze juillet du cul réprimé défile dans le ciel auvergnat. Mauvaise-Nouvelle dérive il tente d'imaginer ce que peut être un festival. Rien ne vient, un peu comme la fête de fin d'année au foyer ? Il rape dans un possee qui y a remporté quelques succès malgré les censures de la dirlo, mais un festival ça doit être autrement grandiose. Il plonge dans le bleu évaporé par la chaleur de midi et l'extase. Pendant ce temps Sid qui n'a aucune idée de l'endroit où il pourra trouver du ravitaillement taille la route vers le bas de la ville. Le goudron poisseux le retient et les arbres puis les façades blanches des baraques lui clignent de l'œil. Il fait des détours déhanchés pour aller reluquer une haie ou des nains de jardin. Sa vadrouille finit par le conduire devant la mairie et il avise « La Station » de l'autre côté du carrefour. De quoi faire monter la vapeur avec un demi avant de s'attaquer à plus sérieux. Il se scotche au comptoir et gueule après le loufiat qui fait semblant de ne pas le voir.

« Eh mec, un demi. » Il pose une première pièce de 10 sur le comptoir. Le serveur bougonne mais prend quand même les poignées. Sid déguste sa bière à petites lampées, avec la dernière gorgée il s'enfilera la pils, de quoi tenir l'après-midi. Une grosse télé beugle au-dessus de la salle. La tronche du présentateur est en gros plan, pas réjouissant. Les conneries habituelles, Sid n'y prête qu'une attention diffuse. D'ici pas longtemps il sera propriétaire d'un pack de bières et c'est la seule chose qui compte. Jeter les boites torturées sur les troncs de châtaigner, voilà une occupation digne d'un après-midi. Il se dit que ce serait aussi bien d'accélérer et deux grosses goulées plus loin il prend la pilule au fond de sa poche. Elle tremble entre ses doigts, se doutant de sa fin prochaine. L'écran attire son attention, la tête de la pipelette a laissé la place à une vue de Paris au petit matin, il connaît l'endroit. Près de Nation, sûr qu'il a zoné dans le coin. Il s'approche de l'écran, l'envoyé spécial en conditions extrêmes explique que deux cadavres ont trouvé la mort cette nuit le long du boulevard, sans avoir le temps de dénoncer leurs complices. De quoi intéresser Sid, amateur de faits divers. De thèse de la police en avis des milieux autorisés, on apprend quand même qu'une troisième personne ayant participé au tournage serait partie avec la recette. Dernier domicile connu : Gare de Lyon. Le punk a envie de dire aux sportifs de l'apéritif qui l'entourent de faire doucement avec leurs verres. Un dessin en noir et blanc fait son apparition sur la téloche. Un visage jeune, un mec. La tête lui dit quelque chose, il cherche, retrouve la pils qui sue entre ses doigts. La connexion se fait, il pense à Mauvaise-Nouvelle. C'était bien pour lui que les tuniques bleues étaient à la gare ce matin. Sid vide sa bière et range la pilule. Il réfléchit dur en descendant l'avenue de Royat, il passe sous le chemin de fer au sommet de ses jambes de pierre noire sans s'en apercevoir. Il croise un couple et demande poliment où il pourrait trouver un grand Super Marché. Le mec cravaté lui parle d'un boulevard Bertelot et lui indique un bus. Le voyage lui semble long. Il ne doit pas oublier le numéro de la ligne pour son retour. Le vigile le mate quand il entre. Sid tourne et vire dans le super mercado. Avec un peu plus de cinquante balles, il faut aller à l'essentiel. Le rayon des cosmétiques, quartier teinture où il fait tache au milieu des bonnes femmes qui tripotent la marchandise en essayant de la tirer. Un inspecteur en civil au mètre carré, pense Sid qui cherche dans le moins cher et le plus brun. Il trouve son bonheur à pour un peu moins de trente keus. De l'eau, il va en falloir et de la bière, il reste moins de 10 balles pour la bouffe. Un paquet géant de chips remporte la place. Les caisses sont franchies avec succès sous les sourires d'une jeune caissière stagiaire qui aime bien son t-shirt. Sid pense qu'il faudra qu'il revienne, il roule des épaules en passant devant le surveillant en lui jetant un regard sombre. Sûr qu'il se fait plein de caissières celui-là, le genre qui plaît aux femmes. Il reprend le bus jusqu'à la mairie et refait à pied le chemin du parc Bargoin. Le relief auvergnat est dur au briard et Sid s'accorde la pils en milieu d'ascension. Les sacs en deviennent plus lourds mais un tas de voix, dans sa tête, tiennent maintenant compagnie au kepon. Celles des potes qui sont déjà sur la route de Saint-Amant. Ils sont partis la veille au soir et n'ont pas voulu l'attendre.

« ça te formera le caractère. » C'est ce qu'a dit Pitt, le mâle dominant de leur horde. Et maintenant, lui, Sid va revenir avec un mec en cavale, chargé. L'auréole de Pitt va en prendre un coup. Sid savoure à l'avance. Il arrive au bois de châtaigniers. Il cherche Mauvaise-Nouvelle qui s'est réfugié à l'ombre près d'un buisson, la main droite dans sa veste de jean. Sid le réveille sans brusquerie mais fermement. Mauvaise-Nouvelle ouvre grand les yeux, un peu surpris d'avoir plongé aussi profondément dans le sommeil. Ça lui fait presque plaisir de voir la tronche de Sid se découper sur le toit de feuillage. Mieux que le foyer en tout cas. Sid vide les sacs. Mauvaise-Nouvelle compte le butin, un seul paquet de chips, deux bifs, deux bouteilles de flotte et une boite noire qu'il ne reconnaît pas.

« C'est tout ? « La becte n'est pas bonne au foyer mais elle est abondante. Le punk ouvre les deux bifs et en tend une en demandant un clope. Mauvaise-Nouvelle allume les deux papirosa, il est calme au sortir du sommeil.

« T'étais à Nation cette nuit ? »

« Peut-être. T'es voyante, tu lis dans le vomi ? »

« En tout cas c'est ta tête que j'ai vu à la télé, y'a au moins un mec qui t'a pas oublié. » Mauvaise-Nouvelle lui fait signe de parler et Sid lui explique ce qu'il a vu au café. Mauvaise-Nouvelle s'agite, il est mal à l'aise. Pourtant il se décide.

« Bon j't'explique. Hier vers quatre du mat, j'rode près des putes, tu sais près des arbres. « Sid secoue la tête.

« J'avais choisi celle que je voulais bourrer, puis ça a tourné à l'embrouille. Elle et un mec dans une caisse se sont butés. Et voilà ce que j'ai groupé sur le siège de la tire du type. » Il extrait le sac de sa poche et le kepon a du mal à avaler. Il n'a même jamais entendu parler d'une telle quantité de pils. Mauvaise-Nouvelle demande

« combien ?» Sid, calmé, soupèse la poche.

« plus de mille »

« c'est combien mille ? »

« combien ? »

« ouais combien en cent? »

« c'est dix fois cent, mille. »

« Ah ? 10 billets de cent, c'est mille balles. Je l'ai su. Et c'est ma tête à la téloche qui t'a empêché d'acheter de la becte ? »

« J'avais pas trop de tune et en plus il nous fallait ça. » Il montre la boite noire, Mauvaise-Nouvelle s'en saisit.

« De la teinture ? Il faut que tu refasses ta couleur chérie ? » Il rigole sournoisement.

« C'est toi  qui va y passer. Tu seras bonne en brune, promis. Tout le monde te connaît maintenant, ils ont même raconté que tu es blond. J'ai une tondeuse  dans mon sac, je vais te faire une tête à la Siouxie, aucun keuf pourra jamais te troncher. »

« C'est bon, ça attendra. Pour le moment compte la dope. J'veux savoir. » Ça prend un moment, Sid n'est pas clair et il se trompe définitivement alors qu'il ne sait plus s'il est entre 700 et 800 ou 800 et 900. Il reprend tout en faisant des tas de

10, aidé par Mauvaise-Nouvelle. Puis il les regroupe par cent. Ça fait quinze tas de cent et quelques-unes qui traînent.

« mille cinq cent vingt-neuf » Annonce Sid

« De la bonne comme ça, on pourra la vendre à cent balles les 2. J'ai des potes qui dealerons pour nous.»

« On verra. Pour le moment, j'ai envie de ronquer .» Et l'après-midi passe, Mauvaise-Nouvelle dormant et Sid rêvassant aux investissements que tout ce fric lui permettra. La belle vie en prévision pour lui et sa horde. Il leur faudra des femmes et ce sera complet. Il pense à Squat, son pote le plus proche, ils étaient ensemble avant l'époque de la bande. Il est de Val de Fontenay comme lui mais plus loin du RER et du centre commercial, du côté des cages à lapins au dessus de l'école. Il se repasse leurs parties de fauche à Auchan, quand ils se bourraient la gueule dans les rayons. Direct du producteur au consommateur. Ils ressortaient en faisant un petit rot discret au vigile, le pique-nique habituel. Et puis y'aura Déglingue un fou qui n'est jamais redescendu d'un trip à l'acide à Amsterdam. Barjot complet, pour le reste de sa vie. Avec ça il a au moins six, sept ans de plus qu'eux, toujours prêt pour une défonce ou une chirdée, facile à vivre, sauf à proximité des bourres où il est pris de foldingue. Y aura aussi Chico, celui qui a des dents camemberts au parchemin. Sid évite toujours de se mettre sous son vent, son haleine éclipse le reste du monde. Le kepon sourit en pensant à quoi il échappe et aspire un coup profond d'air pur qui lui emplit les poums. Ça sent le bois sec, les premières feuilles tombées craquent doucement. Il sombre à son tour dans le sommeil. Les deux pioncent comme des innocents. Aucun relent du passé ne vient assombrir le repos de Mauvaise-Nouvelle et Sid roule des billes en se rêvant pacha du camp de toile qui va bientôt cerner le festival de la bonne ville de Saint-Amant. Toujours sapé dans son style mais debout sous une grande tente arabe. Des gonzesses sapées léger dans tous les coins et des mecs à la redresse de partout. Un festival. C'est Mauvaise-Nouvelle qui bronche le premier, il mate le cadran de sa montre qui dit 17h30. La lumière s'est faite plus tendre, plus aguichante. Il jette un œil sur la cabane puis se redresse pour observer la forêt. Juste le chant de quelques oiseaux sur les cris d'insectes, un aboiement au loin et le ronron de la ville en contrebas. Il secoue gentiment Sid pour le réveiller en se massant le cuir chevelu; il dit adieu à ses tifs. « Je suis prêt. Pour la coupe je veux dire, je suis à point. » Sid sort doucement de ses rêves de grand Mogol, il se demande si c'est à cause de la caverne d'Ali Baba qu'il a rêvé à une tente arabe. Il raconte à Mauvaise-Nouvelle qui continue à se masser la tête en rigolant. Puis il part au sac dans lequel il fouille un moment à la recherche de la tondeuse. Il revient armé.

« Mets-toi torse nu, ça va gicler » Mauvaise-Nouvelle hésite un peu à se séparer du blouson comme s'il avait besoin du poids rassurant sur son estomac. Il se décide tout de même et pose la veste juste à sa droite. Il se met torse nu, il est pale. Sid a débouché une Volvic et tête; il la passe à Mauvaise-Nouvelle qui communie aussi. Puis Sid renverse une partie de l'eau sur la caboche de Mauvaise-Nouvelle qui sursaute, l'eau a gardé un peu de la fraîcheur du supermarché. Le punk finit la bouteille sur la tronche de son pote et la taille commence. Il s'applique, entame par une large bande centrale d'avant en arrière qu'il finira au rasoir plus tard. Puis coupe coco-taillé sur les bords. A l'arrière il remonte en biseau vers la bande centrale, du grand art. Au final, le dessus du crane de Mauvaise-Nouvelle arbore quelques traces de rasoir et le gars a menacé deux ou trois fois. Mais maintenant il a une tête. A confirmer par de la teinture sur ce qui reste des cheveux. Sid étend la pâte brunâtre en tentant de préserver la peau nue. Ils attendent les quinze minutes conseillées.

« Rincer abondamment » fait remarquer Mauvaise-Nouvelle en s'intéressant à la pochette brune.

« Abondamment, en nous laissant de quoi boire, mec. » Sid procède au rinçage comme indiqué, puis teint les sourcils de Mauvaise-Nouvelle.

« Bon sang ça me gratte déjà. Tu sais  pourquoi les moines ont le dessus du crane tondu ? »

« Non «

« Pour se faire des petits bisous dessus pendant qu'ils s'enculent. Tu la connaissais pas ? » Ils ricanent un moment, Mauvaise-Nouvelle a déjà pris l'habitude de se passer la main sur la peau du crâne. Leurs regards vont à nouveau à la cabane.

« Il est six heures trente, on a encore longtemps à pointer ? »

« Une heure ça sera bon. Après on s'installe et on file en ville à la nuit. On va essayer de dealer un peu. D'ac ?»

« Dac, bon plan ! On décroche quand pour Saint-Amant ?»

« Domani ! Sans faute si on veut rien rater et trouver une bonne place. » Ils passent encore près de deux heures à se parler de leur vie. Mauvaise-Nouvelle explique son trou de mémoire, qu'il pense que ses souvenirs les plus récents, en dehors de quatre ans passés au foyer, datent de l'âge de ses huit ans. Sid hoche la tête avec compréhension. Il lui demande ce qu'il faisait sur le cours la veille au soir.

« J'étais juste parti aux putes, puis je suis tombé sur le gros paquet. Les pills et un peu de tune. Tu dis qu'il y en a combien déjà ? »

« 1529. «

« Ça fait combien si on vend les trois à cent balles. » Sid compte sur ses doigts.

« Dans les cinquante, soixante K »

« C'est combien ? »

« cinquante ou soixante mille, tu vois ? Oh laisse béton. Beaucoup ! Un max ! » Sid mime un tas de ses deux mains. Il est l'heure pour la cabane et ils y vont comme le bon ouvrier se rend au taf, en sifflotant. Sid joue aux majorettes du démonte pneu. Ils passent au-dessus des barbelés en se suspendant à un cerisier compréhensif. Sid intercale le démonte pneu entre le chambranle et la porte en jouant de l'épaule, aidé de Mauvaise-Nouvelle. La lourde ne fait pas de résistance, ça craque immédiat. Ils sont à l'intérieur et recensent le mobilier. Deux chaises longues mais pas de lit. Un vieux réchaud à gaz et sa bouteille jouent aux enfants sages dans le fond de la cabane. Une table nulle en plastoc, Mauvaise-Nouvelle met la main sur une lampe tempête et Sid découvre le pétrole. Ils n'ouvrent pas encore les volets, attendent la nuit. Lorsqu'elle est bien installée, ils se tirent dans l'obscurité bruissante, deux ombres parmi les ombres. Ils ont planqué le sac à dos et le sachet de pils sous un buisson en bordure de forêt et tracent vers la basse ville où Sid sait pouvoir faire des affaires. Le glissement de l'air sur son crane fait tout drôle à Mauvaise-Nouvelle qui se sent léger. Il tente de se repérer. Arrivés près de la mairie et vu qu'aucun bus ne pointe à l'appel, ils vont en chiquer une au comptoir de "La Station". Tout le monde les mate mais Mauvaise-Nouvelle ne retient pas plus l'attention que Sid et sa caverne d'Ali Baba. Un bus stoppe enfin et ils courent pour l'attraper. A Blatin Sid croit se retrouver et ils descendent. La pierre des façades est noire autour d'eux, la rue est plus que calme. Ils se dirigent vers les lumières de la place De Jaude et Sid ne se reconnaît plus. Ils abordent un promeneur qui préférerait ne pas s'arrêter mais Mauvaise-Nouvelle lui barre la route pendant que Sid pose gentiment les questions.

« T'as pas mille balles mec ? « Puis, devant l'air effrayé de l'autre

« Non je déconne ! On cherche un endroit où on pourrait se la donner. Tu vois il y a une place dans le coin, avec un bar et de la musique, une boite, des restaus, un turc qui fait des grecs. » Le nuitard se dit qu'il va les envoyer aux Suquets pour s'en débarrasser. Il n'ose pas encore, attend des précisions que Sid recherche sur les disques de sa mémoire entamée par la colle à rustine au fond des sacs plastiques.

« Y'a un arabe ouvert tard la nuit. « Et puis c'est l 'éclair, un grand bâtiment moderne de pierre grise et de verre.

« Cité, cité de justice ! » Ils avaient assez rit l'année passée en demandant aux passants où elle était cette justice. Le noctambule reprend espoir.

« C'est pas vraiment dans le coin. Il faut remonter par là entre l'église et le bâtiment et vous continuez tout droit jusqu'à la place du Champ Gilles. » Ce qu'ils font. Au coin de la rue du Cheval blanc et de la rue de l'Ange une vieille radasse fait l'article. Les bars scintillent mais ils les laissent derrière eux. Ils arrivent sur la place qui leur joue Clermont ville conquise.

« T'as encore de la caillasse ou il faut qu'on s'y mette direct. ? »

« C'est cool. Qu'est-ce que tu veux faire ? »

« Aller avaler un grec et torpiller une mousse. » Ils s'installent au Istambul , commandent un kebab chacun, deux mousses et ils s'appliquent, pour le moment, à vider une carafe d'eau fraîche. L'endroit est vivant sans être trop agité. Des jeunes circulent dans des caisses rafistolées ou sur des meules. Des réguls flemmardent en léchant leurs nanas et ils se régalent les yeux en mirant le balais des clermontoises court vêtues par cette nuit d'été. Ils rient en mangeant, la bouche pleine, les yeux chavirés . Les bifs rallument le feu des pilules tout doucement, leur donnant l'envie d'une autre rasade. Un grand punk, vêtu de kaki, que traîne un berger allemand en laisse, passe près d'eux et s'enfonce chez l'arabe. Il ressort avec une 8.6 qu'il dépucèle aussitôt. Sid se lève

« J'vais lui causer. Prépare des pils, ça commence. » Mauvaise-Nouvelle repousse l'assiette nettoyée et s'adosse à son siège, les deux pieds à terre. Le conciliabule dure un peu

« Comment j'sais ce qu'elle vaut ta dope ? T'es pas d'ici. Je te connais pas » Répond le mec au chien à Sid qui a vite fait les présentations.

« On te fait tester » Ça change tout et le carnet de rendez-vous du kepon se libère d'un coup, la magie d'un bon argumentaire commercial. Sid fait signe à Mauvaise-Nouvelle qui les rejoint. Ils remontent deux cent mètres en direction de la maison du peuple et trouvent une place abandonnée aux voitures. Ils s'adossent tous trois à la portière d'une bagnole et passent les jambes sous sa voisine. Sid est assis entre les deux et fait circuler le cacheton dans un sens et la bière dans l'autre. Dix minutes plus tard ils sont ressortis de leur planque, le chien les guide. La remontée est au grand train pour Sid et Mauvaise-Nouvelle juste derrière. L'invité apprécie aussi, il secoue la tête en soufflant très fort par le nez.

« Ok ça décoiffe. Combien vous en avez à vendre ? »

« Vingt à cent balles les trois » Mauvaise-Nouvelle a parlé, il veut s'installer en patron dès le début.

« ça tombe pas juste « réplique l'autre.

« On s'en fout d'où ça tombe. T'es acheteur ou tu te rinces à l'œil ? Comptes pas là-dessus tu vas m'abouler cinquante keus illico, pour celle qu'on vient de te refiler. » Sid s'en mêle sentant monter la pression. Le chien a flairé la nervosité de son patron et grogne.

« C'est cool les keums. Pas d'lézard, d'ac. Tu connais le pays, mec ?» Le maître-chien à crête jaune fait signe que oui en jetant un mauvais regard à Mauvaise-Nouvelle qui sourit méchamment.

« Tu peux nous trouver des cilles ? »

« C'est pas ce qui peut manquer. Je retourne à la cité, continuez à traîner dans le coin, je vous ramène ça dans une demi-heure. Combien tu me donneras pour ça ? » Le kepon en vert jette un regard méprisant à Mauvaise-Nouvelle

« Encore deux pills si on vend tout «

« ça roule. « L'autre s'éloigne derrière son clebs, le St Bernard des tripés. Les deux restent en bordure de la place, divagant au gré du beat. Sid questionne

« Comment c'est le foyer ? »

« Comme une ménagerie, le zoo, mec. Tu connais Vincennes, le bagne des bestioles ! Nous c'est pareil, le bagne des jeunes c'est là-bas. Le club Med veut ouvrir un village pour les curieux. « Il ricane méchamment.

« Et les autres, là-bas c'est le même genre que toi ? »

« De tous les genres pour toutes les bourses. Mais ils ont tous serré un joint, pas de parents ou des putes et des alcolos, des keums qui sont en zonzon ou en HP. »

Le temps s'étire, les façades se font moins nettes, la nuit colle pendant qu'ils glandent sous les arbres chétifs. Leurs cœurs tapent fort, ils sont raides, se mettent à ricaner sans raison.

« Mauvaise-Nouvelle, t'as hérité ça d'où ? »

« J'ai un déficit de connaissance autobiographique, c'est ma menteuse qui raconte ça »

« C'est grave ? »

« Ça veut dire que je me souviens pas du passé. Par contre je suis sûr d'avoir grandi dans le quartier de St Deun, vers Bonne Nouvelle. Et puis un jour au foyer, un mec a trouvé marrant de m'appeler 'bonne' en me mettant une main au cul. Je lui ai réduit sa gueule en bouillie, dix jours sans lumière ça m'a valu , mais depuis ils m'appellent 'mauvaise'. »

« Et ton vieux ? » Mauvaise-Nouvelle est plongé très profond dans ses pensées, personne ne se souvient de lui à Bonne Nouvelle, il y est allé plusieurs fois. Il estime donc que son départ remonte au moins à sept voire huit ans. Il sursaute

« Ouais ton père, le type que tu vas rejoindre à Nîmes ? »

« Écoute, j'ai appris un seul truc depuis que je suis au foyer : Tout ce qui me revient c'est pour oim, je dis jamais rien ni à la psy ni à personne. Tu en sais autant que les autres, ça suffit . »

Le grand kepon en treillis rapplique. Il tend un billet de cent que Mauvaise-Nouvelle froisse entre ses doigts, comme pour détecter la fausse monnaie. Il refile les trois pilules presque certain que l'autre n'en livrera que deux.

« Et toi, qu'est-ce que tu glandes quand t'es pas dans le train ? »

« J'vais un peu au LEP mais le reste du temps je suis avec ma horde. On zone du côté de la Nation, de la porte de Treuilmon ou de Bagnolet. Tu vois on écume dur. On fait la manche, on fait des doigts aux bourgeois, on se défonce. La belle vie, quoi ! Sinon à Drancy à l'école de close-combat. »

« Et tes potes, ceux qu'on va trouver au festival, quel style ? »

« Ce style là aussi, c'est les mêmes. »

« Et tes vioques, où ils zonent ? »

« Dans le neuf-quatre à Val de Fontenay. On s'joue le port de l'angoisse là-bas. Y a que des rates et des lascars. C'est pas l'endroit où faire fortune en tendant la main. Paris ça paye et c'est chaud quand t'es défoncé. « Le balai continue, le mec et son chien reviennent de temps en temps, il planque les cachetons dans le collier du clébard et c'est le retour de la caravane. Déjà trois cent balles captés, ils sont adossés à un arbre à présent, silencieux attendant le retour du berger. Ils surfent les vagues de la défonce, captivés par le bout de leur pompe où ils voient pousser des cocardes, ou attirés par l'éclat d'un lampadaire, leurs pensées comme des papillons de nuit. Le pousseur revient encore une fois. Cent balles à nouveau, comme s'il ne pouvait pas grouper les commandes. Les pastilles changent de mains. Cette fois ils s'effondrent entre les caisses au pied de leur arbre. Ils repartent aussitôt dans leurs visions, les yeux brûlant de trop voir. Le glissement d'une caisse au ralenti met du temps à percer la conscience de Mauvaise-Nouvelle. Il se penche quand même pour la regarder, tous feux éteints, au pas, pas vraiment à la recherche d'une place. Le gars est en éveil sous le cocon de la dope, il part à la recherche du flingue dans le zonblou. Il touche le bras de Sid

« Les civils sont là. Gaffe, on se tire. » Le keupon arrive juste à ce moment, il n'a rien remarqué, deux pils bien au chaud dans l'estomac.

« Hé, hé les tripés voilà de la caillasse. Envoyez les doses. «
Sid et Mauvaise-Nouvelle dégagent déjà entre les caisses, avec
un soupçon de retard. Le grand les aperçoit

« Hé ! les mecs, les mecs ! »

Un bruit de course et des sifflets, un éclat de projecteur et les
crissements d'une tire qui entame le contournement de la
place. Le chien du keupon qui a de bons réflexes étend sa
laisse au passage d'un des pandores qui s'étale. Ça freine les
suivants qui s'en prennent au clebs. Mauvaise nuit en
prévision pour le pousseur du Champ Gilles, justice nulle
part, police partout.  Les deux jeunes tracent, contrôlés
positifs aux JO, dans un bon temps. Pas de chance pour la
flicaille, même à coup de sirènes leur tire a du mal à se faire
un chemin parmi les quelques bagnoles qui se sont
agglutinées au sommet de la place, devant l'étalage de
quelques professionnelles. Ça laisse le temps aux deux mecs
de s'enfiler dans une rue sur la droite. Sid mène le train, il
pense s'être repéré. Ils remontent vers Chamalières, en
parallèle à l'ancien Lycée Amédée Gasquet. Mauvaise-
Nouvelle en a déjà marre c'est pas entre les murs du foyer
qu'on peut s'entraîner au marathon.

« Je m'arrête ! » Sid se retourne à peine

« Continue on va se faire serrer. »

« Pas question, »  Mauvaise-Nouvelle s'est plié en deux
cherchant son souffle

« J'ai une combine » Mais Sid est déjà loin. Mauvaise-
Nouvelle prend la première rue à gauche et se jette sous une
tire. Une sirène beugle dans la rue qu'il vient de quitter. Il

reste tranquille un grand moment. D'autres caisses passent, il doit y avoir des flics plus discrets. Sid, pendant ce temps, s'arrache dans un sprint dopé qui fait remonter le doner kebab et la bière. La caisse des flics commence à grogner au-delà du virage derrière lui, en bas de la rue. Au premier carrefour, il se jette sur une bagnole qui pile malgré le feu vert, Sid est à moitié grimpé sur le capot, il n'a pas vu la caisse , il regardait derrière lui. Il se tourne enfin vers le pare-brise. Un visage de fille jeune qui lui dit vaguement quelque chose lui sourit. Les keufs se rapprochent, Sid glisse sur la tôle en direction du côté passager. Dans la caisse, la fille tend la main, elle débloque la porte arrière droite et il se jette sur le plancher en claquant la portière pendant que la meuf démarre sec. La patrouille arrive, elle fonce sur le boulevard en croisant la bagnole où Sid s'est planqué. La meuf conduit calmement en assurant, lui reste toujours recroquevillé au sol. Elle dit finalement.

« C'est bon, on est sorti du quartier. » Sid se redresse, mate un moment par les vitres,  pas de spot bleu en vue. Il courbe sa carcasse et passe sur le siège avant. La fille rit pendant qu'il se contorsionne. Une fois assis, il contemple enfin sa sauveuse, il connaît son visage, mais aucun nom ne vient. Et pour cause. La fille se décide.

« Je m'appelle Isabelle, Zab pour ceux qui me plaisent. Et cherches pas où tu m'as déjà vu, t'y arriveras pas , c'était au super marché cet apré'm. »

« Ouah, le changement. T'assures, c'est sûr ! C'est toi la caissière, justement je pensais passer pour te faire la causette.

Mais puisque c'est toi qui est venue, il faut que je te paye un coup, d'acc ?« Heureusement il a gardé le dernier bifton de cent que le kepon a apporté. La fille a vraiment changé. Au supermarché Sid l'avait trouvé pas mal, mais là elle est craquante. Elle a remonté ses cheveux en crête au-dessus de sa tête, elle est maquillée large, des anneaux en ribambelle ornent ses oreilles. Deux grosses bagues à tête de mort décorent ses majeurs. Un t-shirt blanc ras le cou moule sa poitrine à travers l'ouverture de son bombers vert forêt. Ils éclusent un demi chacun à une terrasse mais Sid n'est pas tranquille, il scrute la rue sans arrêt, il pense à Mauvaise-Nouvelle. Zab lui demande d'où il vient, ce qu'il trafique dans la vie.

« J'arrive de Paris, (On vient toujours de Paris quand on rencontre une fille en province même si on est banlieusard). Je suis venu pour le festival à Saint-Amant, j'y pars demain.»

« Moi demain je bosse au super marché, jusqu'à 14h. Tu parles de vacances. Je fais ça pour payer mon appart tu vois. » Sid voit bien, une meuf avec appart c'est toujours à soigner.

« T'as un appart aussi à Paris ? »

« Ouais je partage avec un pote, on a un grand trois pièces à la porte de Montreuil. Si tu viens à Paris faut passer chez nous, c'est cool. » Sid ment avec conviction, Zab avale tout.

« Justement j'aimerai bien passer en Septembre. »

« Eh ben pas de blème, c'est quand tu veux ! Est-ce que tu pourrais me ramener d'un coup de caisse ? Je dois rejoindre mon pote.»

« Où ça ? » Sid a un trou de mémoire les pills ont effacé le nom du parc.

« Un parc là-haut tu sais, on prend la route à droite en sortant de ton super et on remonte tout en haut à gauche vers la montagne. »

« Le Colombier ? Y'a un stade ?»

« Non je sais pas , j'ai oublié le nom. » Il fronce les sourcils mais ne fait pas l'effort sur sa mémoire, incapable de se concentrer.  Zab sourit

« Ok je te dépose, si t'es capable de me guider. »

« Ramène moi d'abord là où tu m'as trouvé, après ça ira. » Zab pilote la vieille Renault en direction de la Banque de France et reconduit Sid au carrefour où elle l'a ramassé. Le punk se remet et indique la bonne direction. Arrivés à Bargoin il la convainc d'enfoncer sa caisse dans l'obscurité du chemin jusqu'aux abords de la cabane. Il ouvre la vitre et appelle Mauvaise-Nouvelle tout bas d'abord puis à pleine voix. Le silence retombe, Sid dit

« J'espère qu'il s'est pas fait poissé par les flics. » Zab donne des signes d'impatience, Sid se fait dur.

« Arrête ton moulin et éteint les lumières, on va l'attendre un moment, il connaît pas la ville. » Zab soupire.

« Je prends à 9 h demain, je veux aller au pieu. »

« Juste un moment, on discute, une heure, OK ? »

« une demi-heure pas plus, je suis naze. »

« Ok, c'est nice, t'es pas bêcheuse. » La fille allume une sèche et commence à la cramer en passant le coude par la fenêtre ouverte. Sid demande une clope et se remplit de fumée à son tour. Ils regardent le noir de la nuit derrière le pare-brise sans rien dire, ils finissent leur raxe en même temps. Sid se retourne vers Zab et toujours sans un mot il vient coller sa bouche aux lèvres violettes de la meuf. Elle met un moment avant de desserrer les dents. C'est le signal pour les mains de Sid qui fourragent dans l'ouverture du bombers. C'est rond et c'est ferme. Ils soupirent ensemble, leurs souffles se font courts, la lutte s'engage. Zab interdit l'accès à sa minette par contre elle aime bien se faire tripoter les fesses, ça compense. Elle murmure quand il s'excite trop.

« Pas ici, pas ici. » Sid est bien d'accord, c'est pas comme ça qu'il y arrivera. Il se détend et décide de profiter de la situation comme la meuf l'entend. Il l'embrasse à perdre le souffle, ses mains passent du cul à la poitrine, appuyant toute la chair qu'elle lui offre. Il a retroussé le t-shirt et à moitié extirpé les seins du soutien. Le jeu dure un bon quart d'heure après quoi Sid sort sa queue et tente de convaincre Zab de la lui sucer. Elle demande une capote, mais il n'en a pas sur lui, il faudrait qu'il aille en chercher dans son sac, impossible dans cet état. Zab se penche en avant et le masturbe rapide entre ses seins. Il n'est pas long à venir, elle s'écarte rapidement pour éviter le jet qui va crépir la garniture de la portière côté chauffeur. Ça sent le foutre tout à coup. Zab sort un paquet de mouchoir en papier de son blouson. Elle en tend un à Sid qui fait une toilette rapide et range son accessoire. Zab fait le ménage dans sa caisse après s'être rajustée. Les traces de sperme disparaissent, elle jette les deux mouchoirs par la vitre. Elle embrasse Sid et dit.

« Je vais y aller. Tu pars à quelle heure demain ? »

« J'sais pas, tu veux pas venir avec nous ? »

« Si tu attends 14h, je viens et on y va avec ma caisse. »

« D'ac tu passes ici quand t'as fini ton taf ? »

« Vers deux heures et demi , ça ira ? »

« On t'attend ici sans faute. »

« Tu crois qu'il va venir ton mec ? »

« Sûr, il va s'en sortir. »

« Bon je m'arrache. » Elle l'embrasse à nouveau et il sort dans la nuit en se dirigeant vers la cabane.

Mauvaise-Nouvelle, pas complètement retombé après un délire de près d'une heure sous le pont et le podéch de la bagnole qui l'abrite, met une tête dehors. 23h, tout est calme. Il longe les murs, traverse le boulevard et remonte l'avenue de Royat à l'ombre des arbres mais en arrivant près du carrefour Europe il doit à nouveau se planquer : Les schmits îlotent. Il décide de tenter de suivre une parallèle à l'avenue sur la gauche. C'est seulement deux heures plus tard qu'il retrouve l'entrée de Bargoin après s'être perdu à travers Chamalières et Royat. Obligé de sélectionner parmi les rares volontaires au renseignement qui croisent son chemin, il n'a pu demander sa route que deux fois. Il scrute le chemin mais doit s'enfoncer dans l'obscurité. A nouveau son cœur bat fort, il a droit à une remontée de trip sous l'effet de l'émotion. Il marche dans l'herbe en bordure du chemin et touche chaque arbre au passage. Enfin le coin de la cabane : Il la contourne en essayant de deviner une lumière par les interstices du bois. La baraque ne laisse rien filtrer. Mauvaise-Nouvelle se dirige vers la planque en bordure de forêt . Il sort le feu de sa poche et le prend bien en main, dégageant la sécurité. Il passe le front des châtaigniers, le buisson est là. Personne, Sid a du se faire poisser. Il cherche sous les branches, allongé. Il ne trouve pas le sac à dos, puis un craquement le fait se retourner. Il a le pétard au bout du poing, Sid crie

« Déconne, c'est moi. »

« Connard, un peu plus j'te butais »

« Comme le mec de la rue Lassou ? »

« Il ont parlé de ça aussi au Journal Truqué ? Les pils sont là ?»

« J'y ai pas touché, pourtant c'est pas l'envie qui m'a manqué. Quand tu t'es planqué, j'ai piqué un sprint, y'a que des montées dans ce pays. »

« Explique »

« Quand j'ai entendu la sirène, j'étais au feu en haut de la rue. Une bagnole m'est rentrée dedans, j'ai fini sur le capot. C'était la caissière du super de cet après-midi. C'est elle qui m'a reconnu. Elle m'a planqué aussi sec et je lui ai demandé de faire le tour du quartier pour voir si on te trouvait. Puis elle m'a ramené ici; ça fait deux heures que je prends patience. »

« Tu l'as tirée ? »

« Elle voulait pas ce soir, mais elle a dit qu'elle viendra avec nous à Saint-Amant. Elle a une caisse en plus. »

« Ça y est t'es morgan ? Je connais pas pire qu'un mec accro. »

« Tu rigoles, moi je prends que de la meuf-klinex. »

« Mouais, avec tout ça on a fait l'éco des deux extases du keupon. »

 « Tu parles, c'est ses clilles qu'ont pas dû la faire l'économie » « Ouais et lui il risque de faire l'économie d'un squat pendant un bon bout. » Ils récupèrent le sachet de dope, Sid charge son sac à dos puis ils partent pour la cabane. Ils finissent le peu d'eau restante et s'allongent sur les transats. Sid a l'impression de faire du manège à la foire du Trône, tout tourne et son visage se crispe sur un sourire. Mauvaise-Nouvelle, lui plonge direct dans le sommeil. Le début de la nuit est calme, mais vers le matin le passé vient l'inquiéter. Il est sur le canapé de la psy, il se confesse pendant que le magnéto enregistre sur un fond de musique planante.

« Dites-moi où vous vous trouvez »

« Toujours pareil M'dame dans ma chambre à Bonne Nouvelle. »

« Que voyez-vous ? »

« La même chose M'dame. Le piépa vert, les bécanes au mur, un avion accroché à la lampe, ça n'a pas changé depuis la dernière fois. » Sa voix s'est faite moqueuse.

« Concentrez-vous. Faites le vide. Voyez-vous la porte ? » Mauvaise-Nouvelle ne répond pas, depuis qu'il lui a lâché cette porte il faut toujours qu'elle lui demande d'aller l'ouvrir; il a donc supprimé la fenêtre préventivement. Ça ne rate pas « Allez ouvrir la porte. » Mauvaise-Nouvelle laisse le temps au petit garçon virtuel d'arriver à la porte. Derrière, le salon est dans l'obscurité.

« Que voyez-vous ? »

« Rien M'dame, il fait noir »

« Essayez, détendez-vous, laissez-vous aller. Y a -t-il des
meubles ? » Elle passe sa main sèche sur le front déjà humide
du garçon. De meuble, il y en a au moins un, une table
costaude sur laquelle sa mère est penchée, les avant-bras
appuyés au bois. L'ombre de l'homme est derrière sa mère,
elle va et vient. Ils halètent tous les 2, sa mère gémit pendant
que le type grogne des mots que Mauvaise-Nouvelle ne
comprend pas.

« Que voyez-vous ? »

« Rien M'dame, c'est sombre. » Le petit garçon est le dos au
chambranle, il appelle dans l'obscurité

« Maman , maman » C'est la voix enrouée de l'homme qui
répond.

« Casse-toi petit, casse toi » puis celle de sa mère qui pleure
presque

« Ce n'est rien chéri, laisse nous. » Alors qu'il referme
doucement, il a encore le temps d'entendre l'homme qui dit
« Oh oui, je vais te baiser. »


Câlin est mécontent, les rapports de Sandrelli n'ont rien
apporté, sinon le portrait-robot d'un gamin qui a
probablement fait le coup et qui est dans la nature quelque
part entre Nevers et Arlant, pas de quoi pavoiser pour la
meilleure police du monde. Ce gosse a du culot, dommage.
Depuis cinq heures du matin, Câlin n'a pas quitté son bureau
prenant ses repas sur place et piquant une petite sieste dans
un des fauteuils club. La somme représentée par la perte des

pilules n'est pas vraiment digne d'intérêt mais si n'importe quel petit branleur peut se permettre d'intercepter un chargement c'est l'anarchie. Et l'anarchie, Câlin n'aime pas. Le téléphone frémit, Câlin décroche. C'est une voix féminine.

« Jacques a disparu du foyer depuis deux jours. »

« C'est maintenant que vous me prévenez ? »

« Vous aviez dit quarante-huit heures » Câlin pince son nez étroit admirant au passage le brillant qui flamboie à son auriculaire.

« Faxez moi son signalement. » Un souci de plus, cette journée est vraiment pourrie; il se sert un Vieux Produit Vraiment Spécial en attendant la réponse du fax. Trois ans au moins qu'il n'a pas vu le visage de Jacques. Il prend les deux feuilles qui sortent et écarte l'accusé de réception. La description de Jacques en quelques lignes et une photo. Il se masse la tempe droite du bout de ses doigts manucurés. La photo ressemble beaucoup au portrait-robot qui traîne encore sur son bureau. Câlin pense qu'il n'a probablement qu'un seul et même souci. Il joue avec l'antenne du sans fil puis se décide. Il rappelle la directrice du foyer pour quelques précisions. La femme lui fait la lecture du rapport de la psy.

« Jacques n'a que des souvenirs partiels, remontant pour la plupart à sa petite enfance. Depuis le début de l'année, il ne fait plus de progrès. La psy se demande s'il ne simule pas un blocage en gardant pour lui les bribes d'information qu'il fait remonter lors des séances. Elle conclue en signalant la possibilité d'une évolution psychotique de la recherche d'identité avec risques de délire ou d'aphasie. Des stimuli extérieurs pourraient provoquer une rémission de l'amnésie. » Câlin raccroche, il en sait suffisamment. Il réfléchit longtemps puis compose un numéro à Lyon. Après quelques sonneries, une voix endormie répond. Câlin explique :

«Vous devez être au courant. Nous avons perdu un messager avec ses bagages. Il se pourrait bien que celui qui les a récupérés approche votre secteur. Allez vous renseigner du côté de Clermont ou Vichy. »

« Vous n'avez personne de plus près ? »

« Vous êtes le meilleur, et puis j'ai toute confiance en vous. Vous ne voudriez pas décevoir cette confiance, n'est-ce pas commissaire Lucas ? » La voix de Câlin s'est faite susurrante, l'autre ne dit rien, on entend seulement sa respiration, lourde « Je vous faxe un dossier, le code de l'opération est Hallali. » C'est ça, pense Lucas, depuis que tu fréquentes la haute tu vas chasser trop souvent en Sologne. Tes codes sont limpides, la vraie chasse, la seule, c'est la chasse à l'homme. Celle pour laquelle tu viens de me missionner. L'annonce le plonge dans un calme concentré. Câlin a passé un long moment sans rien dire il rompt finalement le silence.

« Je peux compter sur vous ? » Sa voix est ferme à présent, loyale. Il connaît bien son Lucas, qui aime les comportements d'homme.

« Vous pouvez « Ils raccrochent simultanément puis Lucas se tourne vers sa femme et se colle à son dos en passant son bras autour d'elle. Sa bonne chaleur le rassure et son esprit s'envole pendant que le fax cliquette. A six heures, il est debout et il déchiffre le fax en buvant un café. La première page est une photo mal transmise d'un gosse. Seize, dix-sept ans estime Lucas. Sur la seconde page, les circonstances de l'élimination de Bizweck. On soupçonne le môme d'avoir tiré la balle qui a achevé le flic. Un tueur de keuf, Lucas sent son pouls accélérer, son corps se tend. Un frisson d'excitation et de hâte le parcourt. C'est la première fois qu'il s'attaque à ce type de cible. Pas d'état civil du jeune, Lucas se dirige vers sa machine et soulève calmement le capot. La dernière feuille de l'émission est restée bloquée sur les rouleaux de l'imprimante. Il s'en saisit et commence à la parcourir en refermant le fax. Son regard s'arrête. La feuille dit :

date de naissance : 03/02/1980

Lieu : Paris IXème

Nom  : Jacques Schwester.

Il reste cinq minutes plongé dans ses pensées en contemplant le visage du gamin, c'est Leila, sa douce qui vient le réveiller.

## Jeudi, Le Solier, commune de Saint Amant Roche Savine

Au Solier, c'est le dernier jour de tranquillité avant le festival, c'est aussi la Saint-Jacques, anniversaire de la mort d'Auguste, le père de Félix Enjolras. Celui-ci l'avait oublié mais sa mère le rappelle au devoir. Un bon mois qu'il n'est pas allé à l'église avec elle alors il se laisse convaincre. Le curé fait le déplacement pour les vêpres ! Félix est vêtu d'une chemise de laine à large carreaux rouges sombre sur blanc sous laquelle dansent ses muscles, son visage et ses avant-bras sont bronzés, pour compléter sa panoplie il y ajoute son panama malgré les critiques de sa mère.

« Tu vas encore nous faire honte avec cette vieillerie. Viens donc je te dis, il y aura la fille des Brun.» Il s'en fiche, il emmène quand même le chapeau en ballade. Christelle, la fille des Brun, il la connaît déjà. Une fille qui ne revient au village que contrainte et forcée pendant les vacances et qui ne rêve que d'aller s'entasser en ville. La mère et le fils se pressent sur le chemin goudronné en passant devant le gîte rural qu'a construit le père Chabrier depuis peu. Un couple, la cinquantaine, tous deux noirs et un jeune garçon endimanché, noir lui aussi, patientent dans la cour. Par la porte, le père crie quelque chose que Félix ne comprend pas. Il pense que les touristes, décidément, viennent de terres de plus en plus lointaines . Félix et sa mère entrent dans l'église, fraîche. Quelques femmes et hommes dans la force de l'âge sont déjà alignés sur les bancs. Les femmes papotent de rangée en rangée pendant que les hommes tripotent leurs gros doigts. Les Enjolras se séparent, la mère va au premier rang alors que

Félix traîne à l'arrière garde des croyants. Il s'assied, quelques types lui adressent des signes de tête. Tout à coup les visages se retournent tous vers l'entrée. La famille de vacanciers fait son entrée dans l'église, ils remontent la travée et vont s'installer sur la rangée opposée à celle où est assis Félix. Les conversations reprennent tandis que le curé, échappé de la sacristie, va serrer des mains au premier rang, les regards se détournent des étrangers, pas celui de Félix. En plus des trois touristes aperçus dans la cour du gîte rural, une grande fille noire, vingt-cinq ans à peu près, s'est assise en bout de banc, juste de l'autre côté de la travée. Il contemple son profil, son cou fin dégagé par la robe bleu blanc. La fille sent son regard, elle tourne légèrement la tête. Ses yeux sont sombres, profonds comme un gour, et doux et doux. Elle les abaisse et se retourne vers sa mère. Félix se concentre sur l'autel où le prêtre a fini par grimper. Puis il jette à nouveau un regard vers la famille. Le père, massif ,est au centre, les deux femmes sur sa gauche et son fils sur sa droite. Il ôte un chapeau noir de sa tête, comme ceux des joueurs de poker dans les westerns. Le curé commence son sermon, bien sûr le festival et ses pêchés en sont le sujet. Les agriculteurs secouent la tête; ils sont d'accord. Félix laisse parfois ses yeux obliquer sur la droite. La famille est recueillie, ils sont tous un peu repliés sur eux-mêmes, les mains jointes. L'homme du clergé estime qu'un quart d'heure de mise en garde contre les tentations suffit bien à ses ouailles et il précipite un peu la fin de son discours. Sa voix ample retentit sous la voûte.

« Nous allons maintenant chanter pour la paix de notre frère Auguste, pour sa famille et ses amis rassemblés. »

Il donne le La mais après à peine un couplet lui et ses deux enfants de chœur sont asphyxiés par la famille de noirs qui a appris à chanter sous un autre soleil. Ça change des paysans-paysannes fervents mais au lyrisme frustre. Les deux voix de femmes répondent à celle de l'homme, basse et vibrante, le curé suit tant bien que mal pendant que celles des paroissiens se font murmures. Félix détaille maintenant les chanteurs sombres. Il remarque que le noir dans lequel il les a tous englobés, est nuancé en fait. Le père est aussi noir que son chapeau et son costume ou presque. La mère est brune, sans plus ,et sa fille a le même teint qu'elle. Le gamin est entre les deux, on n'a pas encore entendu sa voix. Son père lâche son chapeau d'une main et la pose sur l'épaule de son fils. Le jeune se met à l'unisson du reste de la famille et le curé en perd le rythme. Le gamin scande le cantique sur un tempo indépendant, sautillant sur la rythmique tenue par les trois autres: Pour une fois, le festival a commencé dans le village. A la fin de l'office, tout le monde glisse une pièce ou un bifton dans la corbeille. La mère de Félix lui fait signe de l'attendre alors qu'il essaie de s'échapper pour fuir le retour avec la famille Brun. Il sort quand même et attend sur le parvis. Ni les noirs, ni les Brun n'ont encore quitté l'église. La famille de touristes est la première à faire son apparition. Ils causent dans une langue qui ressemble à du français mais que Félix ne reconnaît pas. Il fixe à nouveau la jeune fille, détaillant ses mollets au-dessous de la robe qui descend bas. Puis il remonte vers le visage. En même temps que le père recoiffe son chapeau noir, il a le même geste de son panama. Il sourit, la fille qui a remarqué la coïncidence lui rend son sourire. Il se sent bien, il n'a jamais vu un visage aussi pur.

Sur le chemin du retour, il fait la conversation à la fille Brun que ça n'intéresse pas plus que lui.

« C'est bien pour leur faire plaisir » finit-t-elle par dire en lorgnant les vieux qui papotent derrière eux. Félix est d'accord.

« Sur, ils te prennent pour Stéphanie de Monaco. Je devrai acheter une licence de garde du corps. » La Christelle pouffe, on est enfin arrivé à la bicoque et Martine, la mère de Félix, ne trouve rien de mieux que d'inviter les Bruns à boire le coup. Félix siffle son verre de rouge vite fait et la grenadine de la fille Brun ne touche pas les bords. Félix demande

« On va faire un tour ? » Elle se lève sans broncher, les vieux font ceux qui ne s'aperçoivent de rien. Aussitôt dehors, ils se serrent la main en se disant à la prochaine et chacun vaque à ses occupations. Félix arpente un instant la cour herbeuse, il aurait dû passer la faux. Il va pisser sur son tilleul, juste derrière le mur de pierre. Le nez dans les cieux, il se soulage, comme un homme libre, rendant à la terre un peu de ce qu'elle lui donne puis il gagne l'étable, les bêtes bruissent calmement, au repos. Ça sent fort mais Félix n'est pas gêné. Il passe en revue les fessiers ruminants. Galia, la plus espiègle profite de son passage pour libérer une bouse qui va s'écraser dans le petit caniveau. Félix claque la croupe de la vache qui tourne la tête, le sourire au museau. Du bout du pied, il tire le tabouret de traite et le place devant le secrétaire appuyé au mur au centre de l'étable. Il ouvre la porte du meuble et déplie la tablette. Il installe le poste radio et le règle sur les ondes courtes. Une voix de femme retentit puis un homme qui répond. C'est de l'espagnol et le paysan reconnaît la langue sans y comprendre grand-chose; espagnol en seconde langue au CES, ça ne laisse pas de grands souvenirs à la trentaine. Il cherche la petite boite de fer au fond du secrétaire sous la pile de papier. Il en extrait un rectangle de rizla et prépare son mélange. Il tire longuement sur la première taf, la faisant durer dans ses poumons. Les discours de la radio ont laissé la place à une musique tropicale, beaucoup de cuivre repère Félix qui a joué du clairon dans une fanfare. L'herbe grésille pendant que les vaches attendent la traite. Tout ce qu'il aime est là ou presque, manque seulement son champ de sinsémilla, sur une pente au soleil, hors de portée des grosses fesses des pandores. Pas question d'aller s'enterrer vivant en ville, entassé, serré compact, c'est pas Clermont ou Lyon qu'elle veut la Christelle, Paris c'est tout. Félix lui souhaite bien du courage.

Il se lève, une femme lit à la radio, sans doute un texte célèbre dans son pays. Félix pêche son panama sur le rebord du secrétaire. Il le coiffe, tirant le bord avant entre ses doigts. Il appartenait à son père, il l'a retrouvé intact dans une boite au grenier, il y a cinq ans, à la mort du vieux. Il ne se souvient pas d'avoir vu son père, un jour, porter le chapeau. Il se mate dans la vieille glace jaunie à l'opposé du secrétaire, en s'approchant. Il se contemple de prés maintenant. Un nez droit, des yeux clairs, des mèches rebelles sous le panama blanc, impeccable. Il n'y a pas deux mois que Félix l'a amené se faire une petite propreté chez le chapelier à Lyon. Il se sourit sur la musique qui a repris, il doit traire les vaches pour la nuit, il ne l'a pas fait en ramenant le troupeau. Il met le chapeau en position et procède à son office du soir en palpant des seins de vaches, l'extase.

Après la traite Félix va rejoindre le veau à son enclos. Il se penche par-dessus la barrière basse. Le petit approche sa grosse tête et lèche la main de l'homme de sa langue râpeuse. Félix lui gratte doucement la tête. L'ambiance s'est faite rigolarde autour de lui. Demain soir les premier s zonards vont arriver pour le festival, ça va faire monter la température dans le pays. Il a vu les jeunes, embauchés par les organisateurs, commencer à dresser des barrières sur la route cet après-midi. Le Solier sera fermé pendant les deux jours pour éviter que la faune ne remonte jusqu'aux maisons des indigènes. Félix n'est pas de l'avis des autres habitants, il aime bien la période du festival. Après deux jours de débauche et de défonce, il y a toujours une nana fatiguée pour venir traîner vers le village à la recherche de lait chaud, d'une douche et d'un lit. Lors des deux éditions précédentes, Félix n'a eu qu'à se féliciter de son hospitalité. Chaque fois, la fille s'est montré reconnaissante. Il faut dire qu'il la lui joue grand seigneur. Il l'installe douillettement dans le studio qu'il s'est aménagé dans la montée de grange à l'écart de sa mère et il laisse dormir la fille tout son saoul avant de l'entreprendre devant un café et un stick brûlants. Dans le coin, les femmes sont une denrée rare, alors une groupie en limite de fraicheur c'est quand même une femme. La pénurie est telle qu'un des grands pontes de TF8 à Paris a dû s'interroger un beau jour. « Mais où c'est-y qu'ils se procurent les femmes là-bas ?» Et une équipe de sans-gênes a débarqué un soir de Mai. Ils se sont mis à poser des questions dans tous les coins, à la recherche du scoop. Ils sont tombés sur le filon : Importation d'épouses, c'est la solution dans le coin. De l'océan indien, des caraïbes, les femmes choisies sur catalogue débarquent. Félix a eu à faire à la questionneuse, une belle femme blonde aux yeux fatigués avec une indéfroissable sur la tête. Il lui avait annoncé sa façon de voir, qu'une femme et un homme doivent se pratiquer avant de s'attacher et que choisir sur le papier glacé d'une agence ça lui faisait froid dans le dos. Il avait eu droit à deux minutes dans le reportage, pas plus, mais toute la nuit avec la blonde, sans doute une collectionneuse de races en voie d'extinction. Il lui avait fait goûter aux produits de la ferme et elle lui avait sorti le grand jeu. Quand il avait joui la première fois, dans son sachet de latex, il avait eu l'impression que c'était elle qui lui avait enfoncé une aiguille d'entomologiste dans l'abdomen. Ils en avaient bien profité, la femme avait dégusté son mec élevé au grand air, préparant son discours pour les copines au retour à Ripa. Du vécu : 'J'ai pieuté avec un homme des bois dans la haute Auvergne'. Le genre de baliverne que s'enquille la mère à longueur de soirée au volant de sa boite à mensonge, faut croire que tout est possible, du dégoulinant sur l'écran s'iouplait. Félix n'avait pas été fâché qu'elle se casse le lendemain, tôt. Elle n'avait jamais rappelé, lui non plus. Sinon les femmes ici, c'est aussi les professionnelles de Clermont, de St Etienne ou de Lyon, une à deux fois par trimestre, la vie sexuelle en zone rurale de moyenne montagne. La dernière virée à Clermont chez Julien, le copain de fac où Félix n'a fait qu'un an, n'a même pas permis une vidange. Ils étaient tellement saouls que Félix n'a pas eu le courage d'aller tenter sa chance. Il passe encore un moment dans l'étable, changeant parfois la fréquence de la radio à la recherche d'autres contrées et d'autres langages, jusqu'à ce que sa mère l'appelle, la soupe est servie. Ils font encore une prière à table et la vieille jette un regard sur la photo du père qui trône sur la télé qui beugle. Félix prend la télécommande d'une main calme et coupe la chique du présentateur qui s'entête, gesticulant des lèvres.

« Laisse ma télé, je l'ai acheté avec le son. »

« Regarde-le, tu trouves pas qu'il a une tête de menteur quand il se tait ?»

« A propos de menteur, qu'est-ce que vous vous êtes raconté avec la fille Brun , que vous êtes pas revenus ? Tu l'as pas amené à la montée de grange quand même ? » Félix a de l'appétit et il dévore la volaille.

« On a rien à se dire avec Christelle, alors on s'est rien dit, juste au-revoir. »

« Tu crois peut être que c'est comme ça que tu vas trouver une femme. Me ramène pas une de ces noiraudes de calendrier. »

« T'inquiète, j'en trouverai une femme et j'irai pas la commander à Lyon. »

« On se demande d'où tu vas la sortir. La Christelle, c'est la dernière du pays. Si tu la laisses filer, tu pourras toujours demander à une de tes vaches de te faire un veau. » Félix reste calme, c'est sa mère; elle oublie de temps en temps qu'il a trente-trois ans depuis la Noël .

«Faudrait lui couper les deux jambes à Christelle pour qu'elle se marie ici. Alors laisse la filer, c'est pas elle qui fera ta camomille. »

 « Je crois bien qu'à ton allure c'est toi qui la préparera ma camomille. T'es jamais pressé pour rien, mon pauvre garçon. Pourtant ni ton pauvre père, ni moi n'étions paresseux. D'où tu la tiens ta causse ? C'est toujours ce que te demandait Auguste. » Elle sourit à l'évocation de son vieux. Malgré les discours de sa mère, Félix voit bien d'où lui vient son sens de l'attente. Ses parents s'étaient choisis alors que sa mère approchait de la quarantaine, son père avait dix de moins. Auparavant, elle avait été promise à un gars du pays dont la dernière adresse connue remonte à Roanne, quarante ans plus tôt. Sauvée par le gong, Félix avait été leur seul enfant, pas le temps pour un deuxième passage.

« Tu te souviens aussi qu'il demandait toujours comment ton père avait réussi à rendre ta mère muette ? »

La maman rigole, son visage se plisse un peu plus, elle a encore des airs de jeune fille dans les yeux quand elle rit. Elle prend l'avant-bras de son fils dans sa main droite.

« Tu as au moins hérité de sa gouaille, il avait toujours le dernier mot. » Ils se séparent  sur des cerises à l'eau de vie. Félix libère la téloche, la mère s'installe devant le nième épisode d'une série à perpétuité pendant qu'il regagne son étable.

## Vendredi, Le Solier

Le lendemain c'est les foins. La météo a prévu du soleil, comme bien souvent fin juillet. Il prend son petit déjeuner vers 7h et se goinfre après une rapide prière en direction d'Auguste, orchestré par la mère. Elle lui prépare rapide un repas pour midi pendant qu'il se douche, une manie qu'elle n'aime pas. Se doucher deux fois par jour, comme une bourgeoise. Elle n'en parle à personne au village, pourtant ça se sait. Félix est dehors, il siffle Sandy, sa chienne, qui n'est pas longue à venir se frotter dans ses jambes. Le Fiat chauffe et fait ronronner son diesel dans le matin silencieux. Il ouvre l'étable et va libérer les bêtes qui prennent la direction des prés sous le commandement de Gallia et les coups de gueule de Sandy. Il grimpe sur le tracteur et fait un signe en direction de la fenêtre derrière laquelle sa mère le regarde. Pas le grand amour ces temps-ci. Elle le sent changer sans pouvoir rien faire, s'enfoncer dans le rythme d'un célibat de confort et elle a besoin d'une femme jeune pour l'aider à faire tourner la maisonnée. Félix précède le troupeau à travers le village du haut de son poste de commande. Sandy s'agite beaucoup autour du troupeau, elle n'est pas très à l'aise dans ce rôle; c'est une chasseuse et Félix l'a choisie pour cette raison. Ça fait bien rire les vieux de Saint-Amant, un type qui entretient un chien de chasse et qui n'a pas descendu ne serait-ce qu'un faisan d'élevage depuis des lustres. Cinq ans exactement que Félix a décidé de ne plus chasser pour tuer. Au décès de son père, l'idée de distribuer la mort dans le petit peuple des bois et des champs lui a semblé ignoble. Sandy a été surprise au début, mais elle en a pris son parti et court seule après le gibier, Félix la suit de loin et son fusil à qui il fait faire la ballade n'est jamais chargé. Elle ramène de temps en temps un lapin ou un mulot comme pour partager. Toujours des animaux vieux ou très jeunes dont elle fait craquer les os de ses mâchoires puissantes. Il est descendu du tracteur, emmitouflé serré dans le matin où sa respiration fait des petits nuages. Ses mains sont rouges sur le piquet de bois qu'il écarte en entraînant les fils qui barrent la route à Gallia. Elle entre seule comme une présidente de comice agricole, roulant de l'arrière train en adressant un regard en coin à Félix qui lui fait une grimace. Il va ouvrir l'eau dans l'abreuvoir de zinc et remonte sur son tracteur après avoir remis des barbelés sur la prairie. Il ne pousse pas trop le Fiat qui ne demande qu'à foncer. La matinée est fraîche et une grosse journée les attend dans des prés en pente du côté de Bartivelle, inutile de partir au sprint, il va falloir durer, Félix a apporté de quoi tenir. La mère a glissé un kil de rouge dans la besace et il y a ajouté un sachet d'herbe et deux clopes. La lieuse est restée dans le pré, il l'arrime au tracteur et les lignes droites commencent. Félix contemple son pays comme il l'a déjà fait mille fois; la vue offre une compensation à ce que ses tympans doivent supporter, les grondements du diesel et les claquements secs de la lieuse pendant que l'herbe sèche se transforme en ballots de foin. A 10 h, il a enlevé la parka en duvet et surveille un busard qui tourne au-dessus de lui depuis un moment en quête d'une aubaine dispensée sous forme d'une grive ou d'un rat dérangé par l'activité humaine. L'oiseau de proie a déjà plongé une fois sur la gauche mais il est remonté bredouille. Félix va rejoindre Sandy pour un second petit déjeuner au pâté, au melon et au rouge. Sandy frétille et gobe les tranches de melon ou de pain au pâté que détache le Laguiole de Félix. Puis le ronron reprend un peu plus loin et un peu plus loin encore. Les vêtements s'amoncellent sur le dossier du siège, un pull, un t-shirt épais, plutôt frileux Félix. C'est un des reproches habituels de sa mère

« T'as pas une petite couche de lard, comment tu veux résister au froid ? » Sûr, tous les hommes du pays portent la bedaine, le froid connaît pas, ils tournent à l'antigel. A midi il est enfin torse nu et prend un repas plus consistant en compagnie de Sandy. Elle aussi a profité de l'anarchie qui règne dans la population des rongeurs suite au passage du tracteur. Une musaraigne a connu un sort funeste ce matin et la chienne dédaigne un moment ce que son maître lui offre. Il grille un cos pour le dijo et remonte en selle pour quatre heures coupées par le milieu. A 16 heures, après être descendu seulement deux fois pour remettre en route la lieuse qui avait cassé son fil,  il plie les gaules, la météo  prévoit encore du beau temps pour le lendemain et le surlendemain, il a envie d'aller faire son tour au champ vérifier la pousse de ses plants, puis de passer au festival. Il prend rapide une douche et change de vêtements. Short long en coton clair avec de grandes poches, un marcel écru, de grosses godasses de cuir sombre et le panama qui trône au sommet de l'édifice. Sa mère se marre

« Tu te prends pour Henri Salvador maintenant ? » Il ne réplique pas, ses goûts vestimentaires à elle, c'est Femme Pratique. Son vieux tracteur, pas le Fiat avec lequel il travaille mais un Massey-Fergusson qu'il entretient comme d'autres bichonnent leur Ford Mustang ou leur Coupé 504, fait la sieste au soleil : Félix met le Massey en route et l'engin envoie un jet surpris dans l'air frétillant du milieu d'après-midi puis il se calme. Félix siffle Sandy et ils sont partis en vadrouille. Le clebs trace tout doux devant, en gardant sous la patte, une journée aux foins à galoper après les rongeurs a calmé ses ardeurs. Il met le tracteur au frein moteur dans la descente sur le chemin de pierre et d'herbe, la machine cahote comme un gentil monstre. Il sifflote un vieil air de salsa qu'il a accroché plusieurs fois dans ses glissades sur les ondes courtes. Il abandonne finalement le Ferguson au bout d'un pré. Il n'y a plus de chemin et il continue à pied au flan de la pente. Après deux cent mètres, il grimpe un peu en dévers et arrive à une avancée en forme de clairière dans le bois. Son champ de pétrole est là, battant des ailes dans une bise tonifiante. Les plants se portent bien, il passe dans leur rangs anarchiques, Sandy sur les talons. Elle aussi elle aime l'herbe, ça la rend joyeuse, fofolle comme au temps de sa jeunesse. Il taille de ci de là, encourageant chaque plante à donner le meilleur d'elle-même, pour ses longues soirées d'hiver. Il descend à la limite de son champ et s'allonge, la tête en direction de la rivière une vingtaine de mètres en contrebas.

Sandy vient lui lécher le visage puis elle s'arrondit sur le sol, la tête dans les pattes tout comme Félix. Un bruit soudain lui fait dresser une oreille, l'homme aussi a entendu. Il guette : La fille noire de l'église passe comme un rêve, dans une longue robe largement ouverte sur les cuisses. L'accès qu'elle a choisi est difficile, la berge est irrégulière et la pente en surplomb raide, personne ne passe par là d'habitude. Elle s'arrête à la première crique et se déshabille totalement. Félix s'approche silencieusement, mais il n'a pas pu la voir vraiment. Trop tard, elle est déjà dans l'eau, pas une demoiselle gnangnan, direct d'un seul coup, Félix apprécie, il sait que la flotte est frisquette. Elle s'asperge, accroupie, l'onde jusqu'aux épaules. Elle a remonté ses cheveux au-dessus de sa tête, des boucles s'échappent. Elle se relève, retourne à la berge rapidement, puis repart avec un bloc blanc et une sorte de filet dans la main. Agenouillée à présent , elle a de l'eau jusqu'au ventre et masse son torse et ses épaules au savon. Félix s'est allongé à nouveau, Sandy l'a lâché, les histoires d'humains ne sont pas son affaire. Son regard s'attarde longuement sur la poitrine, haute, un peu forte et qui louche vers l'intérieur dessinant une gorge profonde qui assèche celle de Félix. En suivant la progression de la toilette, il va à la découverte de la plus belle femme qu'il ait jamais vue; enfin vue en espérant pouvoir la toucher. Des épaules carrées larges et fines à la fois, des hanches de garçon étroites et flexibles, des cuisses comme des quenouilles, une toison étroite et légère. Elle se retourne de temps en temps mais ne paraît pas inquiète. Elle regagne finalement le bord, tire un pot de crème et elle joue avec son corps, pommadant, massant, tonifiant tous les endroits où Félix aimerait lui-même poser sa bouche ou ses mains. Il sourit et il a les larmes aux yeux en même temps. Elle lui plaît, il en a des frissons. Il s'éloigne doucement, la laissant se rhabiller seule. Il fonce vers le Massey, il sait où elle doit passer pour remonter au village, il va l'attendre. Il doit siffler Sandy pas loin de cinq minutes avant que la chienne daigne faire son apparition, jouant les étonnées. Il la laisse faire la tronche et fait ronfler gentiment le vieux Diesel. Il arrive le premier au buron des Anglade, se coince une clope au bec et descend pousser la porte de la vieille cabane qui n'a pas servi depuis belle lurette. Du vieux foin croupit vers le fond, il fait sombre et ça sent le renfermé. Il pousse le volet de bois sans âge qui barre l'unique fenêtre. Il peut contempler le chemin et prend patience. Moins de cinq minutes plus tard, il entend le pas de la baigneuse sur le chemin. Il fait claquer le volet et ressort en fermant la porte. La fille s'est retourné et s'est arrêté. Elle le regarde, un peu surprise. Félix sourit et soulève son panama.

« Vous étiez à l'église hier, n'est-ce pas ? » Elle sourit à son tour, Félix voudrait déjà l'embrasser. Elle tend un doigt curieux

« C'était vous à la sortie ? » Et elle rit.

« En personne. Je m'appelle Félix. Enjolras si vous préférez »

« Félix c'est pas mal. Moi je suis Émeline Duvallier » Une ombre rapide passe sur son visage

« Mais je n'ai rien à voir avec Papa ni Bébé Doc »

« Papa et Bébé Doc ? » Félix cherche rapide dans sa mémoire ; il a entendu parler de Docteur Feelgood mais pas de ces docs là..

« Les Duvallier, les tontons macoutes ça ne vous dit rien ? » Ceux-là non plus il ne les connaît pas. Émeline semble réfléchir puis elle demande avec un sourire qui ôte toute méchanceté à la remarque.

« La première télévision est loin ? » Félix ne sait comment le prendre

« Trop prés. » Il tourne la tête vers la cahutte.

« Ça vous intéresse une visite guidée ? » Elle le suit sans faire de mine, décidément elle lui plaît de plus en plus. Lui faire confiance dès le début, c'est exactement comme ça qu'il faut le prendre, Félix pense qu'elle doit avoir un sixième sens. Il ouvre à nouveau le volet, elle contemple le spectacle silencieusement, se baladant lentement.

« Des gens vivaient ici, je veux dire des paysans ? »

« Ouais m'dame, des générations. Pas d'eau, pas d'électricité, les gens et les bêtes dans la même pièce. » Il fait l'innocent

« Vous ne vivez pas comme ça en ville ? » Elle a un frisson et son regard se fait inquiet.

« Sortons ! » Félix ne demande pas d'explication, il referme les issues et la rejoint à l'extérieur. Sandy flemmarde à l'ombre du tracteur. Il propose

« Je vous raccompagne ? » Elle mate l'antiquité et l'étroitesse du siège puis hoche la tête. Félix fait durer l'ascension aussi longtemps qu'il peut, à la limite du décrochage. Il sent la corps de la fille tout chaud contre le sien. Leurs bras nus se frôlent, leur épaules font connaissance. Elle a refermé un ou deux boutons de sa robe mais il aperçoit encore les genoux par l'échancrure. La cuisse est élastique contre la sienne. Il cherche un sujet de conversation

« Vous savez, ça fait très longtemps que personne n'habite plus ici, alors ... »

« C'était plutôt une impression, comme un malaise, c'est passé. » Elle tapote le garde boue du tracteur, en tôle massive.

« Vous aimez les vieilles choses ? » Elle regarde le chapeau et sourit à nouveau.

« Pas seulement. Vous avez quel âge ? »

« Vingt-quatre, je suis plus vieille que ce tracteur je pense ? » Il acquiesce en se marrant, il est heureux, se sent en accord. Elle reprend

« Ça fait longtemps que vous vivez ici ? »

« Un bail oui : Je suis un produit du  pays. Élevé à l'air pur et en liberté. » Sa fanfaronnade l'amuse

« Ça se voit »

« Les gens dont vous parliez tout à l'heure la famille Doc et leurs tontons, je devrais les connaître ? »

« Oui, enfin non. Ce sont les anciens dictateurs du pays de mon père. C'est à cause d'eux qu'il a dû quitter l'île. Un vrai calvaire dans un pays comme Haïti de porter le nom du Mauvais Docteur et de ne pas être de sa famille. »

« Haïti ? Je vois où c'est. Près de Cuba non ? »

« Vous êtes meilleur en géographie qu'en histoire, voilà tout. » Ils mettent une bonne demi-heure pour arriver au Solier, à peine aussi vite qu'à pied. Émeline se saoule de paysage,

appelle le chien, dispense la bonne humeur sur le tracteur.
Félix fait traverser tout le village au Massey, il passe devant
chez lui et devine le mouvement des rideaux. Que la mère en
prenne plein les mirettes, ça lui fera quelque chose à raconter
ce soir, ça changera des aventures du nouveau présentateur à
la mode. Ils arrivent devant le gîte, Félix bloque le vieux
tracteur et saute à terre. Il prend la fille dans ses bras, elle pèse
un peu plus qu'un ballot de foin. Elle fait
« Fouhh. » en touchant le sol. Il lui propose d'aller faire un
tour au festival le soir même. Sa mère est assise sur une chaise
devant la maison, dans la cour herbeuse.
« Viens voir ma mère » Il est surpris par le tutoiement et il
suit.
« Maman voilà Félix, il m'a invitée à sortir ce soir .» Félix
soulève à nouveau le panama et tend la main à la femme. Elle
a un accent roulant et timbré.
« Monsieur Félix ? Vous êtes de ce beau pays ? »
« J'habite au bout du village en suivant cette route. J'ai une
ferme avec ma mère. »
« Est ce que vous voudriez un petit verre de Rhum, Monsieur
Félix ? Mon mari va bientôt revenir avec Anselme, il se fera un
plaisir de vous accompagner. » Elle sourit maintenant.
« Je dois aller traire les vaches mais une autre fois ce sera avec
plaisir. » Madame Duvallier semble approuver
« C'est vrai que vous n'êtes pas en vacance vous. » Elle lui
souhaite bon travail et bonne soirée et Émeline le
raccompagne au Ferguson. Elle pose une main légère aux
ongles nacrés sur le haut de la poitrine de Félix.

« Tu passes à quelle heure ? »

« N'importe. Quand ça te va »

Ils conviennent pour 21 h et Félix fait faire une nouvelle traversée de village triomphale au Massey.

A 19h30 la traite est achevée, même Gallia a oublié de lui jouer un de ses tours de cochon habituel devant le secrétaire. Il rejoint sa mère qui s'affaire entre sa cuisinière et les facéties télévisées d'un Lagaff qui n'a rien d'un Gaston. Il s'attable après avoir coupé le sifflet au pince sans rire du tout. La vieille fait la gueule mais tant pis, il n'est pas d'humeur. Il chipote sur le plat de lentilles, sur la salade et même sur le fromage. Les événements de l'après-midi lui tournent dans la tête, il analyse son comportement, c'est presque trop beau. Émeline enterre toutes celles qu'il a connu jusqu'ici. Sa mère le réveille.

« Alors tu manges rien ? T'es amoureux mon pauvre garçon, si tu te voyais, on se croirait à Tournez Manège. Tu es tombé amoureux de la noiraude du gîte de Chabrier, c'est ça ? Ça n'a même pas de pays et ça vient montrer ses fesses chez nous ! »

« Elle a bien raison de les montrer ses fesses, elles valent bien des tronches de par ici. »

« Des fesses ça ne sert jamais qu'à s'asseoir sur un trône, il t'en faudra une bien plus courageuse, crois-moi. »

« Qu'est-ce que tu en sais, toi hein ? Tu ne la connais même pas . » Elle commence à lui courir avec ses remarques et la maman habituée aux coups de gueule du père, sent l'orage qui menace. Elle hausse les épaules et le repas se finit en silence. Il libère la téloche avant 20 h et se retranche à l'étable, il va encore sentir la bête ce soir. Il ne s'arrête pas à son poste habituel devant le secrétaire et monte l'échelle qui conduit à la grange. Il passe derrière les rangées de ballots qui commencent à se monter. Il fait coulisser une pierre du mur et tire de la cavité une boite de fer. Cinq ans seulement qu'il connaît son existence, quand son père a été trop malade pour venir lui-même. Il a demandé à Félix de lui apporter la boite chaque jour pendant son agonie et de la rapporter chaque soir pour que la mère ne découvre rien. Il n'a pas donné d'explication. Son fils descend maintenant sa prise à la lumière. Comme d'habitude, elle ne contient rien d'autre qu'une photo et une lettre. L'adresse d'Enjolras Auguste sous couvert d'Enjolras Ernest s'aligne en calligraphie torturée sur une enveloppe jaunie aux bords rongés. Il en tire la feuille de papier poncée à force d'avoir été sortie et ouverte.

« Auguy,

j'espère que cette lettre va te trouver en santé et heureux dans ton pays. Je ne suis pas restée longtemps après ton départ, Steve a été muté une fois de plus. Nous sommes à Quito (Equateur) à présent, je m'ennuie, nos après-midi me manquent. Tu ne peux pas savoir. Pas d'autre solution n'est-ce pas ? Et puis ta fiancée doit déjà te faire oublier nos souvenirs. Est-ce que tu penses toujours à moi, à mon corps ? J'aimerai tant que Steve soit nommé en France, tu serais à moi. En attendant je vais tenter de te trouver un remplaçant, tu me connais, mais je ne pense pas qu'il parvienne à t'effacer totalement. Je te joins un chapeau : On l'appelle Panama mais on fabrique ça par ici. Porte le en pensant à moi, je suis sure que tu auras fière allure.

Paula qui t'aime. »

La lettre est datée de Novembre 1963, après le retour de son père d'Algérie. Le vieux avait fait la guerre là-bas, chauffeur d'un colonel originaire d'Auvergne, la planque. La photo n'en dit guère plus. Noir et blanc, une belle femme, qu'on devine blonde et halée, a posé sa poitrine arrogante sur l'épaule de son père, tout jeune et fiérot. La femme aussi est jeune, elle irradie au premier plan d'un décors qui semble clinquant malgré l'affadissement des ans. Un grand miroir colonise le fond de la vue. Quelques figurants en uniforme ou en robe Vichy s'y réfléchissent. Félix ne reconnaît personne. Au dos de la photo qu'il n'a pas besoin de retourner, l'écriture asphyxiée de son père a serré :

« Avec Paula, Alger Février 62. » comme s'il avait plaint le papier. Félix pose le panama de Quito sur sa tête. Sa mère ignore tout de cette histoire, mais elle a toujours senti un ennemi dans le chapeau, le sixième sens féminin sans doute. Félix, étrangement, n'en veut pas à son père, il trouve l'aventure à son goût , la femme aussi. Il envie le vieux, ses pensées le ramène vers Émeline. Lui aussi pourra poser sur une photo avec une femme superbe et peut être qu'un jour son fils la contemplera, l'eau à la bouche. Il n'ose espérer mieux qu'une amourette de vacances et puis « elle m'oublie, elle m'oublie » comme chante Johnny. Sous la douche, il fait un peu plus d'effort qu'à l'accoutumé pour effacer l'odeur des vaches sans trop y croire. Il est prêt à parier que ça ne gêne pas Émeline de toute façon. Il grille une sèche en badant en direction de chez Chabrier, la nuit tombe au même rythme. Au gîte, c'est le père Duvallier qui le reçoit, encore plus noir que dans l'église, Félix le trouve impressionnant. Le vieux dit « Je ne vous offre pas de rhum puisque vous serez le cavalier de ma fille, mais demain si vos travaux vous le permettent ? » Félix pense un moment qu'il va devoir mettre genou en terre pour attendre l'adoubement, il hoche la tête en disant poliment

« Je ferai tout pour. » Il joue les courageux, ça a l'air de plaire aux deux vieux. Émeline finit par apparaître et il l'enlève sans plus de discours. Ils vont en direction du festival serrés au plus près de ce que les convenances autorisent un premier soir. Leurs corps jouent un balai subtil d'approches et de reculs, ils s'apprivoisent déjà.

« Ton père est de la sécurité routière ou quoi ? Un petit rhum ça fait fondre la glace n'est-ce pas ? »

« Tu sais il est toujours comme ça, j'ai bientôt vingt-cinq ans et il joue toujours au papa. Il est médecin, c'est une sorte de déformation professionnelle. » Félix joue les étonnés admiratifs et siffle entre ses dents, dans son idée c'est comme ça que les gens de la ville voient ceux de la campagne. Elle le regarde d'un air bizarre.

« Ne pense pas que c'est un filon, il soigne le voisinage, surtout des immigrés, des perdus aussi, alors. »

Félix n'insiste pas dans ce registre et commence à s'enquérir des goûts musicaux d'Émeline. Kompas, biguine, zouk, ragga, rap, zaïko, soukouss, salsa, les noms défilent Félix ne comprend pas grand-chose. Ses propres goûts sont mal définis, ce qu'il préfère, c'est toute la musique qu'il capte au gré de ses voyages sur les ondes courtes, il n'est pas sûr de pouvoir lui donner un nom. Il se met à siffloter l'air qu'il a eu en tête toute la journée et esquisse des paroles au refrain. Elle sourit

« Oui, oui, c'est de la salsa. » Elle tape dans ses mains et chante à voix retenue. Ils perçoivent le brouhaha du festival : La sono qui s'échauffe en attendant le premier groupe , la file des bagnoles cul à nez dans la descente sur plus d'un kilomètre, on devine leurs phares jusqu'au sommet, à travers les pins. Félix prétend que c'est chaque année pareil et Émeline dit que ça ressemble à Fourvière.

« Ouais mais ici c'est une fois par an. Ensuite le pays est pour nous. »

« Tu as de la chance, l'espace c'est vital. C'est un des calembours de mon père. »

« Et vous en avez de l'espace, là où vous vivez ? »

« Suffisamment, mais rien à voir avec ça. » Elle englobe du regard toute l'agitation qui s'étend au flan et au pied de la colline, à gauche l'enceinte où des festivaliers allongés dans le foin abattu captent les derniers rayons du soleil, les parkings organisés et sauvages qui gagnent du terrain sur le versant opposé, le village de tentes et de nomades au-dessous de la route. Le tout enrichi de baraques à frites dont on ne devine pas encore l'odeur.

« Ça vaut pas toutes les émissions télé? » Félix est rigolard mais il attend une réponse. Émeline sourit à son tour

« Je suis sûre qu'on peut trouver des journalistes de FR 7 avec leur caméra. On pourrait les chercher comme ça demain on se verrait à la télé. » Elle fait mine de l'attirer vers l'entrée de l'enceinte où c'est la bousculade. Il s'immobilise en s'arc-boutant, elle renonce. Félix propose une bière et ils trouvent une place en bordure d'une baraque à frite, dans le cercle de lumière. Félix a pris une canette, Émeline sirote un coca en posant un regard surpris sur l'ambiance.

« Quel souk, on arrive au bon moment décidément. »

« Tu aimes l'agitation, la ville te manque ?»

« Pas vraiment, mais c'est une façon de souhaiter bonne arrivée qui donne envie de rester. J'avais un peu peur hier, la messe pour la mort d'Auguste, c'était triste. Tu le connaissais Auguste ? »

« Mon père, c'était mon père. »

« Oh ! « Elle ouvre la bouche et papillote des yeux. Elle pose sa main toute fraîche sur l'avant-bras de Félix. Le gars prend comme un coup de foudre dans le corps.

« Tu ne pouvais pas savoir, ça fait cinq ans maintenant, j'oublie un peu. »

Ils restent silencieux un moment puis Émeline cherche à détourner la conversation.

« Tu penses que ces types qui abordent tout le monde vendent des drogues ?» Félix lui décrit les coutumes du lieu durant les trois jours du festival pendant qu'ils suivent le ballet d'un rasta blanc et crasseux en quête de clients.

« Ils s'installent tous au-dessous de la route dans des tentes. Ils viennent de partout pour se faire du blé. Ils arnaquent ceux qui ont un peu de pognon. » Un grand punk à iroquoise rouge sang, gueule comme un perdu un peu en contrebas.

« Eh les tripés ! Des trips ? De l'extase arverne ? » Puis il disparaît. Émeline se marre doucement.

« C'est quoi exactement de l'extase arverne ? Tu dois savoir, toi qui est du pays. »

« C'est une invention ! Ce mec n'est pas d'ici, il ne sait rien de l'extase arverne ! »

« Ça existe donc ? » Félix rit à son tour, il prend la boite de coca vide de la fille et la dépose dans une poubelle avec sa bière. Il guide ensuite Émeline vers l'enceinte du festival.

## Vendredi, Clermont

Zab arrive dans sa 4L limite, vert citron; on dirait qu'elle part pour Woodstock... Le réveil s'est passé en douceur pour les deux fuyards. Les oiseaux à cinq du mat puis une replongée dans les vagues du sommeil. Mauvaise-Nouvelle a oublié ses rêves de la nuit et après la première pils de la journée avec le restant d'eau, il se sent à l'aise. Il monte à l'arrière pendant que Zab conduit. Une sono grasse joue du Clash, Revolution Rock qui ne dérange même pas Royat, désert à 14h. Zab ne travaille pas aujourd'hui, mais demain elle devra être de retour à sa caisse au super marché, on verra bien. Le deuxième mec ne lui inspire pas confiance mais l'autre est craquant, alors... Au dernier ravitaillement avant le désert, Sid descend pour acheter les bières qui vont faire passer les cachetons. Billom, puis Saint-Dier , la route, à l'arrière Mauvaise-Nouvelle mate de tous ses yeux, tout cet espace à conquérir, autre chose qu'une zone au foyer. Tout ce qu'il sait de l'histoire c'est qu'avant d'être français les gens du coin ont été gaulois. Auvergnats, le mot lui dit quelque chose, peut-être un cours d'histoire de l'ancien temps. Ils arrivent à La Gravière, la forêt devient sombre sous le bleu pur, ils ont pris la seconde pilule depuis une demi-heure, Zab n'y a toujours pas goûté. La discussion roule sur ceux de la bande qu'ils vont retrouver à Saint-Amant, pendant que Sid ballade ses mains sur les cuisses de Zab qui porte un short treillis sur un collant noir. Le bomber au-dessus contient mal sa grosse poitrine moulée dans un t-shirt noir à l'effigie de Roten, ses vingt-deux ans sont appétissants. Elle laisse courir pour la main de Sid, c'est plutôt agréable. Le gars est jeune mais il a ce rien de folie dans le regard qui l'attire toujours chez un homme. Peu après La Gravière, alors qu'ils approchent du col de la Toutée, Mauvaise-Nouvelle sort de sa torpeur. Il observe Zab dans le rétro, ses yeux au rimmel, sa bouche large peinte en vert, sa coiffure comme un palmier violacé au-dessus de son visage à la craie. Il se met légèrement de côté pour avoir une vue plongeante dans l'ouverture du bomber. La poitrine de Zab se compresse quand elle serre le volant, sa cuisse se tend quand elle embraye. Mauvaise-Nouvelle n'a connu que la frustration de ce côté depuis hier, il avance la main dans l'ouverture du blouson et presse un sein plein. La caisse fait une embardée, Sid tend un regard interrogateur vers Mauvaise-Nouvelle qui sourit vicieusement.

« Elle a l'air bonne, tu verras pas d'inconvénient à me faire quécro ? » Zab gueule

« Tire ta sale patte, enculé. J'suis pas ta meuf. » Mauvaise-Nouvelle continue à lui peloter les seins, sans vergogne. Sid répond enfin.

« Pas d'inconvénients si je passe le premier , après t'en fais ce que tu veux. «

« Salop « hurle Zab « j'te tuerai si tu fais ça » Mauvaise-Nouvelle répond calmement du fond de la caisse.

« C'est plutôt nous qui risquons de te tuer, si t'es pas sage. » Puis il reprend les deux seins de la fille, à pleine main cette fois, pendant que Sid a enfoncé une main entre ses cuisses. La bagnole gite sérieux et Mauvaise-Nouvelle crie en pressant les miches de Zab.

« Arrête ! Arrête ta tire ! » La volonté de Zab ne répond plus, elle ralentit, tout son corps a peur, elle est paralysée. Elle cale, deux roues encore sur le goudron.

« On descend » commande Mauvaise-Nouvelle. C'est Zab qui prend les clés dans un réflexe et les fourre dans sa poche pendant que les deux autres s'envoient la troisième pilule de la journée, arrosée de bière. Ils tirent la fille chacun par un bras en direction de la forêt proche. Ils la jettent au sol . Mauvaise-Nouvelle s'assied du côté de sa tête, pose les pieds au creux de ses épaules, attrape ses deux bras et les tire en arrière. Zab crie

« Salauds, enculés, pourris. » Elle ne crie plus. Sid s'est jeté sur elle, il remonte le coton d'une main. Du lycra noir compresse deux roberts crémeux et fermes. Sid s'agite entre les cuisses de la fille en lui dévorant les seins des mains et des dents. Zab crie un peu encore pendant que Mauvaise-Nouvelle lui déchire les épaules en tirant sur ses bras. La tension se relâche tout à coup, Mauvaise-Nouvelle tremble, ses yeux se retournent, il part en arrière en abandonnant les mains de Zab. Sid relève la tête.

« Qu'est-ce que tu fous ? Tiens la! « Puis Mauvaise-Nouvelle commence à se tordre et à râler, comme si l'air lui brûlait les poumons. Le punk se redresse puis quitte la fille pour s'approcher de Mauvaise-Nouvelle. Il lui secoue l'épaule.

« Hé, hé claque pas maintenant. » Ça ne fait pas rire son pote qui continue à rouler sur lui-même en bafouillant : Il hallucine et se voit dans un couloir sombre, des murs gris, des ampoules nues de loin en loin et des portes, partout des portes. Une cave, il ne connaît pas l'endroit, il n'y est jamais venu dans aucun de ses songes. Il ne saurait dire son âge mais il est plus vieux qu'à Bonne Nouvelle. D'autres gamins le rejoignent, il ne les a jamais vus auparavant, garçons et filles. Ils s'assoient tous, dos au mur , jambes en travers du couloir. Mauvaise-Nouvelle est au milieu d'eux. Il sort une enveloppe de la poche de son blouson et fait circuler des pastilles blanches, brillantes et bombées. Chaque gamin tient la sienne au creux de sa main. Mauvaise-Nouvelle amène sa main à sa bouche et tous font le geste . Sid prend peur : Mauvaise-Nouvelle est devenu tout blanc, presque vert. Zab est restée prostrée quelques instants mais elle a vite fait de sentir tourner le vent. Alors que Sid se met à secouer Mauvaise-Nouvelle de plus en plus fort, la punkette file. Lentement d'abord, en se retournant puis en courant. Elle atteint la route, tandis que Sid décide de brûler Mauvaise-Nouvelle avec une cigarette. Il allume le clope, la porte de la 4L claque et il s'aperçoit seulement de la disparition de la fille qui après un demi-tour fait hurler le moteur de son tas de boue. Il grogne "Salope !" puis plaque le bout incandescent du clope sur l'intérieur du bras de son pote. Dans le délire de Mauvaise-Nouvelle, tous les gosses sont en l'air maintenant, un bruit de course à un des bouts du couloir et c'est la débandade des mioches. Mauvaise-Nouvelle court, il débouche des escaliers de la cave dans le hall de l'immeuble. Il court toujours dehors contournant les garages, mais il serre trop son virage et s'étale sur le gravillon qu'on vient de répandre sur les pistes de la cité. Son bras le fait souffrir, il veut le toucher de sa main et reprend conscience en fixant la cloque brun rougeâtre qui élance l'intérieur de son bras droit. Il fixe le visage de Sid qui gueule

« T'étais où, t'étais où ? Mec j'ai cru que tu reviendrais pas. » Mauvaise-Nouvelle secoue la tête comme à la sortie d'un combat en quarante cinq rounds.

« Je sais pas, je sais pas. J'suis trop défoncé, c'est ça. Il faut que je redescende, il faut que je réfléchisse. »

« T'es pas près d'être redescendu. » Sid ricane, détendu à nouveau, trouvant curieux l'idée de vouloir redescendre vite fait. D'habitude on cherche plutôt à se maintenir en l'air. Mauvaise-Nouvelle se redresse sur les genoux et s'enfile trois puis quatre doigts au fond de la gorge. La bière remonte enfin, secouant le jeune, il espère qu'un peu du poison a fait le chemin retour avec la biff, histoire de lui permettre de se concentrer. Il se repasse les scènes du délire mais peu à peu les visages perdent leur netteté puis s'effacent. Les heures passent, Sid est vautré sur l'herbe dispersée, il gueule de temps en temps.

« La salope ! Avec les bières et mon sac. Foutue taspée ! » Mauvaise-Nouvelle le chambre de temps en temps

« T'as paumé ta fameuse tente et le cul que tu voulais mettre dedans. Je porte la poisse j'te dis. «

« Avec ce qui traîne dans ton blouson tu vas pas nous la porter longtemps la poisse. Sûr » Ils s'oublient ensuite chacun dans leurs fantasmes.

Mauvaise-Nouvelle a enfin atterri, il est 17h30, il attend Sid qui donne des signes de redescente. Vers 18 h, ils lèvent le camp, pas fringants, ils n'ont rien croûté de la journée et rien bu sinon la bière du début d'après-midi. Ils montent le long du goudron, les bras ballants, shootant parfois dans une pigne esseulée. Personne ne s'arrête pour les prendre en stop et ils en ont marre de faire des doigts et des bras d'honneur aux bagnoles. En sommet de côte, ils aperçoivent une file de caisses en attente devant une estafette de condés. Ça contrôle dur et il ne doit pas faire bon que l'intérieur de la bagnole sente l'herbe. Sid tire vers la forêt sans précipitation. Mauvaise-Nouvelle suit, les bourres occupent le pays jusqu'ici, pas moyen de voyager tranquille. Ils décident de longer la route à l'abri des arbres, dépassent le barrage et reviennent en bordure de bois. Il ne fait plus aussi chaud et Sid commence à regretter son sac. Ils se taisent, cramponnés à leur soif et à leur faim. Bientôt une heure qu'ils marchent, au carrefour au-dessous du groupe de baraques baptisé 'Le Cabaret', ils quittent la départementale et prennent à droite en direction du Solier, le hameau qui accueille le festival. Sid dit qu'ils sont bientôt arrivés et ils se parlent à nouveau, rompant le silence dans lequel ils s'étaient enfermés pendant la longue marche. C'est Mauvaise-Nouvelle qui cause

« Y'aura de la graille là-bas ? »

« Sûr ! Tout ce qu'on veut ! Des frites, merguez, steaks si t'as de la tune. Et de la bière en  tonneau. »

« C'est la première chose qu'on va faire, mec, comme si on sortait du désert. J'ai encore assez de caillasse pour nous et même pour cette meuf si elle s'était pas tiré. Tu parles d'un plan. »

« C'est de ta faute si elle s'est tiré, on l'avait bien serrée. De toute façon c'est une salope, elle s'est cassé avec mes sapes et ma tente. Et toute la bière, la pute. »

« T'avais qu'à la marquer, elle se serait pas envolée. Au lieu de jouer les infirmières, t'as rien trouvé de mieux, tu m'as pris pour James Dean ? » Il montre la cloque qui commence à prendre le pu sur son bras.

« Excuse » Sid sent qu'il n'en faudrait pas trop pour qu'ils en reviennent au début de leurs relations.

« T'aurais vu tes grimaces ! T'aurais fait comme moi : Faut soigner le mal par le mal. J'aurai pu te cogner la tronche aussi mais tu m'en voudrais. Qu'est-ce que t'avais ? »

« Rien, c'est cette dope. » Il touche un des renflements de la veste de jean.

« Je connais ça » Et maintenant, en le disant Mauvaise-Nouvelle en est convaincu alors qu'hier encore il aurait soutenu le contraire avec la même conviction. Jamais toucher à la dope, un truc de lâche. Ces souvenirs qui disent le contraire ont pourtant toute la consistance de la réalité. Les séquences qu'il a visionné pendant son trip le ramènent à ses douze-treize ans, juste avant le début de l'époque du foyer. C'est sa première incursion dans ce pan totalement occulté de sa mémoire. La psy le fait toujours retourner à son enfance, à sa mère en robe rouge et à l'ombre malfaisante dans l'appartement de Bonne-Nouvelle. Les pils ont un pouvoir qui l'intéresse, mais il va devoir être prudent sur le dosage. Un accident est si vite arrivé quand les héritiers sont nombreux. Il mate Sid du coin de l'œil en caressant sa cloque du bout du doigt. Le gars a l'air réglo mais ses potes sont peut-être d'un autre genre. La tente perdue, ils vont devoir cohabiter et Mauvaise-Nouvelle n'y a pas trop le goût. La nuit tombe, ils arrivent aux abords du camp qui naît de part et d'autre de la route en contrebas de l'enclot du festival dans sa palissade d'oppidum. Direct ils foncent à la première cabane sur roues autour de laquelle commencent à se rassembler des caisses de toutes marques. Le temps de commander deux mousses et ils sont assis sur un capot qui laisse remonter encore un peu de chaleur dans la nuit qui tombe. Pas glorieux comme arrivée, ça méritait mieux ! Le ballet des festivaliers est prometteur, un bon tiers de zonards et commerçants en tous genres et des meufs qui gravitent autour des bandes et des caravanes. C'est dans ce groupe que les deux mecs comptent se servir, sans façon et en y mettant les doigts. Dans les deux tiers restant, Sid désigne les petits bourgeois venus s'encoquiner, le gros de leur future clientèle. Ils ont repris le moral et se marrent enfin en matant le manège du marchand de guez qui fait des efforts méritoires pour ne pas se faire enfler en rendant la monnaie. Il a à faire à forte partie. Les lascars déboulent de tous les coins pour cantiner. On joue des épaules et des coudes pour se faire une place en appui sur le comptoir branlant. Sid demande :

« Tu as le goût de pogoter ? »

« La marche ça me suffit, le seul effort que j'ai envie de faire ce soir, c'est de tendre la main pour ramasser la némo, pas plus. »

« Sûr qu'on va se faire de la fraîche, il faut que je retrouve mes potes »

« Sûr ? »

« Chouf, de toute façon on tombera sur eux en zonant et on arrivera pas à dealer tout ça à deux. Faudrait faire que ça . »

« Ok, c'est bon. Une tente pour nous, voilà ce qu'il nous faut. » Mauvaise-Nouvelle se souvient de Laurence d'Arabie qui passait en boucle avec la Grande Vadrouille sur les téloches du foyer. En plein dedans, il y est dans la grande vadrouille, manque qu'une tente pour QG comme dans le désert.

« On pourra bien en trouver une mais soit faudra raquer, soit faudra la tirer. »

« T'as une idée pour en tirer une ? »

«Aller faire les coffres dans le parking en amenant une bif en ballade. »

Ils partent sur le grand champ au-dessus de la route. Ils vont entre les rangées naissantes de caisses, se penchant sur les vitres arrières des breaks et de tous les modèles à hayon arrière. Mauvaise-Nouvelle est au chevet d'une vieille Samba sans plage arrière. Il croit deviner du monde dans l'ombre et appelle Sid. Le keupon se penche et ausculte.

« Je crois que t'as raison. Bon on y va. » Il s'éloigne le nez au sol puis les yeux relevés à la recherche de quelque chose entre les rangées de caisses.

« T'as perdu ta  bif ? »

« Il faut une pavasse, une grosse, pour vérifier la tire. »
Mauvaise-Nouvelle fonce au mur qui barre l'accès à la route
et en rapporte un bon pavé qu'il tient des deux mains.

« Ça suffira ? »

« Ça devrait. Balance ton zonblou. »

« Pourquoi pas ton t-shirt plutôt ? »

« Pas de problème. » Vite fait la caillasse est enveloppée dans
le tissu. Pendant que Mauvaise-Nouvelle zyeute alentour, Sid
se penche légèrement en avant, et d'un coup sec projette son
sésame sur la vitre la mieux cachée dans l'ombre, du côté
opposé à la route. Pas un soupçon d'alarme seulement un
grand boum. Puis un deuxième et un troisième coup conclu
par le craquement puis le tintement du verre qui cède. Sid se
faufile dans la caisse pendant que Mauvaise-Nouvelle mate
un dernier coup en direction de l'entrée du pré où des vigiles
font la circulation. Personne n'a bronché. Il s'approche
maintenant et devine Sid qui fait passer des paquets du
pseudo coffre vers la banquette arrière. Sans y prêter attention
Mauvaise-Nouvelle tente l'ouverture du hayon qui se soulève
sans plus de difficulté. Ils se retrouvent nez à nez et marquent
un temps d'arrêt surpris avant de décider d'en rire. La
roulotte est vidée consciencieusement par Sid qui prend
même le temps de trier. Ils regagnent les abords des baraques
à frites, plus riches d'une tente et de deux sacs à duvet. Ils
repassent au ravitaillement et Sid fait le guet, espérant ses
potes. Pas faciles à dénicher, les keupons ne manquent pas au
rassemblement des tribus. Son regard est attiré de tous côtés.
L'efflanqué qui passe avec les bras tatoués et les cheveux ras

pourrait ressembler à Déglingue. Et l'autre là-bas la crête noir de jais, les jeans déchirés en guenille ça pourrait bien être Chico, sauf qu'il est au bras d'une fille. Ne manque que Squat, mais lui c'est son frère, il ne peut pas confondre. Justement on dirait sa veste écossaise, le complément à son propre pantalon, qui stationne à la pompe à bière, en contrebas sur la gauche. Sid fait signe à Mauvaise-Nouvelle qui avale tout le spectacle comme au ciné. C'est bien Squat qui ne fait pas le poids dans la mêlée et qui s'agite devant la buvette. Sid se fait respecter en s'enfonçant en direction de son pote et lui met une claque sur sa nuque dénudée où la teinture a laissé des auréoles. L'autre se retourne comme un serpent, en garde, seulement il fait presque une tête de moins que Sid qui a levé son poing droit prêt à se transformer en direct à la tempe.

« Quelle tache ! » gueule Squat mais son poing vient frapper doucement celui de Sid.

« File moi plutôt un coup de main, ça fait cinq minutes que j'essaie d'avoir une Kro. » Sid fait si bien que trois minutes plus tard, ils se sont extraits de la mélasse en rapportant deux bières jusqu'à la côte. Sid fait les présentations, Squatt et Mauvaise-Nouvelle se touchent le poing, sur leur garde, s'observant. Squat à la même crête rouge que son copain , la veste et le pantalon leur donnent un air de famille. Sid devine la tension, il est un peu comme la fiancée au milieu des deux prétendants, la situation ne lui plaît pas. Il décide de perdre le moins de temps possible.

« Mauvaise-Nouvelle a un biz, ça péze. «

« Si ça pèze tant que ça pourquoi il le fait pas tout seul son biz ? »

« Pas tout seul, à deux de toutes façons. » Sid place ses pions il veut entraîner Squat. Niveau affaire, celui-ci en est resté aux pique-nique à Auchan, toujours frileux.

« D'ac, c'est quoi ? » décide, rapide, Squat.

« Des pils, qualité supérieure, y'aura une dégustation, ça va Mauvaise-Nouvelle ? »

« On y va. » Il prend la tête de leur petite procession et distribue un cachet à chacun. Ils font passer leur ration avec une rasade de bière. Mauvaise-Nouvelle met Squat au jus pendant que l'autre attend la montée, réservant son pronostic, mais les deux autres sont tellement confiants !

« Sid t'as parlé de Pitt et des autres ? » demande Squat à Mauvaise-Nouvelle

« Un peu, c'est Pitt qui joue les caïds, c'est ça ? » Squat ne répond rien, il regarde Sid d'un air interrogateur. Le grand keupon hoche la tête.

« T'as retenu l'essentiel. »

« C'est bon, tu sais où les trouver ? » Mauvaise-Nouvelle s'adresse à Squat qui ressent les premières bouffées de la dope, ça emporte sa conviction. Ils traversent la beuverie organisée et coupent la route en direction du camp de toile encore timide en contrebas. Ils circulent entre des tentes minables, des feux fragiles éclairent des scènes de roulage et de discussion bière/extase. Ils parviennent enfin aux deux tentes de la horde, on est loin de l'Arabie. Seul Chico est là, allongé près d'une blonde qui fait des bulles, les yeux braqués sur le fion de la nana qui rentre à croupetons dans la tente d'en face. Il ne sourit pas quand la bande des trois débarque, mais il se redresse, attendant la suite. Mauvaise-Nouvelle n'a pas l'air d'un pigeon; il ne fait pas partie d'une troupe connue non plus. Présentations sans chaleur au fuel non plus. Nouvelles explications et nouvel échantillon gratuit : Nouvelle conversion. La discussion passe sur les thèmes habituels : La route racontée en détail côté Squat et Chico, rapidement côté Sid; les meufs beaucoup à dire mais pas grand-chose à faire pour le moment; la dope et le deal quand Chico est enfin sur orbite. Ils décident d'aller dresser la tente de Sid et Mauvaise-Nouvelle un peu à l'écart, plus bas dans le pré. Ça leur prend un bon moment, Sid ne se reconnaît pas dans ce modèle plein de tringles et de piquets et les pastilles ne les aident pas à dresser la toile qui fait de la résistance. Le résultat n'est pas d'équerre, incliné mais pas renversé. Ils rejoignent le quartier de la bande et trouvent Déglingue, le déjanté de service, et Sly, un trapu taclé à la Sylvester, nouvel arrivé dans la horde, qui s'en prennent à un mégot rougeoyant et fumant. Ils la jouent guerriers au repos et bougent à peine pour toucher la main des quatre autres. Tout le monde est assis et le joko finit sa carrière entre les doigts de Mauvaise-Nouvelle après à peine une bouffée. C'est lui qui parle, il se sent clair et fait le tour des visages en causant.

« Voilà, j'ai un plan. Des pils à débiter, des puissantes. Vous en êtes ? » Sly le mate par en-dessous, méfiant.

« Et qu'est ce qui nous prouve qu'elles sont puissantes ? »
Mauvaise-Nouvelle donne un coup de menton en direction de
Sid

« Renseignez vous ! » Sid décrète, pendant que Squat perdu
dans ses rêves hoche la tête sans interruption.

« C'est de la bonne. » Déglingue se réveille, il sourit de ses
yeux d'enfants

« On demande qu'à goûter. » Mauvaise-Nouvelle le mate un
moment puis met la main à la poche. Il en extirpe un cacheton
blanc qu'il tend au kepon. Le gars se l'envoie à sec, les lignes
de ravitaillement en bifs ont été coupées. La voix de Sly
s'élève, dure.

« Et moi, je sens le pâté ? » Mauvaise-Nouvelle joue les calmes
mais déjà ça boue à l'intérieur.

« T'as pas peur qu'elle soit trop puissante ? Je pourrais bien
t'en filer une mais j'ai pas envie que tu t'accroches. Alors si tu
me files cent balles, t'en auras 3. T'es preneur ? » Sly se replie

« Tu te crois capable de faire du biz ici ? On t'a pas dit : C'est
notre territoire ici et t'arriveras pas à t'incruster si Pitt est pas
d'ac. » Il cherche l'approbation des autres. On entend
seulement Squat qui bafouille

« Elle est bonne ta dope » Sid ricane en le prenant par le cou
et en le secouant.  Mauvaise-Nouvelle revient aux affaires.

« Si t'as rien à glander, tu n'as qu'à nous ramener Pitt, mec, on
gagnera du temps. » Sly se tourne vers Déglingue

« Tu viens avec moi ? »

« Je préfère attendre la montée par ici, mais ramène de la
bière, va faire soif. »

« Tu sais où tu peux te la carrer ta bière. » Sly met un coup de
pied à son pote en partant en direction de la route.  Les  cinq
entament la répartition des rôles dans leur futur commerce
pendant que Déglingue commence à chavirer. Deux filles
sortent de la tente d'en face, deux punkettes, Doc Martens,
collant noirs filés, shorts de jeans et tee-shirt moulants sous
les bombers. Maquillées au pistolet à peinture, mais plutôt
appétissantes. Sid les appelle.

« Eh les voisines, ça vous dirait de faire connaissance avant
qu'il soit trop tard. » La plus carrée des deux approche, elle a
des lèvres épaisses, passées au violet, ses cheveux gominés
sont blancs.

« Il est déjà trop tard, taré ! » Sid sourit gentiment, il connaît le
pouvoir de son sourire

« Non je disais ça seulement parce que tout à l'heure on
pourra plus articuler tellement on sera défoncé. » La seconde
se rapproche elle porte une brosse bleue, mais c'est toujours la
costaude qui tchatche

« Vous avez de la dope ? » Mauvaise-Nouvelle susurre

« Sûr «

« On pourrait peut-être bien faire connaissance alors. » C'est
la deuxième qui ajoute

« Ou vous préférez dealer ? » Mauvaise-Nouvelle la détaille :
Elle a les jambes plus longues que sa copine, une poitrine
moins visible, son visage fait plus âgé, il sent passer une onde
au bas de sa colonne vertébrale.

« Offert par la maison, si vous venez vous asseoir. » Elle se
concertent du regard et se posent en bordure du groupe des

mecs, près de Mauvaise-Nouvelle. Il leur passe deux pils qui s'éteignent, discret, dans le gosier des demoiselles. La plus courageuse s'appelle Kan, l'autre Mona. Sid a deviné la répartition qui se monte et il s'occupe de Kan, pendant que Mauvaise-Nouvelle, que la dope rend loquace, s'approche de Mona. Les deux filles ne sont pas farouches mais elles veulent savoir où elles mettent les pieds. C'est Kan qui enquête

« Vous avez de quoi assurer ? on n'a pas envie de se perdre avec des tocards »

« Aujourd'hui et demain, sans blème .» Mauvaise-Nouvelle joue les patrons, ça plaît à Mona qui papillote des yeux. Ils se renseignent les uns sur les autres, elles sont aussi de la banlieue parisienne, mais du Sud , Montrouge, ça alimente quand même la conversation et pendant que les mecs jouent les durs en racontant des histoires de keufs, de concerts qui tournent mal et de déchirures, tout ça au cours d'incursions au sud du périf, les filles mettent leur grain de sel et  parlent de copains, des durs de durs bien sûr. Une fois qu'elles ont attrapé la cassure, elles se font moins distantes, elles répondent plus volontiers aux œillades des gars. Squat, Déglingue et Chico, détachés, observent leurs potes qui préparent leur dîner du soir. Avec un peu de chance, tout le monde pourra en croquer cette nuit, pas forcément avec ces deux filles là d'ailleurs. Mauvaise-Nouvelle a déjà posé une main peloteuse sur les cuisses consentantes de Mona quand Sly rapplique, flanqué d'un grand type blond, balaise, au visage violent. Il s'adresse à Sid sans avoir touché le poing de personne.

« Parais que tu as fait des rencontres ? » Sid n'est pas décidé à se laisser monter sur les pompes, Pitt l'a déjà trop emmerdé.

« Comme tu vois. T'apprécies pas ? » Il sourit contemplant le décors qu'ils dessinent, tout les 7 coolement assis.

« Parais aussi que vous avez de la dope et que vous comptez monter un deal ? Vous y connaissez quelque chose au deal ? » Mauvaise-Nouvelle a mis la main dans le blouson, il en a marre du numéro de l'autre.

« Assez pour savoir qu'on a pas besoin de toi s'il faut. Tu piges ? » Mauvaise-Nouvelle s'est levé, Pitt se tend, les yeux rivés à ceux de Mauvaise-Nouvelle qui ne cillent pas. Puis il se tourne vers Sid, remarque la trace au milieu de son front puis les sacs dans lesquels il ne reconnaît pas celui du jeune.

« T'as tiré de l'équipement en pétant une vitre avec ta tronche gamin ? »

« T'occupes. Maintenant on veut juste savoir si tu en es ou pas ? »

« Je pourrai peut être me faire une idée en goûtant ? » Mauvaise-Nouvelle l'intercepte

« C'est le même tarif que pour ton pote. Cent keus les 3 ! »

« Ok, j'te compte cent balles et tu m'envoies les pils. » Pitt tire de sa poche un billet plié en quatre et le tend vers Mauvaise-Nouvelle. Son autre main aussi est tendue, la paume vers le haut, attendant la livraison. Sid bloque la pogne de Mauvaise-Nouvelle qui revient de l'intérieur de sa veste de jean.

« Attends, fais voir le faf » Pitt lui balance un regard meurtrier et lui refile le Delacroix. Sid en profite, mauvais.

« C'est ton faux bifton de cent balles, je l'ai trop vu, envoie de la vraie où tu seras obligé d'aller chercher tes premiers clilles avant de tester. »

« Salopard, j'enregistre. J'vais vous en trouver des pigeons on verra bien qui assure le plus. » Pitt débraye et s'éloigne, Sly dans ses roues. Déglingue soupire et Squat se marre, Mona et Kan ont apprécié la démo et elles regardent leurs deux mecs avec admiration.

Pitt et Sly remontent en direction de la route. Ils plongent parmi les randonneurs qui rodent le long du goudron. Ils traînent de droite et de gauche, Pitt bousculant beaucoup à la recherche d'une baston. En même temps ils doivent chercher des clilles et il faut quand même une certaine dose d'amabilité pour rabattre des réguls vers l'ombre du village de tentes. La concurrence est rude : Une escadre de rabatteurs, de dealers et de pousseurs expose des vitrines virtuelles : Skunk par ci, Exta par là, Speeds et Blanche pour tous les goûts, pour toutes les bourses ! Une seule certitude pour le client : Se faire arnaquer. Des vendeurs de colifichets ont étendu leurs devantures en bordure de goudron, ralentissant encore la circulation. Y'a embouteillage : Caisses, piétons, marchands et festivaliers, ça donne un de ces aligots ! Pitt finit par trouver un premier pigeon. Il l'a laissé en haut du camp sous la garde de Sly et il part avec les cent keus. Il devra donner deux pills au clille, restera une pour tester. Si le biz fonctionne bien il pense monter son pourcentage à cinquante et il est à la recherche d'un plan pour mettre la main sur le pactole et shooter Sid et Mauvaise-Nouvelle hors du jeu. Il lui faudrait des alliés, les autres sont trop nombreux. Il glisse le bifton sans parler à Mauvaise-Nouvelle qui tend trois pils tirées de l'intérieur de son blouson. Ils ont l'air défoncé autour de la tente. Seuls Chico et Déglingue sont déjà partis au rabattage, Mauvaise-Nouvelle, Sid, Squat et les deux meufs sont encore là, allongés devant la tente. Les filles ont payé leur tournée et deux tarpés tournent en orbite basse. Pitt ne s'attarde pas, il s'envoie directe la pilule en remontant vers le goudron.

Le deal s'organise : Pitt, Sly, Chico puis Déglingue font des allers-retours réguliers. Le papier monnaie commence à faire une bosse dans la poche du jean de Mauvaise-Nouvelle, les filles ne sont pas farouches, la dope les rend langoureuses et la vue du blé qui s'accumule leur ouvre des horizons de confort. Le gars a les mains entre les cuisses de Mona pendant qu'elle lui masse les épaules et le cou. Sid aussi est en bonne posture, en accord avec Mauvaise-Nouvelle il n'est pas parti à la retape. Ils se marrent bien ensemble tout compte fait pense Mauvaise-Nouvelle et le festival a du bon. De temps à autres les meufs partent au ravitaillement, Mauvaise-Nouvelle est large et la bif est toujours fraîche à leur bivouac. De loin en loin, Squatt fait un arrêt à la pompe, ils déconnent un moment et le jeune repart au charbon. Chico vient prendre du repos un grand moment, racontant le deal.
« Y'a du fric à prendre ce soir. Ton plan assure Mauvaise-Nouvelle, t'es dans le vrai ! J'ai pas mal bougé et j'ai connu

des plans plus foireux. Ça glisse, les frangins. J'aborde toute les meufs qui passent. Avec une dope ça comme, j'ai du répondant. T'as eu ça où ? » Mauvaise-Nouvelle répond, sec « Pas loin de chez moi. Tu veux des précisions ? »

« Cool man ! J'disais ça histoire de tchatcher. De toute façon t'as raison. A force ça va ce savoir, qu'y a de la bonne dope qui tourne. Et c'est les keufs qui voudront en savoir plus. Alors moins tu m'en dis, mieux je me porte. »

 « Tu parles des chtares, tu les connais ? Tu pourrais les ramener là ? »

« Écoute mec. J'ai fait six mois d'zonzon sans rien à quécro et j'me suis pas allongé. Les bourres m'ont mis tellement de tartes qu'j'en ai eu les dents toutes ripous. » Sid intervient « Tes dents c'est pas les bourres, c'est les acides, Chico. »

« Peut-être. En attendant quand j'y suis rentré, elles brillaient encore et à la sortie elles étaient renoi. C'était en 90, tu peux demander à ceux qui m'ont connu à l'époque. »

« J'connais personne qu'ait vécu si longtemps, t'es le seul survivant de c't époque glorieuse. » Sid et Mauvaise-Nouvelle se marrent entraînant les filles pendant que Chico fait la fausse tronche. Sid et lui  se balancent des vannes auxquelles ils sont les seuls à comprendre quelque chose.  Mauvaise-Nouvelle finit par en avoir marre, il se lève et propose aux meufs de faire un tour de festival. Elles ne se font pas prier, Sid suit pendant que Chico retourne au rabattage. Mauvaise-Nouvelle lui a confié une petite cargaison en lui fixant un prix au retour. Les deux mecs divaguent à l'avant se poussant de l'épaule en matant les meufs qu'ils croisent. Derrière les deux filles partagent leurs impressions, Mona demande

« Qu'est-ce que t'en penses ?»

« On dirait un bon plan, faut voir si on pécho les mecs ? Moi, Mauvaise-Nouvelle me fait peur. »

« Moi aussi, mais ça m'excite. T'as pas envie de t'faire Sid ? »

« Si, si. Il est craquant mais ça a l'air d'un sacré vicieux. T'as vu son T-shirt ? C'est le mec à te mettre sur le ventre direct. T'imagine ce que ça va donner avec toute cette exta. Les 24 h de la baise à Saint-Amant, on risque de pas l'oublier. »

« Et les autres ? J'ai peur que ça dégénère avec Pitt, il a pas apprécié. »

« Si ça pète on déménage, on reste pas pour panser les blessés. J'déteste la baston, après ça ils nous imaginent en infirmières, c'est bien un délire de mec ça, non ? »

« T'as raison, ça et la becte, s'ils pouvaient nous greffer une cuisinière, ils le feraient. Ma mère en crève avec mon connard de daron. Tiercé, cuite, sieste, c'est son programme. »

Mauvaise-Nouvelle fait un signe de la main, les rabattant près d'une cabane à frites. Les deux mecs font le marché et ils repartent, chacun une canette en ferraille à la main. Ils approchent des files d'attente pour l'entrée, Mauvaise-Nouvelle et Sid se dirigent vers la baraque de chantier qui fait office de billetterie. Ici aussi une file, plus réduite. Mauvaise-Nouvelle mate les coutumes pratiquées par les vigiles. Fouille complète, les keums comme les meufs. Tâter de blouson, palpation des torses et des cuisses. Le fuyard estime qu'il n'est pas question de s'y frotter. Il fait demi-tour en tirant Sid qui n'est pas long à piger. Les deux filles sont surprises mais elles ne mouftent pas, de toute façon on entend le concert de la route et tout autour de la palissade, alors .... Et puis la bière sera moins chère à l'extérieur de l'enceinte. En repartant vers le parking et ses abreuvoirs, Mauvaise-Nouvelle se retourne sur une beauté noire; c'est Émeline accompagnée de Félix, ils essaient de contourner les files pour arriver au niveau des vigiles. Mauvaise-Nouvelle siffle entre ses dents et heurte Félix qui ne frémit pas. Mauvaise-Nouvelle a senti les muscles tendus de son épaule et de son avant-bras. Leurs yeux se croisent; ils sont surpris tous les deux, ils ont l'impression de fixer leur propre regard. Les mêmes yeux bleu ciel, légèrement arrondis, bordés de longs cils. Ils se détournent, repris par leurs pensées particulières. Félix rejoint Émeline, dans la file de contrôle plusieurs gars se retournent sur elle, certains lui sourient. Félix apprécie et il ne crispe pas, il se sent à l'aise et confiant. Il prend Émeline par le bras pour la guider et c'est tout chaud et doux dans sa paume rugueuse. Il se fait reconnaître par un des vigiles qui les fait entrer avec un regard approbateur en direction d'Émeline. Le reggae coule de la sono sur l'oppidum, en français, en anglais et en espagnol et la belle haïtienne se met à vibrer. Félix en a la gorge qui sèche, il est un peu gêné et pour se donner une contenance il agite ses épaules sur le rythme. Émeline le contemple en souriant, un sourire large comme une île. Il se laisse emporter, fermant doucement les yeux sur l'image du visage de la fille. Il ne connaît pas le groupe mais la musique lui plaît. Autour d'eux chacun peut trouver sa position.

Beaucoup d'allongés dans le sens de la pente, d'autres debout plus ou moins agités, et pas mal de monde le long des stands de ravitaillement. Ils se parlent peu pendant la prestation du rasta et à la pause, entre deux groupes, Félix se met un cône au bec, l'herbe le rend euphorique, il questionne Émeline

« Tu es déjà allée à Haïti, chez ton père ? »

« Non pas encore. Les Duvallier sont partis mais mon père a toujours peur. »

« Je crois que je ne supporterai pas de ne pas pouvoir rentrer chez moi. Comment il prend ça ? »

« Il s'est calmé, les souvenirs le laissent tranquille maintenant, mais il n'a toujours pas pu aller sur la tombe de ses parents, tu vois ? »

« Pas vraiment, je suis là depuis tout le temps et j'espère pour tout le reste du temps, mais je compatis »

« Même moi, je ne sais pas ce qu'il ressent, il n'y a que ma mère » Félix lui tend le joko, mais elle fait non de la tête.

« Tu es triste ? »

« Non » elle sourit à nouveau

« Mais tu vas croire que c'est une soirée de lamentation si je t'explique »

« Tu crois ? »

« Comme tu veux. Je ne fume pas du tout, ni de ça ni du tabac. J'ai de l'asthme et une bronchite chronique, j'ai besoin d'air pur. C'est pour ça que je suis ici, c'est bon pour mes poumons, ça doit être ça l'extase arverne.»

« Et à Lyon comment tu fais ? »

« Je tousse, assez souvent. Je prends des médicaments ... »

« Et pourquoi tu ne t'installerai pas ici par exemple. Il y a des voitures seulement trois jours par an : Il suffit de déménager à ce moment-là ! »

« Et qu'est que je ferai le reste du temps ?»

« Des concerts à l'église ? »

Félix a faim tout à coup, il n'a pas eu beaucoup d'appétit tout à l'heure, la présence d'Émeline l'encourage à reprendre le chemin de l'assiette. Il lui propose un aller simple pour les buffets qui encerclent l'oppidum. Ils ont le choix, local ou spécialités d'ailleurs, Émeline arrête son choix sur une paella et ils mangent au même plat debout le long du comptoir. Une fois leur repas avalé, Emeline demande à aller s'asseoir dans l'herbe. Ils vont s'installer en contrebas mais restent à la frontière des lumières. Le rock dispensé par le nouveau groupe qui a pris possession de la scène leur parvient plus faiblement à cette distance. Émeline apprécie, elle chantonne par moment une cuisse de poulet à la main. Félix demande entre deux bouchées

« Tu restes longtemps dans le pays ? »

« Quinze jours et puis je reviendrai peut-être, va savoir. » Elle le lorgne par dessous en souriant, tentatrice. Félix ne fait pas de résistance, il plonge.

« Si tu t'installes, je te ferai un certificat d'hébergement si tu veux. » Elle rit un grand coup, découvrant ses dents toutes blanches derrière le poulet.

« Non ça serait juste pour les week-end, pour mes poumons tu vois ? Mon père pourrait tenter de louer quelque chose et d'en profiter pour faire un peu de médecine de village. »

« C'est une bonne idée, je crois que je consulterai tous les samedis ! » Elle ne dit plus rien et le scrute en jouant avec le pilon du poulet  encore plein de chair. Il ne se dérobe pas et la fixe. Ça dure et ça dure, il en a la tête qui tourne, il a déjà cligné deux fois sans que le regard d'Émeline ne se voile. Brusquement elle se détourne, il se sentait proche d'abandonner. Elle dit tout bas en regardant vers la scène, offrant un profil en trois-quarts arrière à Félix.

« Il ne faut pas m'en vouloir, c'est quelque chose que j'ai l'habitude de faire. Je sais qu'il ne faut pas. » Il tend la main et lui touche l'épaule, ses doigts courent dans ses cheveux bouclés et noirs ,si noirs.

« C'est rien, j'aime bien savoir moi aussi. »

« Savoir quoi ? » Elle ne s'est toujours pas retournée.

« A qui j'ai à faire. » Il l'a dit en souriant et elle l'a senti à son intonation. Elle se retourne enfin, détendue semble-t-il.

« Tu pourrais rapporter de l'eau ? Je te raconterai une histoire en échange. » Félix joue les chevaliers servants de bon gré d'autant qu'il a envie d'une mousse bien fraîche. Au comptoir, il trouve Chenevé, un mec bizarre qui vient du côté de Saint-Dier, il est célibataire lui aussi et se la joue Davy Crockett, entièrement vêtu de cuir frangé. Il entreprend Félix direct.

« Tu bouffes de cette merde maintenant ! Ça donne soif ? »

« Salut Chenevé , tu tournes toujours à la gnôle de contrebande ? Le roi du pastoche en kit à  Saint-Dier, c'est toujours toi ? » Félix le dit tout fort et Chenevé fait un signe de la main. Il s'approche et Félix le maintient à distance; il a une haleine à l'éthanol d'alambic. Chenevé alimente la conversation

« Alors toujours vieux garçon, le sauvage de la Roche ?»

« Comme toi Chenevé, peut-être juste un peu moins. »

« Ouais mais on dirait que ça va pas durer. » Chenevé fait un signe de tête vers Émeline qui s'est allongé dans l'herbe, couverte de sa veste de jean épais.

« Importée ? » Félix pense tout à coup qu'on pourrait le croire en effet. Il précise cependant

« Non mon vieux, touriste. » Chenevé se détourne, il grogne. « De toute façon, c'est tout pareil tout ça. Arabes, turcs,africains, marocains, les boches et les glichs, c'est tous des envahisseurs. Ils viennent acheter les baraques ou alors les squatter et quand ils sont installés, faut se mettre à causer leur langue pour survivre. Z'ont qu'à aller se faire foutre chez eux. Est-ce que je vais faire chier chez eux moi ? « La tolérance même ce Chenevé , son discours est bien connu dans le pays mais il y a un gros contre-exemple. Deux mecs et une nana avaient tapé l'incruste chez lui, deux ans plus tôt. Leur bagnole avait pété devant sa ferme alors il avait offert l'hospitalité la première nuit. Ils étaient restés huit jours. La fille était même revenue plus tard, seule, et avait partagé sa cagna pendant une courte période. Chenevé avait dit à qui voulait l'entendre, ou non d'ailleurs, que ses invités n'étaient pas des arabes. Il avait procédé à deux tests qui ne trompent pas parait-il. Le premier aurait pu être probant. Chenevé avait proposé sa gnôle; les deux mecs et la meuf en avaient redemandé et la semaine avait passé dans la beuverie et la

fumée. La réserve du paysan en avait pris un sale coup. Le second argument n'avait rien de convaincant. Chenevé avait imposé la prière avant le repas et les invités une nouvelle fois s'étaient montré à la hauteur. Ils récitaient des sourates dans leur langue que l'auvergnat prenait pour la fidèle traduction de ses couplets. C'est le rythme qui compte; Chenevé devait penser que des suppôts d'Allah se seraient enflammés à la seule évocation de Jésus. C'étaient bien des arabes cependant, d'autres mecs du pays leur avaient causé, pas de doute. Chenevé, lui, prétendait qu'ils étaient Libanais, des chrétiens, ça le rassurait, surtout qu'il avait fauté avec la fille. On en avait bien rigolé, puis c'était passé. Chenevé, en tout cas, n'est pas adepte des épouses du bout du monde. En fait il est surtout adepte d'aucune épouse. Félix répond
« Celle-ci ne parle que le français, j'ai de la chance. »
« Ouais de la chance, paye une bière alors. » Félix s'exécute et il patiente un moment à écouter les histoires paranos de Chenevé qui pense que les flics l'ont repéré pour l'alambic. Félix mate Émeline toujours allongée, appréciant l'air vif sans doute. Au bout d'un moment , un noir tout noir dont Félix ne parvient pas à distinguer les traits l'aborde. Elle s'assoit d'abord puis se lève. C'est le moment que choisit Félix pour abandonner Chenevé devant sa bière à moitié pleine. Il s'approche doucement de la fille et la contourne pour qu'elle le voit arriver. Son regard se fait doux et le mec de dos se retourne. Félix tend la bouteille d'eau à Émeline. Elle lui demande de l'ouvrir et d'en verser sur ses mains. Elle présente le noir.

« C'est Clédor, il est ivoirien. » Ils se tendent la main, pendant qu'Émeline procède à ses ablutions. Elle dit.

« Clédor, c'est Félix, un arverne. » L'autre part d'un grand éclat de rire

« Je croyais que ça n'existait plus les Arvernes ? Les Auvergnats les ont remplacés, n'est-ce pas ? »

« Je suis un des derniers, tu connais bien l'histoire? »

« Un peu, celle de France »  Émeline intervient

« Il est prof d'histoire de France à Paris. »  Félix précise

« Félicitations, moi c'est plutôt la géographie. »

« Ça se comprend, tu es avantagé ici » L' Ivoirien a un regard circulaire vers les monts qu'on devine dans l'ombre. Puis il tend la main à Émeline en disant

« Bon je vais vous laisser. Bonsoir ma sœur. » Il serre la main de Félix et s'éloigne en direction de la scène. Le public est chaud à présent et ça bouge en contrebas. Ils décident d'approcher et s'oublient sur le rythme syncopé de la musique. Dans le silence qui suit le départ du groupe alors que les roadies s'activent pour mettre à jour la sono, Émeline propose de repartir. Félix est d'accord, il doit être debout à 6 h demain. Sur la route Émeline cherche sa main, il la prend et l'enfonce avec la sienne dans la chaleur de la poche de sa veste ample.  Félix amène tout doux la conversation sur Clédor et la fille lui répond qu'il n'a pas raconté grand-chose mais qu'il a quand même trouvé le temps de lui dire trois fois qu'elle était belle. Félix demande

« Ça va, tu n'es pas trop lassée? »

« Non pourquoi ? »

« Tu es belle, alors !» Elle sourit et lui demande s'ils se verront le lendemain. Félix explique qu'il aura du travail mais que 16h30 sera une heure convenable. Il ajoute

« Et mon histoire ? »

« Ton histoire, c'est notre histoire. C'était la deuxième fois ce soir que j'avais des frissons avec toi. «

« Des frissons agréables ? »

« Pas vraiment. Comme dans la cabane, tu sais »

« Le buron d'Anglade ? »

« Oui, le buron d'Anglade. »

« Je te fais peur ? »

« Pas toi non. L'environnement peut-être. »

« Ne t'inquiète pas, il ne peut rien t'arriver. C'est pas la ville ici. » Ils sont parvenus devant chez Chabrier, le gars libère la main de la fille. Elle va pour l'embrasser sur la joue, mais il détourne la tête et pose doucement ses lèvres sur celles d'Émeline. Elles sont rebondies et douces, un léger courant passe entre leurs bouches. Il lui prend la taille et l'appuie gentiment à la porte

« Je voudrais te faire sentir d'autres frissons, tu veux bien ? » Elle fait oui de la tête et ils s'embrassent plus violemment dans un baiser profond et langoureux. Essoufflés ils se détachent, Émeline dit

« J'y vais. A demain promis ? »

« A demain. Fais de beaux rêves et surtout plus de frissons. » Elle fait un signe de la main et disparaît dans l'ombre derrière la porte. Félix regagne sa montée de grange, léger, ses pieds ne touchent pas le sol. Il se déshabille rapidement, se concentre sur le visage d'Émeline, revit leur baiser encore et encore et s'endort.

Mauvaise-Nouvelle, Sid et les deux filles ont fini par rejoindre leurs quartiers, ils traînent un peu devant les tentes puis Sid enlève Kan dans la toile des deux meufs. De l'extérieur Mauvaise-Nouvelle l'entend glousser et pouffer et Sid grogner, ça l'émoustille. Il entreprend Mona aussi sec qui préfère rapidement gagner l'abri symbolique de la tente. Les deux matelas sont côte à côte, couverts de duvets et de couvertures en vrac. Dans la pénombre la peau blanche des cuisses de Kan et le cul de Sid luisent. Mauvaise-Nouvelle se jette sur sa proie, la vie des bêtes, elle en a le souffle coupé. Elle tente de le calmer en lui caressant la nuque mais Mauvaise-Nouvelle est trop excité, frustré, impatient. Il prend tout de même le temps de poser le blouson et ses trésors avec précaution au sommet de la paillasse. Il tente d'arracher les vêtements de Mona mais elle est plus expérimentée et prend les choses en main. Elle se déshabille lentement, marquant une pose sur chaque sous vêtement exposé, Mauvaise-Nouvelle se calme, captivé par le spectacle. Il tend la main pour presser un sein prisonnier de nylon noir. Puis le short et les collants basculent, encore du nylon noir autour de ses hanches. Mauvaise-Nouvelle y met la main immédiat. Sa queue est dure comme un piston dans son fute, ça fait mal comme avant-hier soir à Nation. Mona, elle aussi tend la main, Mauvaise-Nouvelle croit qu'il va gicler comme un con dans ses brailles. Mais non, la fille lui ôte ses vêtements à présent. Elle pose ses lèvres un peu partout sur la peau du jeune gars. Elle masse les biceps tout durs et les abdos tendus. L'odeur ne la dérange pas, pourtant Mauvaise-Nouvelle ne s'est pas douché depuis prés de trois jours et il fait chaud. Elle le chevauche, Sid dit en tendant la main.

« Tiens mec, mets ça » Mauvaise-Nouvelle prend le sachet de la capote et il sourit dans le noir.

« T'es vraiment équipé, elle t'a pas piqué ça Zab ? » Sid grogne, il a un sein dans la bouche, Mauvaise-Nouvelle laisse courir. Il place le caoutchouc avec l'aide de la main de Mona et elle l'introduit immédiatement. C'est chaud, velouté, ça plaît à Mauvaise-Nouvelle. A l'intérieur de la tente, ça grogne, ça souffle et ça gémit, la frénésie monte, envahit la toile, étouffe ses occupants. C'est le Sabah des sorciers et des sorcières dans la nuit montagneuse. On s'en doute à l'extérieur, les émules se rassemblent. Le dénouement a lieu et le sacrifice aussi. Des milliards de cellules vibrionnantes s'écrasent à haute pression sur un mur de latex enduit de toutes sortes de produits nocifs. La nuit se referme, les corps se détendent tout à coup, enfin un geste de tendresse dans le partage de la couche. C'est le moment que choisit Squatt pour venir au ravitaillement. Mauvaise-Nouvelle prend la liasse de biftons sans compter et remet une poignée de cachetons au pousseur. Les deux meufs rient en se passant un beuz. Mauvaise-Nouvelle et Sid sucent une pastille, c'est enfin l'heure du repos des marchands au caravansérail. La soirée se poursuit dans les va-et-vient des pousseurs qui passent chercher de la marchandise, les billets s'entassent au-dessus de la tête de Mauvaise-Nouvelle. Les deux mecs échangent leur partenaire. Kan est tellement déchirée qu'elle ne s'aperçoit pas du mouvement . La nuit dure, dure dans la baise et la défonce et Mauvaise-Nouvelle perd la mémoire. Les autres ne viennent plus au ravitaillement, une fille est sur lui, il ne sait plus laquelle. Plus tard encore, il s'est endormi, un corps chaud et nu se serre contre lui sous des couvertures. Il ne sait plus quand il s'est déshabillé, il renfile son précieux blouson et s'envoie une dernière pils et elle, elle l'expédie dans ses souvenirs.

Il guette devant un groupe de bâtiments hauts aux façades ripous et délavées. Le ciel est gris, bas, les arbres sont déplumés. Une caisse carbonisée attend la pluie un peu plus loin à côté d'une cabine téléphonique dont les portes de verre renforcé claquent dans le vent, Mauvaise-Nouvelle est en planque à l'arrière de containers de récupération du verre. Finalement celui qu'il attend arrive. Pas vieux, treize-quatorze ans, la peau brune et les cheveux frisés, des écouteurs vissés aux oreilles. Mauvaise-Nouvelle n'a même pas à prendre de précautions pour s'approcher, il garde la main droite derrière le dos. L'autre appelle en direction de la façade

« Hé ! Saïd, Saïd » Mauvaise-Nouvelle lui tapote l'épaule de sa main gauche en gueulant

« Hé, Khalid » Khalid se retourne et il prend un coup de litron cinq étoiles sur le coin de la tronche. Il tombe aussi sec et Mauvaise-Nouvelle le bourre de coups de pieds, en gueulant

« Mon fric Khalid, mon brouzouf, fissa ! » Khalid lève une main, il bafouille

« J'ai rien mec, sur la vie de ma mère. Je me suis fait embrouiller la dope. J'ai plus rien. »

« T'es trop con, Khalid, c'est ta merde. J't prends le blouson, t'as intérêt à me piquer une paire de pompe avec. »

« Ouais mec j'te promets. Demain, j'y vais demain ! »

« Pourquoi demain, t'as mieux à faire tout de suite ? » Khalid se relève péniblement, Mauvaise-Nouvelle ne lui tend pas la main.

« Écoute j'y vais demain alors abuse pas. »

« Moi j'trouve que c'est toi qui abuse, alors tu vas y aller fissa, je te suis !»

« Bon, je dois aller me soigner d'abord. »

« Ok je t'accompagne. » Le trajet n'est pas chaleureux, Khalid traîne la patte.  Il laisse Mauvaise-Nouvelle au salon chez lui et part se panser dans la salle d'eau. Quand il revient il fait à Mauvaise-Nouvelle :

« Tu peux pas rester ici ? J'ai une course à faire pour ma mère. »

« Depuis quand tu fais les courses pour ta mère ? Je te lâche pas , j'ai dit. » Ils repartent, Khalid finit par avouer.

« Je dois passer chez Sylvia, vite fait, tu m'attends en bas d'ac ? »

« Tu rigoles ? Je monte avec toi ! »

Chez Sylvia, les parents ne sont pas là. Khalid avait prévu deux exta pour l'après-midi, mais il ne peut pas les sortir

devant Mauvaise-Nouvelle. Au contraire c'est celui-ci qui propose une pils à la fille. Mauvaise-Nouvelle dit
« Khalid, il en a pas, il est privé. » Sylvia s'esclaffe, Khalid a la haine. Mauvaise-Nouvelle et Sylvia s'allongent sur le canapé et commencent à se tripoter. Au bout d'un moment Mauvaise-Nouvelle aboie :
« Oublie pas que tu me dois une paire, tu ferais bien d'y foncer avant que ça ferme. » Khalid se tire; Mauvaise-Nouvelle se réveille dans la nuit auvergnate enfin calme, ce n'était donc pas la première fois cette nuit avec une femme, ce n'est pas non plus la première fois qu'il gère un trafic.

## Vendredi, Lyon

Le commissaire Lucas quitte le service à 16h, il va faire des heures sup tout le week-end pour le compte de Câlin. La mission confiée par le trafiquant le captive autrement que la paperasse administrative qui occupe une grande partie de son temps au bureau . Pendant la journée, il s'est rencardé auprès de la stupéfiante; il voulait connaître les endroits de deal autour de Clermont et Vichy. On lui a parlé du festival de Saint-Amant et l'endroit lui a semblé adéquat. Il décide quand même de faire un crochet par Clermont, il a un pote à la PJ qui pourra le rencarder. Une heure et demi d'autoroute plus tard, par le Foréz et la Limagne, il aborde Clermont par Lempdes et la plaine. Il fait une halte mousse près de la gare, au 'Chateau Rouge' et passe un coup de fil. Il n'a pas besoin de se présenter, 'Bottin', spécialiste de l'interrogatoire avec instrument, le reconnaît instantanément.

« Rien de spécial. Pas d'étrangers sur un coup foireux ces temps-ci ? »

« Tu fais bien de m'en parler. Les stups ont poissé un pousseur d'extase, hier soir. Un gars du cru qui n'a jamais beaucoup plus que sa conso personnelle d'habitude et là il se fait serrer en flag de deal, bien approvisionné. Il n'a pas mis longtemps à s'allonger » Bottin prend le temps de tirer une taffe, Lucas demande

« Et alors  ?»

« Deux punks, pas du quartier, il les a jamais vus avant.  Ils avaient de quoi fournir d'après lui. »

« Descriptions ? » Lucas ouvre son carnet et note les infos de Bottin.

« Un brun, yeux clairs, avec un iroquoise de chaque côté , 1m80. En jean. Pas de nom. L'autre un peu plus grand, touffe rouge, pantalon écossais et un t-shirt avec un cul dessus. «

« Vous avez des portraits ? »

« Tu rêves !»

«T'as essayé avec le portrait du mec de Paris ?»

"Quel mec de Paris ?"

"Celui qui a buté un keuf à Nation !"

"Ah, celui-là! Je vais essayer si tu veux ?"

«Je veux. On se retrouve à 20h30, je t'attends au parking Blaise Pascal. » Lucas raccroche, la piste n'est pas forcément la bonne mais il ne laisse rien au hasard.

A 20h30, le parking s'assombrit, la clarté diaphane du ciel de crépuscule sur la ville noire est trop faible. La ville est calme, quelques moteurs ronflent sur l'avenue Carnot. Lucas sirote une canette de bif en se laissant bercer par la radio qui pleure un vieux blues. C'est vers Leila, sa seconde épouse, qu'il se laisse emporter. Il s'entend lui expliquer, le matin même, qu'il passera le week-end loin de la maison. Elle se serre contre lui en l'embrassant et il sent l'élasticité des fesses à travers le tissu moulant de la jupe. Habituellement , pendant que les deux mômes dorment, le week-end est consacré aux exercices sexuels. En sauter un le frustre vaguement, trois ans qu'ils sont ensemble mais le physique reste prépondérant dans leur union. Une caisse vient s'arrêter juste à sa gauche, le conducteur change de siège et abaisse la vitre . La tête obtuse de Bottin dit salut, il tend la main dans l'intervalle entre les deux portières. Lucas lui serre la paluche et lui tend une bière fraîche; il en a acheté quatre à une station. Bottin la dégoupille et en siffle une longue rasade avant de tendre deux photocopies : Le rapport de police sur l'arrestation du punk et sa déposition qui contient la description de ses deux fournisseurs.

« Fais chaud ces temps-ci, ça rend les gens nerveux. T'as pas idée du nombre de barjots qui disjonctent ici quand la chaleur dure ! Sont pas habitués ! Alors, ils cognent bobonne ou dégomment le chien du voisin d'un coup de 22. On n'a pas besoin de deux petits branleurs qui viennent encore faire monter la température. On fait tout pour leur mettre la main dessus. «

« Ton client a décrit la dope ? »

« Ouais des pastilles, blanches, plus plates et plus larges que ce qu'il voit d'habitude. De la bonne d'après ce qu'il dit. » Ça ressemble à la nouvelle frappe que Câlin commercialise dans le réseau, pense Lucas.

"Et le portrait, il reconnaît ?"

"Il prétend que non, pour aucun des deux."

« Ok je vais traîner dans le coin jusqu'à demain, essaie d'en savoir plus, je serai au Cartier. Appelles moi. « Bottin finit sa binouse , tord le fer blanc et l'expédie sur le goudron où il fait un grand 'clang' sonore. Lucas sourit

« Toujours aussi destroy ? » Bottin regagne le siège du conducteur en lui adressant un bras d'honneur. Lucas devra lui préparer une enveloppe demain s'il revient avec de l'info de bonne qualité. Il dirige la caisse vers la ville basse et l'abandonne avenue des États-Unis, les roues sur le trottoir, battant le record du monde du stationnement interdit. Il bade à pied dans la rue du Cheval Blanc. Des arabes, des portugais, pas vraiment des touristes, lorgnent vers deux femmes, plus que faites, allongées sur un mur au coin de la rue des Minimes. Pas de quoi allumer un feu de forêt décidément . Il entre au Mayerlink et s'assoit à une table près de l'entrée, dos à la salle, matant le passage de la rue, on ne sait jamais. Une jolie fille aux yeux verts finement bridés qui sourient prend la commande. La mousse est glacée, c'est au moins la cinquième depuis qu'il est à Clermont. La bière lui sert de passe-temps quand il n'est pas à la maison, il prend du poids en dehors du mariage, ça rassure Leila. Une dizaine d'années plus tôt, il serait venu accompagné, Paula serait descendue de Paris. Baise et risque et pognon, un cocktail dont il a fait disparaître le premier ingrédient au profit du pognon, bien sûr. C'était du temps de sa première épouse, Corinne. Paula, en fait, c'était le temps de Paula, pas celui de Corinne, quand il y repense. Quelque chose se tord encore du côté de son plexus à l'évocation de cette période, ça sentait le souffre, la sueur et le foutre. Il tire sur la bif, il pourrait se rappeler précisément l'odeur des chambres d'hôtel quand ils les abandonnaient. A l'époque la bière ne servait qu'à pousser les pastilles, ça avait duré une dizaine d'années, presque aussi longtemps que son mariage avec Corine. Ça fait longtemps qu'il n'a pas pensé à Paula, sa dernière mission aussi remonte à longtemps;

130

l'affaire tourne rond maintenant et il a grimpé dans la hiérarchie du réseau. Il achève sa bière, laisse de la tune sur la table. Dehors des jeunots tenant leurs copines par la main arpentent en direction des lumières. Il serait bien aller en siffler une autre au 'Lycée' mais Bébert, le patron du trocson, a sûrement filé depuis belle lurette vers ses terres. En voilà un à qui la binouze a réussi pense Lucas. Drogue légale, le même gain pour des risques réduits, voilà un filon. Lucas connaît déjà sa reconversion quand il décrochera dans deux ans, si tout va bien. Il prend son repas sur la place du marché Saint Pierre. Du poisson, c'est bon pour la ligne, arrosé d'un Saint-émilion, Lucas est au rouge quelques soient les conditions, réfractaire au blanc. Puis après avoir acheté deux canettes glacées, il descend au Cartier, près de la gare. Pas le grand luxe, mais des souvenirs tous chauds qui tiennent compagnie quand on tend la main du cendrier à la boite couverte de givre. Il est assis sur le lit, dos au mur, ayant gardé ses grolles. Comme prévisible, il finit de s'achever à la Kanter, la bière qui a trouvé son maître. Il revoit Paula remontant lentement la robe sur ses cuisses, la bande plus sombre en haut du bas, le scoubidou du porte-jarretelles, noir comme les bas sur la peau blanche. Il se souvient qu'il mettait sa main en travers de sa bouche pour qu'elle ne rameute pas tout l'hôtel. Ces escapades dans le passé sont les seules infidélités qu'il fait à Leila, et la dernière n'est pas récente, il bande et il se laisse aller. Il s'endort ensuite en renversant la bière qui glougloute sur la moquette. La bif a raison de ses rêves, c'est le trou noir.

Zab ne se sent pas bien, pas bien du tout. Allongée sur son petit pieu tout près du Home Dôme elle écoute les bruits du Boulevard Aristide Briant en chialant. Elle chiale depuis son retour en fin de journée. Les tarbas, si elle était un mec elle leur écraserait les couilles, ça comme. Elle serre la main, ses larmes sont de rage et de déception, elle avait vraiment flashé sur Sid et c'est une pourriture, elle ne peut plus se fier à son sixième sens, celui qui lui a valu jusqu'à présent d'éviter les grosses galères tout en fréquentant des bandits. Ses épaules, où les crampons des baskets de Mauvaise-Nouvelle ont fait du dégât, lui rappellent que parfois une tête de méchant cache un vrai méchant, pas un cœur d'artichaut. Dans ses omoplates, jusque dans ses coudes et ses poignets on joue l'acte 1 d'un viol avorté. C'est tout bleu avec du rouge , d'un bleu malsain sur sa peau blanche. Elle pleure à nouveau, elle n'a rien pu avaler de la journée. La nuit est tombée depuis longtemps, demain à 10 h elle doit être au supermarché à faire rouler le tapis. Deux raclures de Valium traînent dans un pot , elle les goule et finit par se détendre.

Le lendemain c'est pire au réveil, vers 6 h. Les premières caisses commencent à serrer sur le boulevard Briant, Zab regarde couler le café. L'odeur ne la réjouit pas, elle se dirige vers la salle de bain., elle se regarde dans le miroir à l'intérieur de la porte. Elle a un petit sursaut, elle ne s'est pas démaquillé hier, une feuille morte sur le visage maintenant, tu parles d'un massacre. Calmement, détachée, elle prend une poignée de coton sur lequel elle répand un litre de lait. Comme un peintre, elle passe à larges coups appuyés sur son visage, y traçant des bandes jusque dans le cou et sur la naissance des seins. Ses yeux sont secs et durs, elle achève le démaquillage à l'eau froide, ses épaules crient à chaque mouvement pour porter l'eau en coupe jusqu'à son visage. Elle finit de se débarrasser du gilet de laine dans lequel elle s'est roulé hier soir. Elle est nue à présent, elle se plaît, épaules légèrement massives, forte poitrine, ventre musclé et hanches larges c'est la partie de son corps qu'elle préfère, plus bas les cuisses qui aiment danser. A la cuisine le café n'en finit pas de passer, elle prend le grand couteau à trancher et va se replacer devant la glace. Elle pose la lame sur sa hanche gauche et doucement elle trace un sillon sans trop appuyer, jusqu'à l'autre côté en passant au-dessus du nombril. Des gouttelettes de sang s'échappent et descendent, l'une d'elles a réussi à passer le nombril et va se perdre dans les poils pubiens blonds. Elle tend son corps en arrière malgré la souffrance, le sexe en avant vers la glace. Au moins cette cicatrice-là, elle se la sera faite seule, en signe de rappel.

Au supermarché, sa voisine de caisse, une vieille à la quarantaine trop maquillée qui croit connaître la vie lui balance.

« He ben, t'en as une tête, c'était pas un bon coup, ou un trop bon ? » Zab souffle en s'approchant

« Ta gueule et surveilles toi, ça sent. » L'autre ouvre la bouche et fait les yeux ronds.

« Comment tu sais ? »

« Ça sent j'te dis » C'est pas vrai bien sûr, simplement Zab a remarqué son manège depuis 6 mois qu'elles sont ensemble. Réglée comme un métronome, la mémère, les vingt-huit jours standards. L'autre serre les miches d'un air constipé sur son petit tabouret rond . Les quatre premières heures sont plus que pénibles, pas grand monde et la voisine qui veut causer. Zab ne prend même pas la peine de répondre sauf pour les prix, mémère n'a pas de mémoire. Vers 14 h, elle aperçoit Monoï croiser à proximité de la première rangée de rayon, il la repère et s'enfonce dans la jungle de la conso avec son caddy. Il a bien choisi son heure, il y a plus de monde et pas encore beaucoup d'employés. Un gars bien, Monoï, qui lui fournit sa pakalolo contre un chariot à moitié prix de temps en temps. Elle ne change pas de rythme, elle connaît la musique. Vingt-cinq minutes plus tard, le gars est là, un chariot plein à ras bord d'alcool, de pompes, de survéts et de squeuds. Dans les cinq mille keus. Elle ne le salue pas plus poliment qu'un autre client, lui ne sourit pas. Les articles défilent, les mêmes en plusieurs exemplaires, c'est dans le décompte qu'est l'astuce.

« 1 875,55 F s'il vous plaît. » Monoï tend sa bleue comme un vrai gentleman. Il se fait serrer juste dix mètres plus loin et deux costauds l'aident à pousser le caddy vers les burlingues des vigiles. Un autre type cravaté à larges épaules vient souffler à l'oreille de Zab.

« Fermez la caisse et rejoignez moi. » Il reste à proximité les bras dans le dos, faisant saillir ses pecs. Zab expédie les trois clients restant , la trouille au ventre. Ça va finir chez les keufs et elle n'est pas d'humeur. Ça se passe dans le calme et presque avec le sourire. Elle est rapidement confrontée à Monoï qui n'a pas fait la connerie de prendre de la dope dans le fond de ses fouilles. Les bourres viennent les chercher trente minutes plus tard, direction Pélissier. Ils sont séparés immédiatement et c'est Bottin qui officie auprès de Zab.

« Alors poulette, qu'est ce qui t'a pris ? » Il la mate sec, bonne gueule, un peu olé-olé mais saine dans le fond. Quinze ans qu'il fait cracher le morceau à l'humanité, il repère immédiatement que la gamine a la trouille malgré son air buté. Elle ne sera pas longue à venir.

« C'était la première fois pas vrai ? » C'est ce qu'elle s'était préparé à lui dire, elle ne sait plus quoi raconter, il la prend pour une demeurée. Il s'approche et pêche une paire de menottes dans son dos. Il lui attrape vivement la main droite et y passe le bracelet. Il se penche ensuite et lui tire violemment l'autre bras sous la table. Elle se laisse faire, prisonnière des petits yeux méchants du flic. Il parvient habilement à lui passer le second bracelet derrière le pied du bureau, son regard toujours rivé à celui de Zab. Bottin vient se placer juste derrière elle, menottée à la table à présent. Il pose ses deux pattes lourdes sur les épaules de la fille. Elle sursaute, il murmure

« Me dis pas que je t'ai fait mal. Pas déjà ! Qu'est-ce que t'as aux épaules? »

« J'ai ... » elle se retient, voûtée

« Fais voir, montre-moi ça » Il a posé la main sur le bomber et fait mine d'écarter le tee shirt. Elle plaque sa joue sur son épaule pour tenter de lui barrer le chemin. Il écarte sa tête violemment, du revers de la main.

« Fais voir j'te dis » Elle se résigne, le laisse dénuder l'épaule. Il siffle en chassant le t-shirt de deux doigts négligents au-dessus de l'autre épaule.

« Tu t'es fait grimpé par un tracteur hier soir ? Y'a autre chose ?» Elle fait non de la tête, il la libère quand même et l'oblige à enlever le t-shirt. Elle est là, toute blanche dans son soutien vichy rose et blanc au milieu de la pièce cradingue. Bottin s'approche et pose un index moite sur une des extrémités de la balafre.

« Et ça, tu fais la collec ? »

« Ça c'est moi » Elle l'a dit d'un ton sec, provoquant. Le flic la regarde dans les yeux.

« Plus rien à voir ? » Elle fait non de la tête, à nouveau.

« Rhabille toi et raconte » Zab renfile le dim blanc, serre les dents un grand coup puis s'effondre. L'eau jaillit de ses yeux comme du moût quand on presse le raisin, elle essaie de retenir ses lèvres qui palpitent mais un râle passe quand même sa gorge. Et il n'y a qu'un flic pour voir couler son rimmel, elle s'appuie à la table, les épaules ankylosées. Bottin passe une main dans les cheveux de la punk, elle le laisse faire, tout lui est égal même que ce gros tas la confonde avec son caniche.

« Déballe ma belle » Elle commence la veille à 14 h, la route pour Saint-Amant et finit à son retour le soir, elle est évasive quand il demande comment elle a connu les deux mecs et reste imprécise sur leur description. Le schmit disparaît un instant et revient avec le portrait de Mauvaise-Nouvelle et la déposition du punk arrêté la veille.

« Ils ressemblaient à ça ? » Le dessin pourrait ressembler à Mauvaise-Nouvelle, mais elle fait non de la tête.

"Et à ça ?" Bottin lit la description donnée par le punk. Elle est bien obligée de dire que oui.

« Ils avaient de la dope ? »

« Rien remarqué »

« Ok tu bouges pas ! « Il l'entrave à nouveau et reste absent cinq minutes.

Bottin appelle le Cartier, on lui passe la chambre sans attendre. La voix de Lucas fait ouais? à l'autre bout.

Explication rapide et Lucas demande

« Tu peux la relaxer sans faire de vague ? »

« Avec ce qu'elle a sur les épaules sans problème, dans une heure au max. »

« Je t'amène ton enveloppe » Bottin fait un résumé circonstancié des aventures de Zab à Lucas  puis il est de retour prés de sa patiente, débonnaire.

« Ça te dirait de rentrer chez toi pour te soigner ? » Elle se tait, prudente. Il désigne les épaules de la fille.

« Suffit de montrer ça à un médecin et tu sors illico » Elle répond d'une voix morne, sans y croire.

«Pourquoi pas » Bottin appuie sur un bouton et dit d'une voix calme d'appeler un médecin pour la salle 6. Quelques collègues inoccupés viennent aux nouvelles. Zab doit à nouveau montrer les traces de pneus comme les appelle Bottin. Un des chtares se marre, les autres froncent le nez. Un quart d'heure plus tard le toubib lance des regards furibonds à l'assemblée des pandores qui s'en foutent. Encore une demi-heure et elle franchit la porte grande ouverte de Pélissier. Un type passe aussi sec à l'abordage, elle est prête à le jeter, mais il fait miroiter une carte de keuf.

« J'en sors, qu'est-ce que vous voulez encore. La marque du couteau ? »

« Tu me suis. On passe chez toi, tu prends de quoi te tenir propre et on part en vacances.»

« A Saint-Amant ? »

« Comment t'as deviné ? C'est ça ou le retour au gnouf .» Ils sont chez Zab, Lucas est assis au bord du lit pendant qu'elle tourne dans la cuisine et la salle de bain à la recherche du nécessaire. Il gueule

« T'as un crayon ? » Elle répond à haute voix

« Sur la commode » puis, d'une voix étouffée

« connard »

Herr Komissar, griffonne le premier portrait de Mauvaise-Nouvelle , ajustant la coupe tout en lisant la description du mec dans la déposition..

« Qu'est-ce que tu fous, tu vas bousiller mon dessus de lit. » Elle entre dans la chambre, furieuse. Il tend le portrait retouché, c'est la nouvelle tête de MN

«Il te branche ? »

Zab est drapée dans un peignoir, Lucas ne voit que le bas de ses jambes et ses pieds, trop blanche juge-t-il au premier coup d'œil, elle a besoin de soleil. Elle le mate et revient au portrait.

« T'étais bon en dessin quand t'étais môme ? »

« Détestable. »

« Ça s'est pas arrangé. » Lucas fait le nez, il contre-attaque, un sourire vicieux aux lèvres.

« Parais que t'as des sacrées marques ? »

« Ça t'intéresse ? Amateur ? »

« Et toi t'aime les coups ? T'aime que deux petits macs te foutent des mains partout ? »

« J'ai l'air ? Dans la cuisine y'a un grand couteau. On y va si tu veux, je te laisse ton flingue et je prends le couteau d'ac ? »

« Petite conne. »

« Alors retourne toi, je me sape » Ils se taisent aussi longtemps qu'ils restent dans l'appartement, idem dans l'ascenseur puis dans la caisse. Zab indique de temps en temps la direction à Lucas qui conduit mécaniquement sans y prêter attention. Il pense à d'autres chasses, en d'autres temps. Celle qui l'avait amené à Paula est la plus présente dans son esprit. Par un gosse qu'il avait coincé en plein deal à la sortie du lycée, il était remonté à une fille comme Zab, un échelon au-dessus. Seize ans plus tôt, il n'avait pas hésité, marié pour l'état civil, marié à la police et marié au pognon déjà. Il était devenu l'amant de la jeune marchande, il avait pris goût à la dope, l'herbe et les amphés. Il avait du rendement dans son taff, on lui foutait la paix. Il ne piquait jamais dans la caisse et n'affichait pas des Cerruti pendant les heures ouvrables. Les IGS l'oubliaient, Louise, la commerçante, l'avait présenté à Paula un jour d'achat d'herbe. Il était sorti de chez elle le ventre noué, au premier regard il avait voulu cette femme. Il avait fantasmé sur son corps pendant qu'elle coupait de grosses têtes de ganja au ciseau. Rentré chez Louise, il avait fumé comme jamais et trois jours plus tard il l'avait balancée. En prévention, la veille de son 'départ' il l'avait rossée en lui promettant que ça serait tous les jours comme ça en zonzon si jamais elle l'ouvrait. Elle avait pris un an ferme et Lucas avait été promu. Une fois débarrassé de Louise, il s'était concentré sur Paula et avait fait son siège : Il lui rendait visite tous les jours et achetait. Il passait également deux heures en planque, observant les allées et venues de Paula et ses visites. Au huitième soir de leurs relations, il l'avait coincée sur le bord de la table de son salon et elle lui avait offert sa coopération. Ça restait une des meilleures baises de Lucas. Ensuite elle avait seulement demandé

« T'es flic ? » Il n'avait pas répondu. Rapidement il avait connu son canal d'approvisionnement; elle n'avait rien dit mais les vendredi, samedi et dimanche, il était interdit de visite. La planque lui avait appris qu'un type venant dans un camion de marché occupait la place ces jours-là. C'était lui qui fournissait la zeb. A la sortie de Saint-Dier d'Auvergne, la voix de Zab ramène Lucas au présent.

« Pourquoi t'es tout seul comme flic ? D'habitude ça va à plusieurs chez vous. T'es en mission secrète ? »

« Me casse pas les couilles Sherlok ! Je suis de Lyon, c'est tout ce que t'as besoin de savoir. »

« Et c'est toi qui décide ce que j'ai besoin de savoir ? »

« Fais pas chier j'ai dit. T'auras qu'à faire une demande officielle à ton retour si tu veux en savoir plus. Mais si j'étais toi je fréquenterai pas trop les commissariats pendant quelques temps, ils pourraient oublier qu'ils t'ont oublié. » Juste après le col de Toutée, on passe à l'endroit de l'agression, Zab a un frisson et Lucas croit que c'est son discours qui en est la cause. Il se radoucit.

« T'en fais pas, tu m'aides à retrouver ces deux mecs et tu files pénarde chez toi, ni vu ni connu. »

« Qu'est que tu leur veux à ces jeunes ? »

« T'as pas pigé ? M'emmerdes pas avec tes questions ! » Zab tord la bouche, ils se taisent. A l'approche du col, ils quittent la départementale 996 et prennent une route secondaire sur la droite, direction Marcepoil comme toutes les caisses qui vont au festival. C'est l'embouteillage et ils usent près d'une heure pour atteindre un parking, et un quart d'heure supplémentaire pour trouver une place. Zab fume clope sur clope dans l'air qui sent le gas-oil. Lucas mâchouille un morceau de gomme qu'il change fréquemment. Ils quittent enfin leur tas de ferraille. Lucas est chargé; le gros flingue fait une bosse dans sa veste légère, une valise trapue et son autoradio qu'il ne veut pas laisser en pâture aux pillards qui rodent ,lui encombrent les mains. Zab marche devant mais à l'approche de la lumière elle ralentit et attend Lucas. Il sourit dans l'ombre, Bottin a fait du bon boulot comme d'hab. Câlin a raison avec sa théorie des relais, ça coute un peu d'entretenir l'amitié mais ça paye au global. Lui, Lucas, c'est plutôt à l'instinct qu'il travaille, à l'intuition, l'organisation n'est pas son fort. Il est venu prendre la température dés son arrivée selon sa coutume. Flairer la piste, entrer directement dans l'ambiance de la chasse. Il attire Zab vers une des guitounes éclairées, la fille rentre les épaules, elle craint d'apparaître en pleine lumière. Elle a envie de s'enfoncer sous terre, ses jambes ont du mal à avancer. Lucas leur fait de la place en bout de comptoir en chassant deux mecs. L'état d'esprit, la concentration c'est ce qui fait la différence pense Lucas en les regardant se fuiter. Zab se glisse prés de lui à l'extrémité du stand, laissant le flic entre elle et la masse mouvante des soiffards. Lucas commande une bière et un coca et dit à Zab.

« T'inquiéte pas, t'es en sécurité avec moi. » Zab est prête à croire qu'elle est protégée de l'extérieur mais en sécurité pas vraiment. Elle fait oui de la tête cependant, ce n'est pas le genre de type qu'elle se sent prête à provoquer. La bif rend Lucas loquace et il prépare Zab à son futur rôle.

« Voilà ce qu'on va faire. Je remonte jusqu'à eux et tu me files un coup de main pour les identifier. Tu piges ? »

« Les identifier ? Mais où ça les identifier ? Tu vas me les ramener ici ficelés ? »

« On va se balader un peu et tu vas mater, c'est tout. Vise la faune, ça va pas prendre la soirée crois moi. «

« Ouais, y'a cinquante kepons au mètre carré et tu crois que tu vas les poisser en claquant des doigts ! » Il l'énerve avec ses airs de Superdupont. Il lâche sa bière et la saisit d'une seule main aux joues enfonçant ses doigts jusqu'au gencives.

« Ta gueule petite pute. Je vais les serrer, mais c'est pas parce qu'ils ont voulu s'en prendre à ton cul. Pour ça on aurait envoyé un adjudant avec le certificat d'étude, suffisant pour ton cas. » Il a fini par la libérer

« J'm'en serai pas douté. Vous les keufs, faut qu'il y ait du fric en jeu pour vous déplacer. »

Il a repris sa mousse et la laisse causer, il se dit que finalement il faut peut-être qu'elle vide son sac après ce qu'elle a vécu. On ne fait pas de la psychologie appliquée en vain dans la police nationale, faut juste le temps de comprendre. Zab profite du micro pendant qu'il fait semblant de s'intéresser à son cas en sirotant la bière. Tout à coup il se retourne sur les types dans son dos et ça stoppe net le flot de Zab. Lucas a senti les mecs tripoter sa valise et l'autoradio contre son coude. Il est soudé au plus proche d'un des gars. Il lui a collé le canon de son flingue entre les cotes et lui serre la nuque de l'autre main. Ses lèvres se sont retroussées, dégageant des dents luisantes.

« J'te fais péter les intestins, tu mettras huit jours à crever connard. Tu veux un ticket, préviens tes potes ! »

Le jeune chevrote

« Eh non les mecs, c'est rien, c'est rien ! On va y aller, hein M'sieur ? »

« C'est ça et restes y, OK ? »

« Y'a pas de lézard m'sieu, on va y rester. »

Les trois mecs dégagent, Lucas les suit des yeux . Il crache entre ses dents serrées

« Pauvres connards » mais ils lui ont été utiles, il est dans l'ambiance, ça y est. Son regard scrute le comptoir, fouille l'ombre alentour qui va en s'épaississant jusqu'à l'extrême frontière du visible puis il pénètre la dimension invisible du

chasseur où tout vibre. Son corps a suivi, il s'est tendu, concentré, comme à l'écoute, Zab en est impressionnée. C'est le deuxième type en moins de deux jours qui lui fait cet effet, d'abord Mauvaise-Nouvelle puis ce flic. Elle en a plus que marre, elle décide de s'échapper dés la première ouverture possible. Lucas lui adresse finalement la parole
« Mate, mate, ma fille, repère les, qu'on en finisse. » Zab regarde la foule par en dessous, de travers, elle aperçoit des mecs qui pourraient correspondre, elle hésite. Lucas l'aiguillonne
« Mate les vêtements aussi, si t'as embarqué leurs sacs ils ont pas dû pouvoir se changer. »
Il commande une autre bière, Zab en a marre du coca, de toute façon elle a la trouille que l'envie de pisser, la prenne et l'oblige à demander à supercop de l'accompagner tomber la culotte. Il est déjà 20 h, Lucas n'y tient plus, il emmène sa bif et Zab en balade. Ils circulent entre les baraques à merguez puis descendent vers la route. Lucas n'est pas long à repérer le manège des pousseurs en contrebas de la route et il s'approche, la fille n'est pas à l'aise. Elle le suit de prés. Il s'aperçoit qu'avec sa valoche et son poste il doit ressembler à l'inspecteur Clouzot et qu'il aura du mal à courser un vendeur. L'expérience finit par le persuader que ça sera plus long que prévu de toute façon; il ne s'imaginait pas l'étendue du village de tentes et des parkings. Autant partir sur des bases saines, Botin lui a conseillé Le Gaspard, un hôtel-restaurant qui garde une chambre au cas où. Ils y vont aussi vite que le permettent les indications des vigiles sollicités par Lucas sur la direction à suivre.

## Samedi, Le Solier

A 9h le soleil passe au-dessus de l'oppidum et vient allumer le premier rang des tentes du caravansérail. Sa progression sur les toiles fait naître des îlots d'activité. Dans la tente les deux gars et les deux filles en écrasent et le bruit grandissant du voisinage n'y peut rien. Même Mauvaise-Nouvelle a retrouvé un souffle régulier. Deux heures plus tard, un matinal se décide à faire ronfler une Diane au pot défaillant quelques mètres plus loin. Les pétarades et les ratées de la caisse ne parviennent pas à distraire les quatre jeunes de leur récupération. C'est seulement vers 14 heures que Mona tient les deux yeux ouverts. Elle passe dix bonnes minutes à contempler le chantier qu'ils ont semé. A sa droite, Sid, le pantalon encore accroché à une de ses chevilles est à moitié enroulé dans une des couvrantes en laine. Elle voit une de ses fesses, blanche et creusée, son flanc et une épaule mince et musclée. Une des joues du gars est écrasée sur une canette de bif, il a la bouche largement ouverte, ses yeux roulent sous ses paupières. Du côté de l'ouverture de la tente, Mona aperçoit les deux pieds du mec, celui du pantalon et l'autre, celui qui porte encore une chaussette. A gauche, c'est Kan, elle sifflote en expirant. Ses dents sont découvertes dans un rictus. Son maquillage a dérapé, elle est encocardée. Outre son visage, Mona ne voit d'elle qu'une main qui a glissé hors de la couverture. Elle est crispée sur ce qui ressemble de loin à une culotte. Plus loin, c'est Mauvaise-Nouvelle, il s'est rhabillé et porte son blouson de jean à même la peau. Il est tout blanc dans la clarté orangée de la tente. Son bras droit est enfoncé dans la poche intérieure gauche, sur son sac de pils pense Mona. Elle se dégage de la couverture , elle est entièrement nue. Son corps est blanc et long, elle se tâte la toison pubienne d'un doigt circonspect. Elle a l'impression qu'on lui a passé le mont de Vénus à la toile émeri. Et à l'intérieur ça ne va pas fort non plus. L'histoire de la nuit est pleine de trous noirs dans sa mémoire cependant la douleur chaude de son corps permet un diagnostic les yeux fermés. Orgie de tout,  et l'envie de recommencer le plus vite possible. Elle se redresse et pousse un grognement, allongée elle n'avait pas ressenti cet élancement au plus profond entre les fesses. Elle fait du bruit pour réveiller Kan qui consent à ouvrir un œil, puis se met à pouffer en regardant sa copine. Elle met sa main devant sa bouche en signe de moquerie, regardant Mona par en dessous.

« J'tai trouvé du taf. ! » Mona attend la vanne, c'est Kan au réveil, il faut qu'elle montre qu'elle est bien là.

« Ouais ça m'intéresse. »

« A la foire du Trône dans le train fantôme. «

« Tu te prends pour miss Saint Amant peut-être ? C'est pas la gloire, tu t'es laissée aller cette nuit non ? » Kan secoue la tête et elles se marrent, partageant une cigarette tout en se rhabillant. L'odeur du tabac réveille Mauvaise-Nouvelle, il se dresse d'un seul coup comme un diable surgissant d'une boîte. Sa queue est légèrement tendue par le début d'une érection matinale. Il les contemple un moment, géné comme s'il cherchait à les re-situer. Elles rient toujours, Kan se décide « Tu te rappelles pas de nous ? »

« De vous non, mais je me souviens bien de vos culs.» Mona tend le nez en direction de la teub de MN..

« Nous on se souvient de rien » Il fouille à la recherche de ses frusques et finit par pouvoir se reculotter. Il s'intéresse finalement aux biftons qui couvrent le sol au sommet des couches. Il les rassemble d'une grande brassée et entreprend de regrouper ceux de 100 et ceux de 200 dans deux tas différents. Ce tri effectué, il s'attelle aux taches comptables. La technique du parc Bargoin lui a laissé un bon souvenir, il compte des tas de dix; au total quatorze et trois esseulés de 100 F chacun. Mauvaise-Nouvelle compte chaque dizaine de billets pour mille Francs, y compris celles de 200. Quatorze mille trois cent, il parvient à prononcer le chiffre mais le montant ne représente rien. Pour savoir vraiment il faudrait compter les pilules maintenant mais l'effort pour le comptage de la monnaie l'a refroidi. Il réveille finalement Sid, ils doivent tenir conseil tous les deux, le plus tôt sera le mieux. Le punk met encore un moment à émerger, il revient lentement à la conscience en se palpant les burnes.

« Allez, on s'arrache. Viens on va à la tente. »

« Tout de suite ? »

« Ouais, tout de suite. Faut qu'on pense à la suite mon pote ! »

« OK, c'est bon. » Sid fait risette aux filles pose une lèvre ici, tâte un sein d'une main délicate, les deux meufs ont l'air d'apprécier. Ils s'extraient de la toile, Mona demande « Vous pourriez ramener de l'eau ? On voudrait se laver un peu. » Mauvaise-Nouvelle répond

« Pas le temps, mais je vous invite à l'hôtel plus tard, ça vous dit ? »

Les meufs sont d'accord, l'idée d'une douche chaude et de draps les ravit déjà, après toute une journée passée loin de la civilisation. Sid et Mauvaise-Nouvelle foncent droit à la tente qu'ils ont monté la veille et qu'ils n'ont même pas étrenné. Sid s'interroge alors qu'ils allongent le pas vers le bas du camp. « Peut-être qu'il y aura des squatters ou les mecs de la tente ? » Hier soir ils ne se sont pas méfié, la couleur et le modèle importait peu dans l'obscurité mais en pleine journée ...Ils finissent par se repérer, pas facile, elles se ressemblent toutes. Squatt zone autour de la tente à la recherche de quelque chose dans l'herbe. Les deux arrivants le saluent en lui demandant de quoi il retourne. Il est encore défoncé et leur explique qu'il a perdu sa dernière pilule la veille en se vautrant sur un des piquets de l'entrée. Il a donc entrepris des recherches.

« Te casse pas « lui fait Mauvaise-Nouvelle « on en a encore des caisses. Bon, faut qu'on cause avec Sid. Y'a du monde à l'intérieur? »

« Non ils sont tous partis siffler des mousses. » Sid pose la question qui lui encombre la gorge.

« Pitt a squatté ma tente ? »

« Non, lui on l'a pas vu de la nuit. J'étais là avec Déglingue, c'est tout. » Mauvaise-Nouvelle tend un cachet à Squatt qui dit qu'il reste dans le coin en les attendant. Les deux autres s'engouffrent dans la tente et s'allongent. Mauvaise-Nouvelle vide ses poches, d'abord les biftons puis le sac de pils.

« On recompte les extas. » Ils se mettent au travail, c'est torché en cinq minutes; ils ont l'expérience maintenant. Il reste un peu plus de neuf cents cachetons, Mauvaise-Nouvelle demande.

« On devrait avoir combien de tune ? »

«C'est ce que je calcule, attends. » Aprés un moment

« Dans les vingt mille ! Y'a combien ? T'as compté ? »

« Quatorze mille trois cent . »

«On s'est fait piqué presque six mille, c'est pas possible ! T'es sur d'avoir rien paumé ?»

« Sûr mais on va recompter la tune, je suis pas trop fort en math. » Le renfort de Sid permet de ramener le chiffre à dix-sept mille trois cents, l'arnaque est confirmée cependant. Sid remarque

« On a claqué sec hier soir mais pas à ce point. Pitt a dû nous embrouiller. »

« Pitt ou n'importe qui. » L'affaire étant entendue et l'enquête votée sine dié, Mauvaise-Nouvelle et Sid font le tour de leurs distributeurs, Squatt puis Déglingue remettent chacun une poignée de dollars qu'ils ont oublié dans le fond de leur poche la veille au soir mais la fraude reste aux alentours des

2 000 . Pas de trace de Sly et de Pitt, c'est Chico qui met les pieds dans le plat.

« Z'ont disparu depuis 4h du mat, chacun avec 1 000 balles de tes pils, voilà tout. » Squatt se fait le porte-parol du groupe. « Sûr qu'ils préparent une embrouille, on les verra bientôt rappliquer. » Sid se tourne vers Mauvaise-Nouvelle qui vient d'avaler rapide sa première pilule. La rage lui tournoie dans l'estomac, il pense au flingue dans sa poche, il se rêve plantant le tuyau du gun dans la narine de ce grand con de Pitt. Seulement, et là ce sont les pils, l'alcool et l'herbe qui parlent, ça sert à rien de se chauffer à vide. Pas question que l'envie de vengeance ait perdu de sa vigueur quand ils débarqueront. Le fugitif fixe les rôles.

« On va pas perdre notre temps à les chercher, on a mieux à faire. Je vous laisse un tas de pils, vous vendez ça et on récupère la braise ce soir. Pour Pitt, c'est moi qui m'en occupe... » Il n'a pas besoin d'en rajouter, son regard traverse les autres. Chico remue bien les épaules, comme un à qui il ne faut pas la faire, mais personne ne chambre le gars de Bagnolet. Sid prend le relais, à lui de finir de les convaincre. « Moi, je suis avec Mauvaise-Nouvelle, Sly et Pitt, on va leur niquer leur race. « Il désigne Mauvaise-Nouvelle du pouce. « Il a déjà plombé un mec qui tentait une arnaque, s'il dit qu'il s'occupe de Pitt c'est qu'il va le faire. » Mauvaise-Nouvelle regarde les mecs un à un tranquillement sur le flot du bonimenteur qui vante son CV de mauvais garçon. Ils passent ensuite à la distribution, Mauvaise-Nouvelle se doute que, dans son camp ou non, chacun des types prendra au moins la marchandise, charge à lui d'être suffisamment convaincant pour pouvoir récupérer la caillasse. Le seul dont il est sûr c'est Sid, Mauvaise-Nouvelle a ressenti la haine pure et cristallisée du kepon pour son ancien caïd. Lui-même a converti sa colère en vague froide qui lui gonfle les flancs, prête à exploser, c'est bon de la dompter, de la conserver intacte et tranchante aussi longtemps qu'il faudra. Pour l'heure l'envie d'un corps à corps avec Mona et Kan lui tourne la tête, il entraîne Sid après avoir bu une mousse avec les pousseurs. Ils récupèrent les meufs à leur tente, Sid leur a finalement ramené une bouteille de Volvic; elles procèdent à une rapide toilette à l'eau pure des volcans. Elles perdent des couleurs, leurs visages sont blancs sans le fard des poudres pigmentées. Quand elles s'estiment présentables, ils prennent la direction du village en traversant le camp de toile; on les observe des avancées de tente, des mecs échangent des sourires et des clins d'œil. Sid et Mauvaise-Nouvelle devant, Kan et Mona derrière, ils remontent le goudron vers la rangée de barrières qui marque la fin de leur territoire. Deux vigiles montent une garde flemmarde le long de la ligne frontière. Ils sont du pays et indiquent poliment  à Mauvaise-Nouvelle et sa troupe la direction du Gaspard, un hôtel où ça le fait. Le seul problème c'est que le Gaspard en question a été construit à Saint-Amant, à trois bons kilomètres du Solier. Ils marchent le long de la route en avalant une pilule pour se donner du courage. Leurs tentatives de stop n'aboutissent pas, sans doute leur dégaine qui refroidit les candidats au transport. La piste tourne en passant à proximité de petits bleds comme Le Solier, on voit loin sur la gauche entre les montagnettes chevelues. Ils doivent se serrer en file indienne le long du bas-côté au passage des rares véhicules qui s'aventurent sur les zigzag du goudron. Les filles en ont rapidement marre. Devant, Mauvaise-Nouvelle et Sid échangent leurs impressions sur la nuit passée, comparant les dons de chacune des meufs pour telle ou telle spécialité. Il est prés de 17 h quand ils finissent par retrouver la départementale 996 et atteindre les contreforts du bourg. Encore dix minutes pour trouver le Gaspard dans le dédale des ruelles de Saint-Amant, Sid est mandaté pour palabrer avec le patron qui trône derrière le comptoir du restaurant qui jouxte l'hôtel. Il toise le groupe mais son œil s'allume quand le grand keupon compte négligemment une liasse de 100 qu'il a extrait de sa poche. Le prix se fixe à trois cents et ne bouge plus. Ils suivent le tôlier dans la cour puis dans une coursive entre 2 bâtiments bas et ils pénètrent finalement dans une dépendance à l'écart, plutôt une remise récemment retapée qu'un corps d'hôtel. Ils suivent le type qui traîne des pieds en baillant dans un couloir sombre. Ils grimpent une volée de marches et il s'efface finalement pour les laisser entrer dans une cagna éclairée par le grand soleil du dehors. Murs à la chaux, rideau plastique entre la douche et la chambre, pieu pansu et draps défraîchis, l'ensemble n'est pas pimpant. Pourtant ça semble comme un palais aux quatre jeunes surtout aux deux filles qui rêvent de douche depuis des lustres. En partant Lhoste, le patron du Gaspard, leur signale :

« Je veux pas trouver de seringues partout quand vous partirez . » C'est Mauvaise-Nouvelle qui répond.

« Pas de risque, monsieur. Y'aura que du foutre plein vos draps ! » Lhoste se tire, haussant les épaules en se promettant de venir coller son œil au trou qu'il a aménagé dans la cloison entre la chambre de passage et un débarras dont il est le seul à posséder les clés. L'installation lui permet de mater les parties de jambes en l'air de ces festivaliers que l'air de la montagne met en appétit. Lhoste s'offre son vice une fois l'an pendant le festival, tenancier d'hôtel louche, Canal+ de Q près de chez vous, ça se refuse pas. D'autant que ça permet de rencontrer des gens très bien, mal accompagnés parfois. Pendant que l'hôtelier regagne son comptoir, les quatre jeunes vont s'agglutiner à la fenêtre, une rue passe au-dessous, pas celle par laquelle ils sont arrivés. Mona remarque

« Pas grand monde qui passe, c'est plus peinard qu'au camp. On reste toute la nuit ? » Sid dément

« Faut qu'on y retourne ce soir et vu comme on sera chirdé ça sera raide pour revenir. »

« Faut toujours marcher dans ce pays, tu devrais acheter une caisse Mauvaise-Nouvelle. » plaisante Kan.

« J'ai pas le permis, j'en ferai quoi ? » Ils se marrent mais ils pensent au chemin de retour qu'il va leur falloir avaler. Sid demande

« Et si on trouvait un mec pour nous piloter, tous les gangsters ont leur chauffeur. » Mona rigole

« T'as trop vu de films. Moi, les bandits que je connais ils vont en vélo et vous, c'est pire, vous allez à pied. »

« Tu t'es déjà tapé un porte bagage de vélo pendant des bornes ? Crois-moi, après cette nuit valait mieux qu'on soit à pied. T'as eu le temps de cicatriser comme ça. »

« Je préfère aller prendre une douche qu'écouter tes conneries. » Mona se désape sous les huées mais elle est preums sous la douche pendant que les trois autres tirent sur un joko que vient de confectionner Kan. Elle demande

«Vos potes font pas la gueule que vous vous tiriez comme ça ? » Mauvaise-Nouvelle joue les durs

« On n'est pas mariés, chacun sa merde. Ce soir on va leur donner un coup de main, ils pourront pas faire la gueule. Faut ramasser de la tune, c'est le dernier soir alors vous allez vous y mettre aussi.» Kan hausse les épaules et tend la main pour avoir un cacheton. Mauvaise-Nouvelle fait la distribution, en posant celui de Mona sur l'édredon. Ils s'envoient la dope, ça rallume les foyers de raideur que charrie leur organisme depuis la veille. Sid part dans un fou rire essoufflant pendant que Kan pose ses frusques. Mauvaise-Nouvelle les mate tour à tour comme si c'était la première fois. Il décroche complètement de l'environnement, se sent empli d'une sensation de déjà-vu, ce n'est pas la première fois qu'il voit ce pays. Son regard est captivé par la fenêtre et le spectacle de la commune sous le soleil. Une vallée se creuse derrière le toit des baraques en contrebas, une bosse couverte de forêt sur la gauche, une autre décalée sur la droite en arrière-plan. Les rayons de Râ ricochent sur le relief et irradient Mauvaise-Nouvelle qui voit et qui sent. Il murmure seul au bord de la fenêtre,

« Je suis revenu, je suis revenu. » Il ne comprend pas la signification des mots, il n'est jamais venu ici, jamais, il en est certain. Ces pils lui grillent la tête, leur étrange pouvoir sur sa mémoire l'effraie et le tente. Certaines bouffées qui remontent du passé sont encore incompréhensibles voilà tout. C'est au tour de Sid de partir sous la douche, Mauvaise-Nouvelle reste seul avec les deux filles qui ont sorti les trousses de premier secours. Elles se repeignent la gueule et gominent leurs tifs. Mauvaise-Nouvelle s'approche et pose une main de proprio sur le sein de chacune d'elle.

« Vous vous donnez du mal pour rien, c'est pas vos tronches qui nous intéressent. » Mona gronde

«Tire, tes pattes, vas te doucher et oublie pas de te laver la bouche. » Kan approuve. Sid remplace Mauvaise-Nouvelle qui part tout habillé à la douche sous les moqueries des filles. Pas question qu'il laisse son blouson traîner loin de lui, elles peuvent toujours se marrer. Les trois finissent par sortir pour acheter des bières, Mauvaise-Nouvelle est à poil, il sort le flingue de sa poche, il est heureux de voir à nouveau son éclat mat et rassurant. Il le tend à bout de bras, les deux mains sur la crosse visant tous les murs de la pièce en tournant sur lui-même dans une vrille déjantée. Il sourit, rit, se saoule de sa puissance et de sa liberté. Il retourne à la salle d'eau pour dissoudre enfin toute la crasse qui lui colle au dos depuis quatre jours. Un long moment plus tard, c'est dans une serviette humide qu'il doit s'essuyer, les autres ont tout mouillé auparavant. Il regagne la chambre où Sid a déjà entamé les réjouissances. Kan et Mona  sont en sous-vêtements, les mêmes que la veille, elles ont gardé leur grosses godasses de cuir au pied, Sid est en Caterpillar, le ben sur les chevilles passant d'une bouche à l'autre. Mona est allongée, ses longues jambes dépassant du lit, Kan est à 4 pattes, les jambes sous la poitrine, écrasant ses seins que Sid tente de peloter. Mauvaise-Nouvelle propose à nouveau des pils et ils s'enfoncent dans le délire et dans la baise. Des pilules et de la fesse sur un rythme effréné, leurs cœurs battant à cent quatre-vingt coups minutes. Vers 19h, alors qu'il est en train de besogner Mona , Mauvaise-Nouvelle a enfin le flash qu'il attendait. Il sort de la fille en douceur et s'allonge au ralenti dans les grognements de Sid et Kan qui finissent par lui faire de la place. Mona pose sa tête sur l'épaule du mec mais il ne sent plus rien, enfoncé profond dans les images qui remontent du passé. Il est môme, légèrement plus vieux que dans le passage avec Khalid. Il est accompagné d'un grand tout en jean, les cheveux blonds, coco taillés et de l'acné qui lui mange le visage. Ils marchent sur un trottoir, ça ressemble à la banlieue, peu d'éclairage, rue droite pleine de caisses, stationnement gratuit, ça ne peut pas être

Paris. Le grand tend la main à Mauvaise-Nouvelle tout en marchant, il lui refile un cachet nacré et bombé.

« Avale ça, t'auras des ailes après, petit. » Mauvaise-Nouvelle fait ce qu'il dit et tente de suivre le mec qui force l'allure à travers les pistes d'une cité à présent. Ils ont traversé un groupe d'immeubles élevés et circulent maintenant dans un quartier pavillonnaire et mort comme après une attaque atomique. Le type finit par pousser une grille de fer sur laquelle un écriteau propose

« A Vendre. 5 Piéces + Garage » Pas de lumière dans l'allée qui conduit à une construction de briques en retrait de la rue. Un plafonnier éclaire tout à coup l'intérieur d'une grosse caisse luxueuse à la peinture sombre et métallisée. Une voix gronde.

« C'est toi Ganz ? »

« Pas de lézard patron, c'est moi. » répond le grand devant Mauvaise-Nouvelle. Le type de la caisse sort et vient poser une fesse assurée sur l'aile avant de sa charrette.

« Qui c'est le moutard ? Je t'avais dit d'amener personne. »

« Seulement, il veut un gros paquet, j'ai pas de quoi fournir. »

« Qui te dit que c'est pas un indic ? »

« Un indic lui ? Risque pas, je le livre depuis le début, je le connais. » Mauvaise-Nouvelle scrute le type pendant que celui-ci vérifie ses ongles en jouant avec un gros porte-clés d'argent . Bien plus vieux que Ganz, cravaté, grand, sapé sérieux, il respire la santé et le pognon pense le jeune

Mauvaise-Nouvelle, pas le genre de marchand qu'il s'attendait à rencontrer. Le type se tourne vers lui :

« Qu'est-ce que tu veux petit ? Qu'est-ce que tu veux que Ganz ne peut pas te fournir ? »

« J'en veux pour cinq mille, m'sieur. »

« Où t'as trouvé ce blé, c'est pas en dealant quand même ? »

« Non m'sieu, c'est ma mère, elle a gagné au loto, elle veut que je les investisse dans les pastilles »

« Ta mère a gagné cinq mille balles au loto et tu veux les réinvestir dans la dope ? » L'élégant part d'un rire haut perché que Ganz s'empresse de suivre, seul Mauvaise-Nouvelle reste sérieux..

« C'est bien la première fois que j'entends ce genre d'histoire, y'a plus de famille. » Mauvaise-Nouvelle se rebiffe.

« C'est qu'elle est malade, elle a besoin de plus d'argent pour se faire soigner. »

« Elle doit être sacrément malade pour que cinq mille balles suffisent pas à la soigner. Bon je vais te filer la marchandise, t'as le pognon sur toi ? »

« Non,m'sieur, il est pas là, faudra m'amener le chercher. »

« Putain, mais qu'est-ce que tu fous Ganz ? Tu crois que je te paye pour me ramener tous les petits arnaqueurs du quartier. »

« Non patron , mais c'est vrai, c'est sa mère qui a la tune, elle me l'a montrée, elle est trop malade pour sortir. »

« C'est bon, je vous emmène tous les 2. C'est toi Ganz qui ira chercher la tune et qui livrera les pils. »

C'est la plus belle caisse que Mauvaise-Nouvelle ait jamais vue, à l'intérieur ça sent le frais et le cuir, la classe; le voyage jusqu'à la cité est plus que confortable, Mauvaise-Nouvelle savoure. La rétro s'interrompt, Sid vient de jouir en beuglant, son râle a rompu le fil de la mémoire de MN.

Ils quittent le Gaspard une heure plus tard, rassasiés de bière, de dope et de sexe. Alors qu'ils traînent à travers le village en direction de la départementale, un jeune du terroir les aborde. L'affaire est vite conclue : Deux extas contre un trajet en caisse jusqu'au festival. Le gars possède une 2-Chevaux fourgonnette; les deux filles grimpent à l'arrière dans le compartiment qui abrite habituellement des saucissons parfumés pendant que les trois mecs se serrent sur la banquette avant. La nuit est tombée, les phares dispersent la pénombre dans deux cônes délimités pendant que l'ombre, tout autour, prend possession de la forêt en bordure de route. Ils poussent des soupirs d'aise à l'idée de ne pas avoir à marcher et ne prêtent aucune attention à la bagnole qu'ils croisent et qui force Thierry, le pilote, à serrer le bas-côté. Celui-ci signale seulement.

« Il pourrait baisser ses phares ce connard ! »

Lucas roule pleins phares, coupant les virages, jouant les kéké sur la route entre Le Solier et Saint Amant. Il croise une Deuch camionnette et prend un malin plaisir à forcer l'autre à stopper, deux roues dans l'herbe tout en lui projetant toute la lumière des longues portées de sa 406. Alors que Mauvaise-

Nouvelle et les siens retrouvent le camp de toile, Zab et Lucas arrivent à l'hôtel. Lhoste, le patron du Gaspard, se fait tirer l'oreille mais il leur refile la piaule de réserve, celle que Mauvaise-Nouvelle et sa troupe viennent de quitter. La turle est plus que limite, un grand pieu à montants en ferraille en occupe l'essentiel. Lucas hume l'air, il sent immédiatement que la cambuse a été occupée très récemment. Un chewing-gum sans couleur abandonné dans un cendrier lui permet une estimation. Il le tâte et pense que ça remonte à une heure ! La salle d'eau attenante à la chambre n'est pas plus reluisante, ça sent légèrement le savon et la crasse, la lumière glauque d'un néon a réveillé quelques cafards qui trottent en direction d'abris invisibles. Pendant que Lucas inspecte les lieux, Zab s'est posté devant la fenêtre qu'elle a largement ouverte, histoire de chasser les effluves persistantes des précédents occupants. La rue est à moins de trois mètres en contrebas, en se suspendant à la bordure de la fenêtre... Lucas tire Zab de ses rêves de fuite. Il est assis sur le bord du lit « Pratique ce genre de pieu pour ceux qui aiment se ficeler pendant l'amour ? » Elle ne voit pas très bien ce qu'il veut dire, elle hausse les épaules, le mouvement lui tire un léger rictus.

« Approche » dit le flic et ses yeux ont cet éclat particulier; elle se sent vidée de sa propre volonté.

Au passage il lui saisit le bras droit et le menotte à une des barres du lit .

« Comme ça je vais pouvoir aller interviewer le taulier sans me demander si tu es en train de sauter par la fenêtre. »

Domptée, découragée, Zab demande seulement

"C'est une manie de keuf ?"

Lhoste est à son poste derrière son bar, Lucas l'attire à part.

« Cette piaule a été occupée juste avant notre arrivée, pas vrai ? »

« Ben oui , je pensais que vous étiez au courant.» Lhoste soulève les épaules.

« Pas de problème si ça a déjà été payé, je paye pas » L'autre fait la gueule

« Vous croyez qu'à ce prix, vous avez l'exclusivité ? »

« Qui c'étaient ceux d'avant ? »

« Des jeunes. » Lhoste ne précise pas, ils étaient 4 mais ça n'intéresse pas le client, déjà qu'il ne veut pas raquer la chambre.

« T'aurais pas vu cette tronche dans le coin ? » Lucas tend à Lhoste le portrait-robot de Mauvaise-Nouvelle retouché par ses soins. C'est un des gosses qui a occupé la chambre cet après-midi, Lhoste le reconnaît, pas de confusion possible, il faisait partie du groupe de jeunes zonards qui a débarqué pendant l'après-midi et s'en est retourné voilà une heure. Il a assisté à leurs ébats de son observatoire dans le débarras, pas mal pour des jeunots. Lhoste hésite, il craint de s'embarquer dans des complications avec ce soi-disant flic qui débarque d'il ne sait où. Lucas insiste

« Alors, tu reconnais ou tu reconnais pas ? »

« Peut-être. Vous êtes de quel service déjà ? Vous travaillez avec Jean-Pierre ? » Lhoste est bien le seul à appeler Botin par son prénom, ça fait marrer Lucas.

« T'occupe, tu le connais alors ? Tu l'as vu où ? » Lhoste décide de tout déballer, le flic l'inquiète.

« J'ai pas dit que je le connaissais, c'est lui qui était dans la piaule avant vous c'est tout. » Lhoste doit ensuite répondre à une rafale de questions, il fait de son mieux en restant discret sur ses propres activités de mateur. Lucas finit son interrogatoire

« Les bourres d'ici sont venus te demander quelque chose au sujet de ce gars ? »

« Non personne encore. Mais au cas où, je leur raconterai la même chose qu'à vous.»

« Ok, laisse tomber, on peut croûter quelque chose ? J'ai que de la bière dans le ventre.»

« Ça peut se faire si vous aimez le cochon ? » Lhoste craint de devoir nourrir le flic et son accompagnatrice à l'œil en plus de la chambre, quelle sale engeance ces pandores.

«J'ai rien contre cette bête pour le moment. Allez, bonne nouvelle, je te paye la piaule et les repas, le tout en liquide, ça te va ?» Lucas voit la trogne de Lhoste se fendre d'un sourire de commerçant, il part libérer Zab et ils reviennent s'installer à une des tables dans la salle qui fait restaurant et bar.

L'entrée à peine sur la table, la fille fait la renfrognée.

« Tu vas y retourner après le repas ? »

« Bien sûr, tu crois que je fais des piges pour le guide Michelin ? »

« Je veux pas y aller. »

« Ecoute, il n'y a pas d'autre solution. Si tu m'aides à les trouver tu seras tranquille définitivement. Ils connaissent ta caisse, le quartier où tu crèches à Clermont, alors ton intérêt c'est que je mette la main sur eux avant qu'ils décident de remettre la main sur toi. »

Zab pèse les arguments, toujours cette technique du flic, moitié arrangeant moitié menaçant, moitié allié et moitié maître-chanteur. L'idée de retourner à la fosse aux lions lui coupe l'appétit, elle chipote le plat de charcuterie et l'omelette aux morilles. Lucas non plus n'a pas grand appétit, il est resté à la frontière du camp de toile, son esprit calculant des combinaisons pour s'introduire. Le dessert arrive enfin puis c'est un café que Lucas a demandé serré. Ils remontent à la chambre et chacun recherche un vêtement plus chaud pour aller courir dans la nuit. Lucas sort un perfecto de la valise et l'enfile. Le cuir est sombre rendu mat par la graisse dont il est nourri. Le flingue ne se voit plus, il a gagné sa planque sous l'aisselle. Ils reprennent la caisse et doivent l'abandonner à l'entrée du Solier, aux barrières des vigiles.

Le samedi au réveil, la première pensée de Félix est pour Paula, la femme qui a posé sur la photo avec son père. Sous la douche cependant et pour le reste de la journée c'est Émeline qui l'accompagne. La matinée puis le début d'après-midi passent vite sur le tracteur. Les ballots de foin s'alignent dans les prés. Vers 16 h, Félix estime avoir suffisamment travaillé et il regagne Le Solier sous les jappements joyeux de Sandy qui a deviné que le reste de la journée serait consacré au repos. A 16h30, le jeune paysan s'annonce dans la cour des Duvallier. La famille au grand complet est présente, on dirait qu'ils l'attendent tous. Anselme, le fils a un sourire narquois quand Félix lui serre la main, le baiser d'Emeline, sur la joue, est chaste et velouté. Le père lui accorde une rasade généreuse d'un vieux rhum brun. L'étiquette sur la bouteille n'indique aucun degré mais le breuvage racle l'œsophage du paysan comme une vieille prune et lui fait briller les yeux. Duvallier sénior ne bronche pas, la force de l'habitude sans doute, mais il semble satisfait de l'effet produit par son rhum. La discussion roule sur les travaux des champs, le festival, la beauté du pays et Haïti bien sûr. Deux verres plus tard, Emeline et Félix sont libérés, ils prennent la direction de l'oppidum où la sono diffuse des bandes enregistrées en attendant les premiers groupes de la soirée. L'activité fiévreuse de la veille au soir a laissé place à une nonchalance calculée. Le camp des festivaliers semble s'éveiller seulement, les jeunes traînent par groupes épars ou somnolent entre les canadiennes. Les vigiles discutent en draguant des filles qui viennent minauder aux abords des barrières. Les marchands de frites répandent leur odeur d'huile bouillante dans l'air lourd du début de soirée. Félix propose à Émeline de monter au sommet de la grue qui domine le festival de toute la hauteur de sa flèche. Ils doivent attendre que les passagers précédents redescendent au bar qui fait office de gare de départ au pied de l'engin. Les yeux de plusieurs types se posent sur Émeline avec insistance, Félix se sent fier; fier d'être en sa compagnie, fier qu'elle reste auprès de lui et qu'elle ne prête pas attention à ces hommes qui tentent d'attirer son regard. Elle a troqué sa robe de la veille contre un short de satin qui s'arrête au sommet de ses cuisses et moule ses fesses comme une seconde peau. Félix a du mal à détacher ses yeux des longues jambes de la fille qui plisse les yeux de ravissement en fixant la cabine qui descend vers eux du sommet de la grue.

"Tu me tiendras la main là-haut ? J'ai un peu le vertige."

"Pas de problème, sauf que moi aussi j'ai le vertige. C'est plutôt toi qui devra me rassurer." La cabine est enfin libre, ils y prennent place tous deux. Pas de siège et moins d'un mètre carré au sol, ils doivent se serrer l'un contre l'autre dans l'espace exigu. La cabine vitrée monte lentement suivant les efforts du diesel tranquille, leurs corps sont imbriqués, Félix sent la tension croître au niveau de son bas ventre, au rythme de l'ascension. Il tente de se maîtriser mais rien n'y fait. Émeline le regarde, une flamme amusée dans les yeux, elle ne doit rien ignorer de son état mais ça semble à son goût. Elle cause pendant que Félix, les bras ballants, essaie de détacher ses pensées du corps de la fille touchant le sien.

"C'est une bonne idée Félix, quelle vue on a d'ici !" En effet pense le paysan en détachant enfin son regard de l'entrebâillement de la chemisette qui laisse apercevoir la dentelle blanche d'un soutien-gorge emprisonnant deux seins bruns. La cabine est enfin au sommet, elle stoppe pour les cinq minutes réglementaires accordées aux amateurs de panorama. C'est comme un signal, Emeline passe ses deux bras autour du cou de Félix et lui accorde un baiser profond et voluptueux pendant que les mains du mec partent en balade sur les parties du corps de la fille laissées libres par le short et la chemisette. Leurs souffles se font courts, Émeline a plaqué son corps étroitement contre celui de Félix, elle écrase sa poitrine contre celle de l'homme, ses hanches roulent imprimant un mouvement de rotation à son bassin, Félix sent son mont de Vénus à travers le tissu, son érection se fait douloureuse pendant que sa langue pénètre au plus profond de la bouche de la fille. C'est lui cependant qui reprend ses esprits le premier, il sait qu'ils n'auront pas le temps ni la place de faire correctement l'amour aussi il se détache en douceur éloignant les hanches de la fille. Elle le contemple, son regard est candide à nouveau.

"On fera l'amour quand ?" Son sourire limpide, son attitude confiante désamorcent le caractère cru de la question pour Félix qui n'est pas habitué à autant de franchise.

"Ce soir si tu veux. J'ai un studio à la ferme, c'est discret." Elle sourit d'un air malicieux

"C'est là que tu emmènes tes conquêtes ?"

"Il n'y a pas beaucoup de conquêtes à faire dans le pays. C'est plutôt le coin où je vais me reposer de ma mère." Puis il reste silencieux , la contemplant longuement. Elle demande

"Tu penses à quoi ?"

"Je me dis que tu es aussi belle vue d'en haut que d'en bas ."
Elle se marre gentiment

"Tu es un flatteur monsieur Félix, comme dirait ma mère."
Puis elle se retourne vers le paysage, pointant son doigt dans toutes les directions demandant des précisions . Du côté du village Félix désigne sa ferme mais le gîte des Chabrier n'est pas visible. Lorsqu'ils en arrivent à la courbe de terrain qui cache la vallée Émeline fait remarquer

"C'est là bas le buron des Anglade ! " comme si elle avait connu cet endroit de toute éternité. La secousse annonçant la redescente les interrompt, Émeline vient à nouveau se blottir dans les bras de Félix profitant du dernier moment d'intimité avant de regagner l'agitation de la terre ferme. Félix lit dans les yeux des mecs qui les reluquent que certains à sa place auraient été bien plus hardis dans la cabine, tout là-haut. Il sourit en prenant la main de la meuf qui s'agite comme au bout d'une ligne. Elle étincelle dans l'air pur, allumant et transfigurant, pour Félix seul, le paysage qu'il croyait connaître. Tout lui semble plus vif, plus contrasté, les hormones dispensent leur bonheur dans le système nerveux du jeune paysan. Ils se baladent un long moment entre les marchands de colifichets et les vendeurs de bulles. Après les rhum du père Duvallier, Félix s'accorde une pose Perrier, Emeline a choisi un tonic.

« Tu penses que les Chabrier pourraient louer leur gîte pendant l'automne à mon père ? »

« Vous comptez vraiment revenir ? »

« Mes parents pensent que l'air me ferait du bien. »

« Et toi ? Tu en penses quoi ? » Elle le regarde d'un air faussement songeur

« Je pourrais peut-être penser comme eux . »

« Si ça doit passer aux voix, je vote pour. Je pense que Chabrier ne se fera pas trop tirer l'oreille, pour 3 000 par mois, ça devrait s'arranger.» Elle ouvre la bouche, l'air offusqué.

« J'espère bien qu'il diminuera, c'est pas l'été toute l'année ici ! » Félix se marre, on la croirait sur un marché.

« Ok comme vous venez de loin on va vous faire une réduc, une vraie, d'auvergnat. 2950 !» A son tour elle rit devant son air de maquignon .

« Tu ferais bien guide s'il y avait des touristes n'est-ce pas ? »

« Non, en fait je ferai un mauvais commerçant. Ce vieux tracteur, ou le chapeau. c'est tout pareil aux animaux : J'ai du mal à m'en séparer. Alors les vendre ! »

« Comment ça se fait que tu n'aies pas une copine? » Elle s'est faite curieuse, sans fard. Étrangement Félix ne se sent pas indisposé, plutôt flatté.

« Le manque d'occasion. «

« C'est pas vrai, vous avez plein d'étrangères qui viennent des îles du sud, j'ai vu un reportage. »

« Ah ouais ! Elles sont mariées alors pas touche, les hommes ont le coup de fusil facile, ils chassent tous. C'est le sport à éviter sous nos climats. Tu te souviens pas de moi ? J'étais dans le reportage.»

« Un des types qui se sont mariés avec ces femmes ? »

« Non au milieu du reportage, j'avais pas le panama et j'étais beaucoup moins bronzé. »

« Celui qui n'était pas d'accord ? »

« Lui-même ! »

« Mince une célébrité ! » Elle sourit, trouvant l'idée à son goût. Félix lui serre la main plus fort, ils repartent vers le village, il doit rentrer les bêtes et traire. Émeline lui propose de l'accompagner et ils tanguent sur le Fiat vers le pré où les vaches transforment de l'herbe en lait. Sandy est du voyage, elle aboie plus qu'à l'accoutumée, on dirait qu'elle a compris que Félix n'était pas contre un peu de publicité. Sur le chemin du retour, sous les coups de gueule de Sandy, élue plus mauvais chien berger de tout le pays, Gallia, la présidente, bloque en bordure de fossé pour brouter quelques touffes éparses. Les autres se bousculent derrière, poussées par le tracteur. Félix doit descendre et traverser le troupeau qui occupe le chemin dans toute sa largeur. Il met une grande claque sur les reins de la doyenne qui prend alors le chemin de la ferme sans réclamer son reste . Sur le tracteur Émeline demande.

« Elle ne va pas bien ? »

« Gallia ? Tu parles, c'est une grosse jalouse. »

« Elle voudrait être sur le tracteur à ma place ? » Ils arrivent à la ferme sans plus d'incident. Félix décide de faire les choses en grand et va présenter Émeline.

« M'man c'est Émeline. Elle est avec sa famille chez Chabrier. Émeline, ma mère, enfin elle s'appelle Martine mais elle n'aime pas son prénom. » La mère se tire un sourire qui ne fait pas vrai, elle a les lèvres collées aux gencives .

« Et vous venez d'où, Émeline ? »

« De Lyon. J'y suis née. »

« Ah ! Mon grand qu'est-ce que tu veux manger ce soir ? »
Elle s'est tournée vers son fils qu'elle n'appelle jamais 'mon
grand' sauf à proximité d'une nana.

« Ce que tu voudras. Ma vieille. » La vieille encaisse, y'aura
des lentilles ce soir ou des flageolets, histoire de mettre son
grand en forme. Ils quittent bien vite la cuisine pour se
réfugier à l'étable. Émeline n'a pas souvent assisté à la traite et
elle est un peu déçue de le voir poser ses ventouses
pneumatiques aux pies des donneuses; aussi il décide de
procéder à une manipulation sur Charlotte la plus paisible de
ses pensionnaires. Il approche deux tabourets et ils prennent
place. Ensemble ils se penchent sur les mamelles de Charlotte,
Félix dispose les mains d'Émeline, lui explique les rudiments
puis il se redresse pour observer son élève. Rien de concluant
ne survient sinon que la Charlotte tourne une tête
interrogatrice. Félix pose ses paluches sur celles de la fille puis
tire d'une main ferme sur le pis. Le jet lacté fait 'chlank' dans
le seau d'alu étincelant. C'est au tour de l'autre main puis
tout recommence sur un rythme lent. Félix relève le regard
pour observer le visage d'Émeline; elle sourit, une joie
profonde imprimée sur les traits. En redescendant vers le
seau, les yeux de l'homme accrochent l'ouverture de la
chemisette. A l'intérieur, les deux seins pèsent de tout leur
poids vers l'avant, il reste captivé. Le cerveau au creux de la
poitrine d'Émeline, il palpe les pies de Charlotte. Il sent son
sexe durcir dans la toile de jean. La fille perçoit son trouble,
elle tourne son visage lentement et lui offre sa bouche

veloutée. Au rythme du lait qui fait claquer le métal, sous la pression de leurs mains unies autour de l'animal ils perdent le souffle. Émeline manipule les longues tétines turgescentes, elle ne pense pas à une poitrine et elle avale la langue de Félix au plus profond de sa bouche. Quelque part dans l'étable une vache lâche une bouse mais personne n'y prête attention. Ils mettent un terme à l'exercice avant d'atteindre le seuil d'alerte. Émeline a les yeux qui chavirent. Elle demande « Tu as déjà fait l'amour dans le foin ? »

« Oui, quelque fois. »
« C'est comment ? »

« Ça gratte, mais c'est bon.» Elle sourit. Il devine dans ses yeux que le foin lui plaira mais il préfère réserver la première fois à la piaule de célibataire qu'il a mis six mois à édifier pendant sa dix-neuvième année. Félix présente le veau à Émeline. Elle s'amuse un moment avec le jeune animal, elle pousse de petits cris chaque fois que la langue râpeuse quitte sa main pour s'aventurer au creux de son poignet. Elle doit bientôt rejoindre ses parents, et elle abandonne Félix et sa traite en lui donnant rendez-vous à 21 h.


Félix achève sa récolte de lait puis va prendre sa troisième douche de la journée. Il sent le vétiver quand il pénètre dans la cuisine. Il met aussitôt le son de la télé à 0 ce qui fait retourner sa mère.
« Laisse ma télé, vaurien. » Elle voit les cheveux encore humides de son gars, elle ne peut s'empêcher de remarquer.

« Tu t'es encore douché ? Tu vas te faire tomber la peau mon pauvre garçon. C'est à cause de cette Joséphine que tu as ramené, tu pouvais pas la laisser chez elle ? »

« Elle s'appelle Émeline et puis elle est chez elle, elle est née ici, elle te l'a dit. » Il veut mettre un point final à la discussion et soulève un couvercle de casserole.

« Qu'est-ce qu'il y a à manger ? »

« Qu'est-ce que tu crois, tu n'as rien mangé hier, il reste des lentilles ! » Il ne mange presque rien ce soir non plus et se venge sur trois pêches juteuses. Au moment de la cerise la mère attaque à nouveau.

« T'as encore rien mangé, elle t'a ensorcelé mon pauvre. Ah elles s'y connaissent en mauvais sort ! »

« Raconte pas n'importe quoi. Elle va à l'église comme toi et elle chante dix fois mieux. »

« ça veut rien dire. Ils sont pas chrétiens dans leurs tribus, crois-moi, elle t'aura jeté un sort. »

« Elle n'est pas d'une tribu, ses parents sont d'Haïti, pas d'Afrique. »

« Parce que tu penses qu'ils ne sont pas venus d'Afrique un jour ou l'autre ?»

« Si mais... » Elle l'interrompt

« Ah! Tu vois, comme nous, si on nous transportait à Paris, nous serions toujours d'ici. »

« On changerait. »

« Toi peut-être. Tu n'as même pas besoin d'aller à Paris pour changer toi. Qu'est-ce qu'on va dire dans le pays et les Brun ? »

« Laisse tomber le pays et les Brun, rien n'est fait, elle est en vacances, c'est tout. »

« Je vois bien à ton air que si ça ne tenait qu'à toi, l'affaire serait déjà conclue. Et à l'automne tu vas m'annoncer que tu pars à Lyon pour le week-end, comme ton père avec Paris. Après tu y passeras tous tes samedi et dimanche ! »

« Auguste allait à Paris pour payer mes études et moi je suis pas encore parti à Lyon. »

« Tu parles tes études ! » Elle hausse les épaules, fataliste.

« Qu'est-ce que tu veux dire ? »

« Rien. Remets le son c'est l'heure de la météo. »

« On comprend aussi bien sans. Qu'est-ce que tu voulais dire ? »

« Rien, moi je comprends qu'avec le son, alors remets le. » Il sent qu'il n'en tirera pas d'avantage et reste deux minutes devant l'écran, le temps de voir des soleils rieurs s'afficher du nord au sud de la France puis il s'esquive en direction du gîte des Chabrier.

Emeline éteint toute les étoiles ce soir, Félix l'a kidnappée en deux temps trois mouvements, les vieux et Anselme le regardent passer comme les vaches regardent passer les trains depuis leur pré. Elle porte un ensemble orangé, des sandalettes de cuir à léger talon dont les lanières enserrent haut la cheville. Elle porte au cou une chaîne d'argent sombre. Ses yeux sont à peine soulignés et ses cheveux libérés font une crinière de scoubidous. Elle est de bonne humeur, ce soir encore, et sourit à tout ce qui l'entoure. Félix propose un tour rapide de festival, le temps que sa mère aille au pieu. Émeline demande

« Demain, tu vas travailler ? »

« Le matin seulement, je passerai l'après-midi avec toi si tu veux ? »

Elle rit

« On verra. »

« OK, je passerai, on verra bien si tu me retiens. »

« Le festival finit demain ? »

« Oui vers 5h normalement, on a quelques traînards un jour ou deux. »

« Je me demande comment c'est quand c'est calme, on a à peine vu jeudi soir. »

« Très calme. »

« Trop calme ? »

« Il faudrait un festival par trimestre, ça serait parfait. »

« Tu t'ennuies en hiver ? »

« Pas trop mais j'aimerai bien voir du monde de temps en temps. »

« Tu connais Lyon ? »

« Oui »

« Tu y vas souvent ? »

« Pas très. Une fois à Clermont une fois à Lyon ou Saint-Etienne, chaque mois. »

« On pourrait se voir là-bas si je ne viens pas ici ? »

« On pourrait se voir là-bas même si tu viens ici . En hiver ça serait mieux je crois. »

« On verra ? »

« On verra. » Ils tournent auprès des barricades, hésitent à entrer. Félix regarde sa montre puis pense 'tant pis pour la mère, elle n'aura qu'à faire semblant de dormir'. Il marchent maintenant en direction de sa ferme, elle avance sérieusement à ses côtés comme concentrée sur ce qui va suivre. Elle pèse le pour et le contre une dernière fois, tentant d'être objective mais la partie est déjà jouée; elle a envie de succomber. Ils passent devant la fenêtre de la cuisine, le rideau ne tremble pas; la mère a du sombrer devant la mille douzième rediffusion d'un sirop américain. Il guide Émeline dans la pénombre de la partie couverte de la montée de grange. La clé fait clic puis clac, ils entrent dans le studio, Félix fait la lumière puis referme la porte. Émeline siffle entre ses dents. La pièce fait 60 m² habillée de pierre et de bois. Un lit, un fauteuil et une chaîne Hifi  représentent l'ameublement du studio. Séparée par un mur de pierres sèches, la douche est invisible.

« Tu l'as fait toi-même ? »

« Quand j'avais 19 ans. C'était ma première année de fac, je faisais rien à Clermont, alors j'ai pris 6 mois de vacances pour me construire ce studio. Mon père m'a aidé aussi. » Penser à cette période amène un sourire aux lèvres et aux yeux de Félix, il balance le panama sur le lit.

« Tu veux boire quelque chose ? »

« Qu'est-ce que tu vas boire ? »

« Un pastis léger, je connais un type qui en fabrique un très bon. »

« On fabrique de l'alcool dans le village ? »

174

« Non dans le coin seulement. Tu veux goûter ? »

« D'accord, je vais goûter autre chose que le La Mony de mon père. »

Félix la laisse seule et descend à la souillarde où un frigo brinquebalant halète pour refroidir l'eau du pastis du paysan. Il capture une carafe, la bouteille de jaune est à l'abri dans un recoin du mur. Pas d'étiquette mais le format standard. Il remonte après avoir claqué la porte d'une talonnade habile. Emeline s'est assise sur le bord du lit. Sa jupe est sagement tendue à mi-cuisse, Félix savoure l'idée de la retrousser jusqu'au ventre pour le plaisir des yeux et des mains. Il sert deux verres, Émeline demande

« Tu mets de la musique ? »

Il prend la télécommande en main et réveille l'ampli et le tuner. Il parcourt les ondes courtes, cherchant les plages musicales. Un premier arrêt sur une station qui diffuse une techno-dance syncopée, pas le style adéquat pour la soirée qui s'annonce. Il zappe plusieurs fois jusqu'à ce qu'il tombe d'accord avec Em. De la vieille rumba des années 60, un crooner cubain ou zaïrois à la tachtche, c'est le bon tempo. Ils sirotent leurs pastagas en causant comme si de rien n'était.

« Mon père voulait nous emmener à St Nectaire Lundi. Tu voudrais venir avec nous ? » Félix se sent gêné

« Le mois de Juillet, c'est difficile de me libérer. Mais si tu reviens, en octobre par exemple, j'aurai plus de temps.» Il prend un air désolé et malheureux. Emeline s'approche pour le consoler, c'est ce qu'il espérait. Alors qu'elle lui entoure le cou de ses bras, il pose délicatement son verre sur le plancher et se laisse enfin aller. Il pose une main sur la cuisse de la fille c'est doux, lisse et ferme. Il ballade ses doigts sur la face intérieure remontant en direction de la jupe. Leurs bouches sont soudées, aucun bruit sinon ceux de leurs souffles sur la musique. Emeline lui masse la nuque à la lisière des cheveux, Félix pose une main gauche de conquérant sur le sein droit de la fille. Il presse le globe doucement lui transmettant la chaleur de sa pogne. La droite s'est glissé sous la jupe puis est ressortie faute de place , cherchant la fesse par-dessus le tissu. Il finit par mettre la main dessus sans avoir trouvé la barrière d'un slip. Émeline lui masse à son tour les pectoraux puis elle descend sur les abdos, passe la barrière de la ceinture et s'arrête sur le jean qui fait une bosse au niveau de l'entrejambe. Félix se lève et invite Emeline sur le fauteuil où il prend place. Elle est restée debout face à lui, les jambes légèrement écartées avec un air d'appétit dans les yeux. Il se penche en avant et la saisit par les cuisses pour l'attirer. Elle s'agenouille de part et d'autre de lui mais reste droite comme un piquet. Félix devine que la jupe en est la cause et il la retrousse d'une main lente et concupiscente. Le tissu ne fait plus qu'une fine écume autour des hanches d'Émeline. Seul un string de dentelle blanche masque le sexe de la fille, il pose ses lèvres au creux de l'aine tout près du mont de Vénus. Il parcourt ainsi tout le périmètre de la dentelle dardant d'une langue aiguë la peau pommadée. Elle lui caresse les cheveux, il  prend possession des deux fesses rebondies et pleines. Ils s'embrassent à nouveau, longuement, s'asphyxiant mutuellement. Il appuie sur les hanches d'Emeline pour la faire descendre, elle vient poser son sexe exactement sur celui de Félix, gonflé et tendu, comme un papillon sur la tige. Elle entame un va et vient lent, massant le membre du paysan, le provoquant. Il se rabat sur la camisole qui fait un promontoire à hauteur des seins. Il glisse ses mains sous le tissu léger et pelote la poitrine dans son écrin de satin à balconnet. Après de longues minutes d'attouchement pendant lesquelles le mouvement du bassin d'Émeline ne s'arrête pas, ils se désapent enfin mutuellement. Pas de découverte pour Félix qui a déjà vu l'essentiel au bord de la rivière, il savoure à pleine bouche la peau dont il a seulement entrevu la douceur. Émeline, elle, déguste tout ce qu'elle avait imaginé, les épaules larges aux os saillants, les muscles déliés des bras et des pectoraux, les abdos bien dessinés et dans sa planque de coton noir le phallus chargé que son ventre appelle. Le vieux fauteuil grince pendant une bonne demi-heure puis Émeline demande un temps mort et ils vont s'allonger sur le lit.

Ce sont les coups frappés par la mère vers minuit qui les réveillent. Félix entrebâille la porte, Martine est emmitouflée dans sa robe de chambre de laine écossaise.

« T'as pas pu t'empêcher de la ramener ? »

« C'est pour venir me raconter ça que tu as fait tout ce chemin ? »

« Penses-tu ! Vial est venu me réveiller, parait que cette année ils ont attaqué le camp. Il t'attend chez Voute avec ton fusil, il a dit. »

« Avec mon fusil ? »

« Oui mon garçon, fini la bagatelle, tu vas aller les rejoindre, ils y vont tous. »

« Qui a pris le camp ? »

« Ben, tous ces vauriens, tous les drogués du camp. Vial m'a dit qu'ils mettaient le feu partout en bas et qu'il ne comptait plus sur sa grange, vu qu'ils sont tous passés par là pour s'enfuir. »

« Qui s'est enfui ? » Félix n'y comprend rien, il se frotte la tête, tiré avec fracas de son premier sommeil. Une lueur jaillie dans la nuit puis une explosion étouffée arrivent jusqu'à eux.

« Si tu veux en savoir plus tu n'as qu'à ramener ton Émeline chez elle et rejoindre les autres hommes du village, ils t'attendent ! » Le paysan souhaite bonne nuit à sa mère en lui disant qu'il y va de ce pas. Il réveille Emeline en douceur, elle grogne un peu tandis qu'il lui explique ce qu'il sait de la situation. Ils referment la porte tristement, un sentiment d'inachevé vissé au ventre, Félix prend son fusil dans la maison ainsi que quelques cartouches à chevrotine puis il la raccompagne. La lumière est allumée chez les Duvallier, le père et la mère boivent du café dans la cuisine. Anselme s'est posté à la fenêtre du premier étage, scrutant la nuit dans l'espoir d'en apprendre plus. Il hèle Félix et Émeline.

« Hé ! Vous revenez du festival ? Ils sèment la zone là-bas ? » Sa sœur répond

« Tu sais bien que papa n'aime pas quand tu parles comme ça. » Félix ajoute.

« Tu descends ? Je parle à tes parents deux minutes. »

Ils sont rassemblés dans la cuisine, la mère d'Émeline a posé sur sa fille une main protectrice. Duvallier sourit, soulagé, il offre un café à Félix et se rassoit pour entendre ses explications. Ça ne prend pas longtemps, Anselme demande. « Et pourquoi t'as un fusil ? »

« Ils ont dû rassembler les chasseurs, tous les hommes quoi ! Pour garder le village, ils n'ont pas envie de voir leur maison pillée. » La mère s'inquiète

« C'est déjà arrivé ? »

« Il y a assez de fusils dans le pays pour protéger les villages. Mais l'an dernier ils ont saccagé la mairie à Saint-Amant. » Duvallier se prononce.

« Je n'ai jamais tenu d'armes mais je suis médecin, je peux peut être vous aider ? »

« Vous pouvez m'accompagner, on verra sur place. » Les femmes les regardent partir, Félix a chaud au cœur, il a quelque chose de plus que d'habitude à protéger depuis ce soir, il se sent fort. Dès qu'ils sont éloignés de la maison, le père veut en savoir plus.

« Vous pensez vraiment que c'est sans danger ? »

« Je crois oui. On va poster une équipe à l'entrée du village du côté du camp, ça devrait suffire pour cette nuit. Demain les pandores vont débarquer, ils ont l'habitude. » Ils arrivent chez Voute : Dans le renfoncement, à l'abri du corps de ferme, des cigarettes grillent. On cause haut pour se faire remarquer, on pourra dire qu'on y était. Enjolras et Duvallier s'approchent des hommes, une demi-douzaine au total. Chacun leur serre la pogne puis c'est Vial qui fait le compte-rendu. Il décrit la prise de l'oppidum, enfin ce qu'il en sait, la déroute de l'équipe de gendarmes locaux et les explosions de caisses puis conclut.

« On a installé la remorque à foin de Delmas en travers la route, tous ceux qui restent dans le camp sont des pillards, les autres sont éparpillés du côté de Saint-Amant à cette heure. Le commandant de gendarmerie a dit qu'on pouvait tirer. En l'air ! » Félix fait

« Bon, il reste plus qu'à attendre. » Vial sort une flasque de sa poche de poitrine.

« Vas-y ! Allez-y monsieur ! » Les deux arrivants se laissent tenter, Duvallier ne tousse pas mais demande.

« Vous avez des blessés ? » Bomel, le conseiller municipal répond.

« Ici, non. Il doit bien y en avoir en bas, chez les jeunes, mais je ne vous conseille pas d'y aller. » Duvallier fait oui de la tête en se pressant les mains. Félix lui propose de rentrer chez lui, ils viendront le réveiller si quelqu'un doit se faire soigner. Après son  départ, les autres restent tous là, groupés, discutant pour se tenir éveillés. Vial entreprend Félix au sujet de Sandy.

« T'as pas ramené ton chien de traîneau ? »

« Pourquoi tu dis ça ? »

«Parce que ta Sandy, c'est ni un chien de berger, ni un chien de garde, ni un chien de chasse. Le traîneau, je vois que ça ! Non, tu la fais souffrir cette chienne ! Donne-la moi, je te donne 51 en échange, il est bon pour les bêtes.» Le vieux prend un conscrit à témoin.

« C'est pas vrai, ce que je dis Alain ? »

« La pure vérité, Léon mais il veut pas se séparer de sa chienne ce jeunot. Tiens, si ton père était là, crois-moi qu'elle chasserait la Sandy ! » Félix ne peut que hausser les épaules, s'ils invoquent les mannes de l'ancêtre, la messe est dite.

**Samedi, camp des squatters**

A 22h, l'équipe de vente s'est rassemblée autour d'un bivouac près de la tente du fond. Squatt, Déglingue et Chico ont déposé des faffs froissés devant Mauvaise-Nouvelle; c'est le fruit des ventes de l'après-midi que le fugitif laisse là, bien en évidence. Il comptera plus tard, pour le moment il veut des nouvelles de Pitt et Sly. Squatt se lance dans un rapport plus que bref, il est le seul à avoir croisé les deux autres pendant la journée. Il répète ce qu'il a déjà dit en début de session.

« Pitt a dit qu'il passerait dans la nuit. » Sid prend le relais.

« Et c'est tout ? »

« Non ! Il avait son sourire d'enculé quand il l'a dit. » Le grand punk continue en haussant les épaules.

« Vous avez rencontré personne de connaissance ? » Chico profite de l'absence de Kan et Mona pour dérider l'ambiance.

« Les taspé qu'on a bourrées hier soir, c'est des personnes de connaissance? » Il met Déglingue et Squatt de son côté,celui des rieurs, Sid et Mauvaise-Nouvelle sont obligés de participer. Mauvaise-Nouvelle se décrispe.

« On recommence comme hier sans s'occuper d'eux tant qu'ils viennent pas au ravitaillement. »

« Peut-être qu'ils viendront jamais. Il suffit qu'ils nous choppent un par un pour nous pouilleder » fait remarquer Squatt qui craint pour ses abattis.

« Ce soir Sid et les meufs s'y mettent. Je garde la marchandise tout seul, j'ai besoin de personne. Comme ça vous irez par 2. » Les autres grognent leur assentiment et Mauvaise-Nouvelle entame une distribution gratuite tandis que Kan et Mona prennent place dans le cercle. Mauvaise-Nouvelle a perdu le compte du nombre de cachetons avalés dans la journée. Le monde alentour a la consistance d'une guimauve, l'esprit du gars s'est resserré sur la horde qu'ils forment. Il règne pour la première fois en toute liberté, c'est à la fois bon et envoûtant. Autre chose que la lutte permanente du foyer pour se tailler un territoire dans la mêlée des jeunes durs de toutes provenances. Il se sent prêt pour régler ses comptes avec Pitt cependant; il savoure déjà la tronche du rouleur de mécaniques quand il va sortir le gun et le braquer. Ils descendent quelques mousses puis c'est l'heure de monter au taf. Ils y vont en groupe, Mauvaise-Nouvelle rentre à l'abri de la tente avec la tune et procède au décompte par la méthode des tas, en faisant gaffe cette fois à la valeur faciale des biftons. Le total fait 5900, Mauvaise-Nouvelle hésite à reprendre ses additions. Pour cent balles de toutes façons... Il préfère s'allonger en posant la tête dans son bras gauche, la main droite serrée sur la crosse du pétard. Des doigts de sa main gauche il fait valser la carte bleu-blanc-rouge du keuf Biwzek, le premier homme a avoir rencontré le nouveau Mauvaise-Nouvelle. Il considère que sa vie a pris une toute autre direction depuis cette rencontre. Il se sent devenu un mec accompli ayant engrangé suffisamment d'énergie pour se coltiner avec la vie, la vraie, celle qui se joue à l'extérieur des hauts murs du foyer. En tout cas, il a rassemblé assez de force pour courir à la poursuite de son passé. Au départ de la gare de Lyon il pensait que Nîmes était sa cible; même en arrivant ici il y croyait encore. Depuis cet après-midi, au Gaspard, il a comme la sensation que son but réel se trouve dans le coin, qu'il n'a pas à aller plus loin. Mais assez rêvassé : Il doit se repasser la séquence qu'il a revécu un peu plus tôt, il l'a gardé bien présente, comme emballée dans un compartiment étanche de son esprit.

Sa mère a été malade, ils ont du quitter Paris et c'est lui qui assurait la subsistance en poussant de la dope. Voilà ce qu'il peut en retenir. Il sent un affolement de souvenirs reliés à la séquence venir heurter les confins de sa conscience, c'est prêt à sortir, il en est sûr. Il va enfin savoir ! Plus de père dans cette tranche de vie, l'ombre malfaisante avait disparu. Le type âgé entrevu lors de la dernière rétro et sa caisse des mille et une nuits met Mauvaise-Nouvelle mal à l'aise. Presque autant que l'ombre haïe mais sur un registre plus bestial, plus réflexe. Il espère une nouvelle montée en tétant une bif mais rien ne vient sinon une ou deux images de sa mère très amaigrie, dans un fauteuil posé devant une porte fenêtre donnant sur le gris uniforme d'un ciel francilien. Il ne sait pas si ces visions proviennent réellement du passé ou sont une invention de son esprit pour satisfaire son appétit de résurgences. L'effort l'épuise et il sombre dans un sommeil agité où des éclats de la séquence de l'après-midi viennent dans le désordre faire rouler ses yeux sous ses paupières pendant qu'il lâche le rectangle de plastoc à l'effigie de Biwzek. Il n'apprend rien de plus, seule une grande tristesse l'assaille : La certitude que sa mère est morte peu de temps après lui serre le cœur durant son sommeil..

Pendant que Mauvaise-Nouvelle plonge à la poursuite de son passé, son équipe de marchands fait des prodiges. Ils commencent à être connus et les clilles se succèdent rapidement; leur dope jouit d'un bon rapport qualité-prix au classement des festivaliers. Sid abandonne parfois Squatt pour faire la tournée des popotes. L'affaire de Déglingue et Chico tourne rondement, ils ont choisi une bonne place en bordure de goudron, pas trop loin de l'ombre qui protège les transactions. Les filles ont été plus culottées, elles tentent leur chance dans la foule des badauds qui naviguent entre les buvettes et après des débuts difficiles leur commerce est en train de devenir florissant. Il retourne doucement au poste de Squatt en scrutant les visages : Pas trace de Pitt et Sly, Sid se méfie en glissant dans la foule à contre-courant. Il arrive à l'endroit qu'il s'est choisi avec son pote, un coin moins facile, plus éloigné de l'entrée de l'oppidum, moins passant mais plus discret, ça compense. Squatt a disparu : Deux minutes auparavant il a vu surgir Pitt et Sly des profondeurs de l'ombre, comme deux squales en maraude. Ils étaient accompagnés de deux crânes rasés souleveurs de fonte. Pitt a seulement dit

« Amène-nous à Mauvaise-Nouvelle » Squatt les conduit donc à la tente mais lentement, prenant des détours en espérant une arrivée rapide de la cavalerie sous forme de ses potes. Ayant constaté la disparition de son associé, Sid ne réfléchit pas longtemps. Il fonce vers la tente, sans prendre le temps d'alerter Déglingue et Chico. Il arrive alors que Squatt traîne encore autour de la canadienne des meufs prétendant que

Mauvaise-Nouvelle s'y trouvait quand il l'a quitté. Pitt le bouscule en constatant que l'oiseau n'est pas au nid. Ils prennent finalement la direction du quartier où Sid et Mauvaise-Nouvelle ont installé leur tente la veille au soir. A l'époque il faisait la frontière avec la brousse, ce n'est plus le cas. Le camp s'est répandu sur la steppe et les glandeurs sont nombreux pour suivre leur groupe du regard. Squatt finit par les mener à reculons aux abords de la tente où Mauvaise-Nouvelle ronque toujours; c'est Sid qu'ils trouvent sur leur passage. Le grand kepon est planté sur ses jambes légèrement écartées et fléchies. Les quatre suiveurs stoppent pendant que la tronche de Squatt se barre d'un grand sourire.

« T'es là, mec ! Ils veulent voir Mauvaise-Nouvelle. » Pitt s'avance seul et vient se poster en biais de Sid sur la gauche, ses épaules roulent vers le bas, bras ballant et le ventre creusé, il est de la taille de Sid. Celui-ci demande

« T'es venu rendre de la tune ? »

« Tu fais la pute pour l'autre naze ? »

« Le temps que je passe avec lui ça me rapporte tandis qu'avec toi ça me coûte »

« Tu vas finir par faire du rap. Wouh, wouh , wouh monsieur le iench de garde ! » Il veut mettre les autres de son côté, mais son humour ne déride personne sauf Sly qui se croit obligé de glousser.

« Si t'es pas venu faire des affaires, t'as rien à zoner ici. Dégage. » Le cador ne relève pas l'insulte, personne ne lui dit jamais de dégager, sauf les keufs quand ils le relâchent d'une nuit de garde à vue mais, dans ce cas là, il est heureux de les entendre.

« Justement je suis venu avec des associés pour parler affaires mais avec ton patron. Avant je voulais savoir , il te baise bien ? C'est lui qui t'a fait cette marque au front ? Il te tape la tête par terre quand il t'encule ? » Sid tombe aussi sec dans le panneau de la provoque, ça fait trop longtemps qu'il a envie de faire rentrer les dents de Pitt dans sa bouche, il ne résiste plus : Il balance un coup de coude vicieux qui se perd sur les côtes de Pitt tout en évitant lestement un low- kick du caïd qui attaque toujours du gauche en début de bagarre. Sid l'a trop vu faire, il est paré. Suit un coup de boule de Pitt qui s'écrase sur l'épaule du kepon qui a pivoté et en profite pour chercher le foie de son adversaire d'un poing vengeur. Ils se repoussent ensuite, reprenant leurs distances pour s'observer. Le coup de poing de Sid a trouvé quelque chose sous les abdos de Pitt, pas forcément le foie, le chef en secoue tout de même la tête, comme perdu. Sid attaque mais prudemment , il connaît les combines du vicelard qu'il affronte. Un crochet du gauche, un direct du droit qui touche Pitt au front tout en continuant à surveiller la jambe gauche du mec qui peut distribuer le KO à tout moment. Mais rien ne vient, Sid s'enhardit et rentre dedans, alignant une série au ventre qui cherche le plexus et le foie à nouveau. Seulement en se relevant dans une grande esquive sur la droite, il prend un crochet sec sur le nez qui fait jaillir le sang immédiatement. Sa faiblesse, le nez qui pisse ! Sly se met à beugler, encourageant Pitt

« Vas-y tue le c'te caillera, fais lui mal, bordel ! » Squatt supporte Sid

« Bourre lui la gueule, savate le » La vue du sang a rendu Sly belliqueux et, sans risque, il décide de s'en prendre à Squatt, la hiérarchie est bien installée entre eux, comme entre Pitt et Sid d'ailleurs. Squatt ne peut que tenter des esquives en balançant un poing de temps en temps pendant que Sly le tanne joyeusement. Squatt se met à gueuler

« Mauvaise-Nouvelle ! Mauvaise-Nouvelle ! » Sid recule, tente de calmer l'hémorragie à l'aide de son poing droit fermé, la vue de son sang sur ses doigts le sort de la torpeur juste à temps pour éviter un coup de tatane qui partait en direction de ses burnes. Il reprend sa garde pendant que le goût ferreux du sang envahit son palais. Pitt lui tourne autour préparant l'hallali en envoyant coup de pieds et de poings alternés, ne provoquant aucune réaction sinon des esquives qui ont perdu de leur allant. Pitt se jette en avant, lançant son pied en hauteur pour toucher à la tête. Sid réagit cette fois, il a vu venir le coup et se penche sur le côté en détendant sa jambe. Le bout renforcé de sa Cater s'enfonce et ça fait de l'effet; Pitt souffle un grand coup en reculant. Sid se regroupe pour lui sauter dessus mais Sly vient d'achever Squatt d'un pied vicieux au sol et s'est retourné contre Sid qui prend dans les côtes, le poids du mec lancé tête en avant. Ça fait crac et Sid se retrouve à terre alors que l'air manque dans son poumon gauche. Squatt toujours au sol beugle comme un veau perdu.

« Mauvaise-Nouvelle ! Mauvaise-Nouvelle ! » Dans la tente, le fuyard perçoit les cris, mais ils ne sont pas parvenus à le sortir de sa torpeur. La voix de Sid, qui crie à son tour, l'arrache pour de bon aux rêves. Il sourit dans le noir et se jette sur l'ouverture de la tente en sortant le feu de son oubli. Il dégage la sécurité en se relevant à l'extérieur, il capte la situation dans un ralenti qui lui permet de définir son mouvement et sa stratégie. Sly est en train de régler son compte à Sid à coup de poings dans la tronche, Pitt a retrouvé suffisamment d'audace pour s'approcher, il vient pour achever le travail de son pote d'un low-low-kick. Mauvaise-Nouvelle gueule

« Hé ! Connard ! » Et il appuie sur la gâchette en même temps, il a visé le genou comme il a vu faire dans les films de malfrats. A sa demi-surprise, il voit le caïd rouler au sol en se tenant la jambe alors qu'une tache sombre grandit sur son jean écorché. Un long cri monte pendant que Mauvaise-Nouvelle tend le flingue à bout de bras braquant tour à tour les deux costauds recrutés par Pit et Sly qui se coule sur le sol. Les deux molosses lèvent les bras, un des deux trouve le courage de lancer :

« Hé ! Cool mec, on a rien à faire dans tout ça OK ? »

« Si vous avez rien à y faire, dégagez ! » Les musclés se tirent alors que Mauvaise-Nouvelle se courbe brusquement sur Pitt en lui fourrant son feu sous le nez.

De retour aux abords du camp de toile après leur repas au Gaspard, Lucas bloque Zab de la main.

« Parais que t'as pas vu si ils avaient de la dope ? Je te parie le contraire. » Zab ne répond pas, elle hausse simplement les épaules.

« Ils ont des pastilles, larges et plates. Tu les a pas vues ? C'est comme ça qu'on va les repérer, tu vas acheter et on finira par mettre la main sur eux. » Zab écarquille les yeux, si ce que le flic dit est vrai, elle a de grandes chances de tomber sur Mauvaise-Nouvelle ou sur Sid et ça ne lui dit rien. Elle regarde ses pompes, Lucas lui tend un billet de cent tout frais. « Tu vas faire ton marché avec ça fillette, je t'ai à l'œil, on va commencer par ici. » Lucas désigne les abords immédiat du festival, deux-trois mauvais garçons se sont rassemblés dans l'ombre. Zab y va en traînant des pieds, elle revient bredouille les types n'avaient que de la prétendue skunk à vendre. Lucas lui désigne un nouveau groupe et la fille retourne au taf, appât de la quête du schmitt. Cette fois elle récupère bien un couple de pills livides mais leur apparence ne dit rien qui vaille à Lucas qui les balance dans l'herbe du fossé. Ils progressent lentement en lisière du camp, Zab ramenant le produit de sa cueillette au flic pour authentification. Aucun des cachets n'a passé l'épreuve depuis le début. Elle commence à se demander si les dealers ne vont pas finir par repérer son manège. Finalement sa quête la conduit jusqu'à Déglingue qui la guide plus loin dans les dédales du camp et lui remet deux cachetons en échange de son billet. Elle les distingue mal dans l'ombre mais son toucher lui dit que ceux-ci sont différents. Elle en a confirmation par Lucas qui, dès qu'ils les voit, se redresse et scrute la limite du goudron. « C'est bien le grand déglingué là-bas qui t'as refilé ça ? » Il désigne le pousseur du regard. Zab hoche la tête et se replie vers le milieu de la route. Le keuf fonce sur sa proie en un instant, sa lèvre supérieure frémit en découvrant la pointe de ses dents. Selon sa tactique habituelle il va se coller au punk qui n'a pas vu venir l'attaque et lui glisse son 38 entre les côtes.

« Abruti, bouge plus, fais plus un geste ! » Déglingue se raidit

« Tu travailles seul ou t'as un pote avec toi ? »

« Oui »

« Oui quoi, connard ? «

« J'ai un pote » siffle le jeune en matant autour de lui. Chico fait la retape à une quinzaine de mètres sur la droite, il n'a rien repéré.

« Il deale où ? » Déglingue donne un coup de menton large dans la direction de Chico sans désigner précisément quelqu'un.

« C'est lui qui a le stock ? »

« Non »

« Bon tu vas me guider jusqu'à celui qui garde la réserve. »

« Y'a pas de réserve, je deale une ou deux exta de temps en temps c'est tout »

« Ah ouais ? Alors tu vas me suivre, tu vas m'expliquer ça au calme. » Il entraîne le gars vers un parking après avoir fait signe à Zab de ne pas bouger. Sitôt qu'il a le dos tourné, la fille se fuite en direction du village, terrorisée à l'idée de rester seule en pâture aux lascars du quartier.

A peine à l'écart, Lucas retourne Déglingue d'un bras vif et lui défonce les dents d'un coup de crosse professionnel.

L'autre se met à gémir derrière ses mains posées en coupe sur son visage. Des larmes de douleurs inondent ses joues, il a l'air d'un môme. Lucas demande

« Tu vas me conduire maintenant ou il faut que je te tire une balle dans l'oreille ? » Il joint le geste à la parole, tirant l'esgourde cartilagineuse du kepon du bout des doigts en collant le canon du révolver sur le pavillon ainsi décollé de la tête.

« Je sais pas si tu trouveras une boucle d'oreille à la taille du trou que je vais faire dedans. »

« Mais qui t'es à la fin ? » La voix du jeune semble provenir de sous une bouchée de purée.

« ça te regarde pas, tu m'amènes ou je perce ? » Déglingue fait oui de la tête, dompté. Lucas sort un mouchoir de papier de sa poche et lui dit.

« Met ça sur ta bouche, et pas d'entourloupe. » Déglingue a trop mal pour imaginer une embrouille, il file tout droit vers la tente de Mauvaise-Nouvelle et Sid, le flic le marquant à la culotte.

Ils arrivent alors que les deux cerbères recrutés par Pitt se font la malle et que Mauvaise-Nouvelle réalise enfin son fantasme en plantant l'apex du silencieux dans une des narines de l'ex caïd. Lucas écarte Déglingue du bras en cherchant de sa main droite l'arme qui l'accompagne et qui n'est pas celle de service. Le punk, qui n'a pas gagné son surnom en se curant le nez, se jette sur le keuf en bavant, il fait sa crise et Lucas a intérêt à être rapide pour s'en sortir. Déglingue en profite pour avertir

« Hé, les mecs les chtares, les chtares !: » Lucas sort enfin son flingue et le saisit par la crosse pour en appliquer un nouveau coup sur la chetron du jeune, qui s'affale dans les vaps.

Quand il se retourne vers le groupe, Mauvaise-Nouvelle le tient déjà en joue et envoie du plomb silencieux. Le keuf n'a que le temps de se planquer derrière la piètre protection de la Diane qui hurlait ce matin. Les balles de Mauvaise-Nouvelle font deux impacts dans la ferraille avant que Lucas se décide à faire aboyer son gun au jugé par-dessus le toit de la caisse.

En face, Mauvaise-Nouvelle s'est roulé au sol, il se retrouve prés de Pitt et en profite pour lui distribuer un coup de crosse sur la tempe. Toujours en rampant, pendant que Lucas fait du bruit avec son flingue, il s'approche de Sly pour lui faire subir le même sort, Sid l'appelle.

« Faut qu'on décroche Mauvaise-Nouvelle, c'est les bourres, ils t'ont retrouvé ! »

« Et alors ? Où tu veux aller ? » Lucas a réglé son tir; une bastos vient s'écraser à moins d'un mètre. Sid insiste

« Viens on s'arrache avant qu'il reprenne l'entraînement. » Mauvaise-Nouvelle se redresse à moitié

« OK on y va » Sid file derrière le gars de Bagnolet courbé entre les tentes remontant le pré en diagonale. Derrière ça gueule, les appels les poursuivent

« Des keufs, des keufs !» Les deux gars sont maintenant plein pot, bifurquant vers l'extérieur du camp en direction du fond du pré. On voit de plus en plus mal, Mauvaise-Nouvelle ralentit, Sid souffle fort et grimace en suivant à quelques mètres : Son côté gauche le fait souffrir, il a du mal à respirer.

Lucas a suivi le mouvement en tirant deux fois de plus, pour faire bonne mesure, en direction du groupe des jeunes allongés. Depuis, il course les deux mecs, les quelques kilos gagnés à la faveur de son second mariage se font sentir, il a pris du retard. La rumeur a de l'avance sur lui , au mot 'keufs' des mouvements agitent le camp. Un mec a fini par repérer la trajectoire de Lucas, il saisit une des lourdes godasses abandonnées à l'entrée d'une tente et se poste à l'affût. Le keuf, flingue en main passe à moins de cinq mètres. Le jeune y met tout son cœur, il balance la grolle dans un tir tendu en direction de la tronche de Lucas puis il se jette en avant à l'abri des tentes. Il ne profite pas du spectacle, dommage. Il a réussi un ace et Lucas voit 36 chandelles, il compte les étoiles en se répandant; la Timber l'a touché juste en haut du nez, sonné. Le champion du monde du lancer de godasse se décide à glisser un œil sur son score et quand il voit le schmitt au tapis, il réclame son prix aussi sec : Il dépouille Lucas de son feu. Après un moment, le keuf se remet avec difficulté, dodelinant de la tête, cherchant un point de repère au-delà de la douleur. Il parvient finalement à se mettre à genou puis à se lever. Son équilibre est instable, il divague entre les tentes comme un homme saoul, c'est sans doute ce qui le sauve. Près de la tente de Mauvaise-Nouvelle, Sly est le premier à se retrouver opérationnel. Négligeant Pitt autour duquel le sang continue à brunir l'herbe, il fonce à la tente au cas où Mauvaise-Nouvelle aurait laissé un héritage. Que dalle, seulement un rectangle de plastique barré de bleu-blanc-rouge. Des mecs des alentours se rassemblent à l'extérieur, venus estimer le grabuge. Pitt est exsangue, deux jeunes se décident à le transporter en direction du bitume, Déglingue avec sa gueule de travers et son clavier de piano en guise de sourire n'impressionne personne ce soir. Un conseil s'improvise autour des rescapés. Sly tient le crachoir

« C'est des keufs, tous les deux, j'ai trouvé une carte dans la tente. Mauvaise-Nouvelle aussi c'en est un. »

« L'autre c'est sûr » articule Déglingue. Squatt prend la défense de son pote.

« Sid, c'est pas une balance, qu'est-ce qu'il ferait avec un poulaga ? »

« Il s'est fait embrouillé. C'est pas un malin, voilà ! »

« Et les keufs qu'est-ce qu'ils en auraient à foutre de nous ? Pourquoi, ils viendraient ici pour nous distribuer de la dope ? C'est pas noël. » Sly reste sec, un des types rameutés du voisinage tente une hypothèse.

« Ils cherchent peut-être à coffrer tous les dealers du coin. Refiler des pastilles ça leur permet de repérer les marchands et les acheteurs et après, fouf ! Ils serrent tout le monde. J'ai vu qu'ils font ça aux US, ils chopent des tonnes de mecs comme ça. » Comme aucune autre thèse ne vient proposer une explication , l'idée fait son chemin. D'autant plus facilement que les pills ont inondé le quartier depuis 24 h. Quand l'environnement est favorable, elles renforcent le bien-être mais elles favorisent la parano quand l'ambiance se dégrade. La rumeur se propage de proche en proche faisant des adeptes. Elle trouve un foyer où se cristalliser de l'autre côté de la route près des marchands de guez. Un patron de buvette s'en prend à un jeune keupon qui tente de l'étourdir de deux mousses. Le jeune se rebiffe

« De toutes façons vous êtes tous des balances. Vous faites les putes pour les keufs. » Le cercle se fait menaçant autour du limonadier. Un poing finit par partir et c'est la bagarre générale, le marchand de bière rameutant ses confrères, les lascars se ruant à la curée. Les baraques sont secouées, plusieurs se renversent et l'une d'elles s'embrase. L'excitation monte d'un cran, les flammes engagent au pillage et les abords du Solier se mettent à ressembler à Montparnasse un après-midi de manif. Une colonne esseulée de bourres tente bien de ramener le calme mais le mec qui a piqué le flingue de Lucas les canarde. Les bleus se retirent en entraînant dans leur sillage les marchands qui abandonnent stock et parfois recette aux mains rapaces de la jeunesse. C'est le grand défoulement, on renverse, on casse, on fout le feu . Certains s'attaquent aux vigiles qui filtrent l'entrée du festival. Les mercenaires opposent une résistance molle avant de se replier vers l'oppidum. Une horde de fous furieux fait alors irruption dans l'enceinte. Les festivaliers réguls prennent peur, s'enfuient vers les hauteurs de l'enceinte et s'engouffrent dans le seul passage disponible : La grange des Vial qui fait office de QG pour l'organisation du festival. C'est rapidement pire que les couloirs du Châtelet à 18 h, on se monte dessus pour atteindre une issue et échapper aux instincts supposés des mutins. Le groupe qui officiait quitte rapidement la scène sous la poussée des révoltés qui ne font qu'une bouchée des roadies. Sur un air de ragga un rasta gueule dans le micro

« Mort aux keufs, mort aux bourres, fuck da police. » Les enceintes saturent puis se taisent, l'alimentation a été coupée. Plus de lumière non plus, le festival s'éteint. A l'extérieur les feux s'allument. Des groupes poussent des caisses sur le goudron et balancent des chiffons enflammés dans les réservoirs. Les deux accés routiers au camp sont coupés par des bagnoles embrasées sur le goudron et dans les prés, allumant la montagne. Lucas titube dans le camp soulevé, des mecs patrouillent en troupes agressives et rapides. Des tentes sont prises d'assaut, les défenseurs s'éparpillent rapidement et se lancent à leur tour dans le pillage ou la fuite. Un serpent de bagnoles bouchonne sur le goudron tentant d'échapper aux pierres et aux coups de bâtons qui pleuvent. L'incendie s'attaque à la colonne de caisses captives, elles sont rapidement abandonnées avant qu'il y ait mort d'homme. Les réfugiés visent les sorties de la zone contrôlée par les bandes. Ils se font rançonner et dépouiller par les jeunes déchaînés. Lucas parvient au goudron, ses oreilles sifflent, des mecs en pleine course le bouscule, il va tête baissée, tendant sa volonté pour suivre le rideau de flammes qui lèchent la ferraille entassée. L'odeur du goudron et du caoutchouc fondu lui donne un coup de fouet. Pas grand monde si près du feu, le keuf sans arme progresse rapidement vers le Solier. Plus de vigiles, les barrières sont couchées, des jeunes, rares, rodent en bordure de village, mais ils n'inquiètent pas le civil qui met la main sur sa caisse. Pare-brise éclaté, capot défoncé, mais personne ne devait avoir de briquet dans le coin, elle n'a pas brûlé. Il monte à bord et le moteur ronronne au quart de tour.

Le condé souffle un grand coup en embrayant, une pierre s'écrase sur la vitre à sa gauche, il a du mal à distinguer la route derrière les étoiles du pare-brise. Il allume ses longues portées et fonce. Un choc à l'avant droit et il devine une silhouette passer au-dessus du capot, elle s'efface en plongeant par-dessus l'aile. Lucas fait moins de cinquante mètres puis un coup de feu arrive de face, du coin d'une des baraques. Il se cramponne aux freins, la caisse pile à deux centimètres d'une barricade constituée de remorques de tracteurs. Le condé coupe le moteur, laisse les phares. Il tend les deux mains par la vitre qu'il vient de baisser. Il crie « Je descends ! J'arrive ! Gardez votre contrôle.»

« Pas de problème, je te contrôle. Lève les mains. » fait la voix de Félix dans l'ombre. Lucas s'exécute et se retrouve en face du jeune paysan, en veste de montagne. Il tient un fusil de chasse dans la saignée de son bras. Félix contemple le flic « Tu vas où comme ça ? Tu as renversé un mec là-bas. »

« Tu aurais préféré qu'ils me fassent griller ? » Des rires montent de l'ombre du mur où la milice villageoise a établi ses quartiers. Un des types relève, remarquant le 69 du numéro de département sur la plaque de la caisse.

« On dirait bien que tu lui as mouché un pneu au lyonnais, petit. » En effet l'avant gauche est écrasé sur le bitume, il a rendu son dernier souffle.

« Ça s'arrose » dit un autre et c'est la tournée de Félix qui tend une gourde de métal pleine de prune à ras bord. Lucas la prend en disant

« Au point où j'en suis. » Il lampe une large gorgée qui le fait tousser mais stoppe le sifflement dans ses oreilles. Félix et un autre arverne aident Lucas à remettre la peuj sur quatre pattes. Il a montré sa carte aux indigènes qui n'y ont pas prêté attention. Les titres de la hiérarchie civilisée n'ont plus cours ici; ils accordent tout de même une seconde ration de gnole au poulet, la démarrante. Sur la route de Saint-Amant, la prune rend la défaite moins amère à Lucas, seule une grande fatigue l'envahit. Il dépense une demi-heure pour atteindre Saint-Amant à travers le flot des réfugiés. Certains restent à proximité du Solier en attendant la suite dans l'espoir de récupérer une caisse ou une petite amie perdue dans la tourmente mais la majorité a décidé de s'éloigner de l'épicentre de la révolte. Lucas rencontre le premier barrage filtrant, débordé par les événements, à hauteur de la départementale 996. Sa carte fait des merveilles et lui ouvre le chemin du bourg. Arrivé au Gaspard, il laisse tomber l'auto-analyse à laquelle il se livre habituellement à chaque étape d'une mission et il profite du reste de chaleur dispensée par la prune pour s'abandonner au sommeil. Les premières heures sont calmes, pas l'ombre d'un rêve puis ça se gâte. Paula vient le hanter, rouvrir cette vieille blessure qui suppure aux franges de son inconscient. Il est dans l'appartement de la rue de la Lune, à Bonne Nouvelle. Paula est assise dans un fauteuil club, elle peint les ongles de ses pieds, un beuz fume dans le cendrier, répandant une odeur entêtante. Le gosse traîne dans les pattes de sa mère, une vraie sangsue ce morveux. Une robe bleue électrique, boutonnée sur l'avant, moule Paula; Lucas tente de deviner quels dessous elle porte, l'envie d'elle lui tord le ventre. Elle fait semblant de rien mais il sait qu'elle mesure exactement la situation. Deux bas sombres pendouillent sur un des bras du fauteuil. Elle part finalement pour se rajuster. Lucas reste avec le môme qui se colle au carreau. Le flic dit

« Tiens gamin prend ça et va faire un jeu vidéo en bas. » Le petit tend la main sans un mot et ramasse le billet de cinquante. Il enfile son anorak en ajustant la capuche et disparaît. Lucas fonce à la chambre, Paula lisse sa robe. Elle le contemple par en dessous, ses yeux ont cette lueur perverse qui fait bouillir le sang de l'homme. Il s'approche en déboutonnant sa chemise mais au fur à mesure de sa progression, Paula change d'aspect. C'est un raccourci des mutations physiques qu'elle a connu au cours des dernières années de leur relation. Ses joues s'amaigrissent, se creusent, ses bras et ses seins fondent, ses yeux ont perdu leur éclat, ils sont vides. Lorsqu'il est suffisamment proche pour la toucher, Paula n'est plus qu'un squelette dans une robe trop large pour elle. Son visage s'est transformé en une tête de mort grotesque couverte d'une perruque blondasse et filandreuse. Lucas se réveille en sursaut. La sueur a trempé le drap, son cœur bat fort, son nez l'élance. Il jette un regard mécanique à sa montre : 3h et quelques, il dort depuis moins de deux heures, son corps entier est courbaturé mais il sait qu'il ne pourra pas retrouver le sommeil avant un long moment. Zab a abandonné un paquet de clopes sur une des tablettes de chevet, le keuf en pèche une et l'allume d'une allumette rageuse. Il se poste à la fenêtre après l'avoir ouverte en grand, les volets ne sont pas tirés, il peut contempler tout à son aise le spectacle de la brousse sous la lune ronde. Jusqu'ici l'odeur écœurante de l'essence brûlée le poursuit, c'est le feu dans son esprit également. Le spectacle de la campagne quiète comme à son habitude ne parvient pas à chasser l'amertume où l'a plongé son rêve et malgré lui il pense à Paula et à cette époque maléfique. Leurs relations avaient été réglées depuis le premier jour par la forte attirance physique qu'elle exerçait sur lui. Il la dominait lors de leurs ébats mais elle menait la danse. La dope et les affrontements rythmaient leur vie, ils ne connaissaient un semblant de paix que lorsque leurs corps se jetaient l'un sur l'autre dans des mêlées sado-maso dont Lucas, malgré les apparences, ne ressortait jamais vainqueur. Paula se rajustait, un sourire narquois aux lèvres, il aurait voulu le lui faire avaler à coup de poings dans la figure et à coups de pieds dans le ventre. Il se vengeait sur la dope et ça recommençait. Pourtant tout avait bien débuté mais, moins d'un mois plus tard, Paula lui avait annoncé qu'elle était enceinte et n'avait aucune intention d'avorter. L'enfant ne pouvait pas être de lui, il était resté cependant, il l'avait dans la peau depuis le premier soir. Il avait éjecté le paysan de la vie de Paula, sans difficulté. Il l'avait fait chanter cependant pour ne pas rompre la ligne d'approvisionnement en herbe et le commerce avait continué un temps sur sa lancée puis, après la rencontre de Câlin, les pastilles et la poudre avaient remplacé la sinsémilla. En 88, il avait été muté à Nîmes, de là-bas il avait eu du mal à la surveiller; ils se rencontraient uniquement lors de ses missions pour le réseau. C'est sans doute durant cette période que Paula avait pris goût à l'aiguille, elle lui avait caché son nouveau vice. Elle avait dû s'infecter au cours d'un partage de seringue, Lucas n'avait rien remarqué. En 90 cependant, elle avait commencé à présenter des signes d'infection à répétition et elle lui avait craché le morceau lors d'une de leurs expéditions. C'était à Lille, ils étaient venus réceptionner un arrivage de Bruxelles. Il s'était étonné des taches sombres qui marbraient sa poitrine et elle lui avait avoué sa séropositivité. L'effroi qui l'avait glacé à l'époque, il pouvait en reconstituer chacune des infimes particules aujourd'hui encore. Il avait rompu la semaine même par téléphone en l'appelant de Nîmes. Les trois mois suivants avaient été trois mois d'angoisse pure, passés à ausculter son corps, à suspecter le moindre bouton, la moindre tache sur sa peau, une toux matinale ou un éternuement. Il avait tout arrêté et Corinne, sa première épouse, avait demandé le divorce. Il avait fait des tests pendant un an, cherchant sans relâche la confirmation qu'il avait échappé au fléau. Il avait finalement rencontré Leila qui l'avait désenvoûté et lui avait fait reprendre contact avec la réalité. Depuis il était d'une fidélité scrupuleuse et ne touchait pas à une dope plus forte que du pastaga. Pendant quelques temps, il avait eu des nouvelles de Paula : Elle avait gardé une petite place dans le réseau de Câlin mais sa santé s'était dégradé rapidement. Elle avait dû quitter Paris faute de moyens et de soutien et était partie se perdre dans la banlieue nord-est où il avait perdu sa trace un temps. Lucas souffle un grand coup : Elle est morte c'est sûr mais son fantôme vient encore hanter le sommeil du keuf certaines nuits.

Des spots bleus ,bientôt suivis par le défilé des troupes venues ramener l'ordre à Saint-Amant, créent une diversion; Lucas s'intéresse au mouvement des troupes de CRS, gendarmes, gardiens de la paix et de toutes les variétés de fonctionnaires de la république que la préfecture est parvenue à acheminer dans ce petit coin de campagne. Des appels retentissent, des radios grésillent et des godasses à clous troublent l'anxiété de Saint-Amant mal endormi. Il contemple un moment le défilé des colonnes d'uniformes, de casques et de boucliers qui descendent en direction du Solier puis il referme la fenêtre à peu près apaisé. Il sera toujours temps de reprendre sa chasse demain quand tous ces corps habillés auront remis de l'ordre dans la région. A peine allongé, il sombre dans un sommeil lourd qu'aucun revenant d'aucun passé ne vient inquiéter. Il n'assiste pas à la reprise du camp par les forces du maintien de l'ordre.

Les jeunes tiennent le caravansérail et ses abords depuis cinq heures. En bordure du village ils se sont heurté à la milice spontanée et à ses fusils de chasse, ils ont abandonné. De l'autre côté en suivant le goudron il n'y a rien à conquérir avant plusieurs kilomètres. Ils restent donc dans le périmètre après avoir pillé les stands et les buvettes de l'oppidum. Une équipe d'entreprenants s'est attaqué à la sono : Protégés par une escorte de gros bras, quelques mecs habiles découpent le montage électrique et d'autres assurent le transport de l'appareillage vers des bagnoles qui une fois chargées quittent Le Solier par des chemins de terre qui les ramènent sur le goudron vicinal du côté de Marcepoil. La violence de l'insurrection retombe peu à peu, les mecs et les rares filles restantes se répandent au hasard en groupes cherchant la chaleur, c'est la gueule de bois après l'orgie. Les feux s'éteignent un à un, la nuit reconquiert son territoire. Les voleurs de sono passent juste avant la montée de la délégation de la CRS d'Aubière qui arrive vers 3h à Saint Amant.

## Dimanche matin, Le Solier

Des voltigeurs, par équipes de deux sur des motos 125 Trail, débarquent une heure plus tard de Lyon. Ces types ont des têtes de tueur, les autres keufs déjà assemblés les évitent. Les CRS sont enfermés dans leurs camions, la hiérarchie met la pression. Quelques gendarmes à estafettes ont accouru des alentours, ils se sont rassemblés près d'une bouteille le long de la D996 comme pour un contrôle routier. Des civils et des bleus se croisent, on serre des pognes en se jetant des regards étonnés. Tout ce que la chtarrie de la région compte d'ethnies et de corps de métiers a envoyé des observateurs. C'est un son et lumière qu'offre la République, représentée par ses fonctionnaires, au bon peuple de Saint-Amant. Les voltigeurs partent en reconnaissance sur le goudron communal et les chemins qui vont de bleds en bleds, il fait encore nuit. Les équipages progressent vers le Solier lentement, restant en contact radio. Suivant la communale deux motos remontent le goudron. Langlois et Delabre sont les éclaireurs, une vingtaine de mètres devant Longeon et Bouamera, les leaders. trois équipages roulent vers la Toutée pour reconnaître l'autre partie de la départementale et les chemins en direction du Solier. Le jour pointe, Langlois amène sa bécane au ralenti en vue des premières maisons du village. Il stoppe; derrière Longeon fait de même. Les moteurs ronronnent dans le silence de la nuit, au ralenti. Une forme emballée dans une couverture de surplus sort de derrière un muret. C'est un jeune qui écarte les bras, il approche lentement. Les keufs sont impressionnants dans leurs combinaisons renforcées, casqués, l'équipier porte une longue matraque, dans la nuit on dirait un centaure siamois. C'est Delabre qui ouvre la conversation

« Qu'est-ce que tu fous là ? Tout le monde doit se rassembler à Saint-Amant, t'es pas au courant ? »

« Non, de toute façon faut que je récupère ma caisse si elle a pas pris feu. «

« J'te parle pas de ton tas de boue, j'te parle de ta peau. »

« Moi aussi, c'est la bagnole de mon père. Si je la lui ramène pas c'est lui qui me la fera la peau ! »

Delabre hausse les épaules, il tend le casque en direction du village.

« Et là-bas, c'est comment ? »

« Je sais pas, ça fait longtemps que j'y suis pas passé. »

« Bon allez dégage, et tiens-toi à l'abri. » Le gosse ne bouge pas.

« Je voulais vous demander si je pourrai pas venir avec vous pour essayer de la repérer. J'pourrai pas ? »

Ça déride finalement les deux keufs, Langlois passe la première dans un claquement sec du sélecteur, il se marre encore

« Allez tire-toi, ça changera rien maintenant ou dans quatre-cinq heures. »

Le jeune repasse à l'arrière de son mur, les flics pénètrent en seconde dans le Solier. Ils ne font pas plus de 20 m, un double coup de fusil retentit, le phare s'éteint et une balle fait du bruit sur les ailettes du cylindre. Langlois et Delabre sautent à terre et s'abritent derrière leur engin béquillé en dégainant leurs armes. Ils crient

« Police nationale. Ne tirez plus ou on vous réduit en pâtée»

Une voix fait

« Désolé, on tire d'abord on discute après par ici. » C'est celle du Papy Rossignol, un vieux qui possède encore un œil et un bras infaillibles. Les keufs se redressent et vont aux nouvelles. Langlois est repris par sa verbalisite et voudrait dresser un procès-verbal pour destruction du matériel de l'état mais Delabre calme le jeu. Ils préviennent leurs deux collégues et Bouamera vient parlementer. Bomel, le conseiller municipal, fait un résumé de la situation.

« Ils sont pas rentrés dans le village, té ! Pour sûr ! On les a calmés. Ils sont redescendus dans leur pré. Ils cuvent on dirait, on ne voit plus de feu depuis longtemps. » Bouamera fait « Mouais » et décide de s'approcher à pied. Ils traversent le village silencieux et rencontrent la seconde patrouille de villageois, celle de Félix. Les hommes sont éveillés malgré l'heure, vigilants. Les deux éclaireurs s'engagent dans la descente, le petit matin les avale rapidement. De l'autre côté du camp de toile l'escouade qui a contourné Le Solier par la départementale arrive elle aussi en vue du camp. Les deux éclaireurs là aussi abandonnent leur engin près de la carcasse calcinée d'une bagnole qui n'est plus identifiable. Le spectacle qu'ils découvrent et le même que celui qui s'offre à leurs collègues en bordure de village. Le goudron bloqué par les rangées de caisses carbonisées, les squelettes des baraques à frites et encore de la ferraille fondue dans les parkings.

Dispersés de ci de là, des groupes de jeunes avachis, cuvent les abus de la nuit, le tout baigné par la lumière pâlotte et froide d'un soleil qu'on ne voit pas encore. Le compte rendu des deux équipes est le même

« Ils sont cuits » C'est donc l'heure des grandes manœuvres. Les convois de keufaille se déversent sur le goudron et les pistes pour encercler la position. Il faut cependant attendre l'arrivée de deux bulldozers pour dégager la route. Les files de tires grillées sont repoussées sur les bas-côtés dans des cris de tôle qui éveillent le camp. Les plus timorés et les moins décidés des révoltés cherchent des échappatoires, ils ne vont pas loin. Ils se font prendre dans les nasses qu'ont tissées les bourres à leur intention, ils sont conduits vers l'arrière et sont parqués dans l'attente d'interrogatoires à venir. Comme Tamerlan devant Delhi, les fonctionnaires s'aperçoivent de la force que représentent tous ces jeunes qui pourraient bien le moment venu se retourner contre leurs gardiens pour se rallier à leurs camarades assiégés. Une des huiles de Lyon trouve la solution. On distribue de l'eau enrichie de Valium aux pillards excités et les cinq camps de regroupement ressemblent à des dortoirs avant que le soleil ne soit venu se frotter directement au décors. Une centaine d'irréductibles se replient sur le parking et vers l'oppidum. Les lances grenades entrent en action et la puanteur des lacrimos vient s'ajouter aux senteurs de caoutchouc calciné et de pétrole. Beaucoup parmi les insoumis se sont couverts le visage, les équipes de télé adorent ces scènes et entament leurs reportages en condition extrême. Les grands et petits reporters soufflent dans leurs micros tout bas comme s'ils avaient peur de se faire repérer. Ça n'empêche pas la résistance de s'organiser. Des insurgés saisissent les projectiles fumants et les renvoient vers les lignes de keufs qui convergent sur la position. La section ouest de CRS a une légère avance, une équipe de jeunes amoks se jettent sur eux armés de barres et de portières de caisses en guise de bouclier. Les tirs se font plus tendus, mais les CRS prennent quand même la charge de mutins de plein fouet. On manque de casque du côté des assiégés et l'attaque est repoussée, laissant quelques corps recroquevillés abandonnés aux godasses à clous. C'est le moment que choisissent les voltigeurs pour déferler de la forêt au-dessus des parkings. Les tuniques bleus tombant sur un village cheyenne : Les motards sèment la panique parmi les courageux qui se dispersent après l'attaque contre les CRS ; ils sont pris à revers. Les longues matraques cinglent les dos, les bras et les têtes. Le pilote tourne autour de sa victime offrant des angles au bastonneur, c'est la boucherie. Dans le dédale des parking les lascars se défendent mieux, les motos sont obligées de tourner à distance. Sly s'est mis en bordure il tient une barre de soutien de buvette, un mètre cinquante, solide et bien en main. Il est accroupi entre deux bagnoles attendant sa proie, Squatt est juste derrière, il porte une massette rouillée qu'il a trouvé dans les ruines d'un stand de frites. Un équipage finit par passer à proximité, Sly se dresse et envoie un coup de toute la force de ses deux bras. Le keuf le prend en plein casque, la barre s'en tord, les bras du kepon reçoivent une décharge, ça doit résonner sous le casque. Le matraqueur tente bien de maintenir son camarade , c'est peine perdue, ils vont s'effondrer mollement quelques mètres plus bas. Squatt court jusqu'à eux, évite un coup de la longue matraque qu'essaie de lui distribuer le keuf encore allongé, et lui assène un coup de masse sur l'épaule de toute sa hauteur. Le type se met aussitôt à beugler en lâchant sa matraque pour se saisir l'épaule. Sly lui met un coup de barre supplémentaire et s'intéresse au pilote. Celui-ci n'a pas besoin de rab, il ne bronche plus. Les deux jeunes tirent les chtares de leur bécane encore ronflante et la remettent sur pied. Sly prend le guidon et les lance à la poursuite des équipages adverses. Squatt s'est armé du gourdin de keuf, Sly attaque par derrière, son pote frappe un grand coup et ils s'éloignent à la recherche de leur prochain objectif. Leur manège est vite repéré et bientôt ils ont une équipe de voltigeurs au train. Squatt s'en aperçoit et avertit Sly. Le jeune plante un pied au sol et fait faire un demi-tour à la 125 sur l'herbe humide de la rosée du matin. Ils foncent sur la moto de leurs poursuivants, les équipiers tendent leurs matraques comme des chevaliers de tournoi. Sly avise une bosse et dirige sa moto dessus en accélérant : La bécane s'envole et va s'écraser sur l'équipage adverse qui s'écroule. Squatt retombe mal et se casse les deux jambes, fracture ouverte au tibia gauche sur une mauvaise pierre qui traînait par là. Sly s'en sort avec une épaule déboîtée et des cotes déplacées. C'est la fin de la résistance de ce côté du camp, les jeunes se replient sur l'oppidum, cherchant l'abri de la palissade de rondins pendant que CRS, gendarmes et bleus se rendent maîtres du terrain à l'extérieur.

Les voltigeurs ont ravagé ce qui restait du camp de toile, couchant au sol des blessés qui restent inertes, personne ne pense à les ramasser pour le moment. Les forces de l'ordre se regroupent, soufflent deux minutes puis lancent les bulldozers à l'attaque du camp retranché. Le type qui a récupéré le feu de Lucas parvient à faire fuir un des conducteurs en vidant son chargeur sur sa cabine mais une première brèche est ouverte et les CRS à boucliers s'y déversent. Ils chargent violemment ceux qui se sont réfugiés dans l'oppidum, beaucoup tentent de fuir par la grange de Vial. Les keufs envoient quelques rafales, tout le monde se couche à terre et le tir cesse. Il est 9h 12, l'insurrection de Saint-Amant est matée.

Après avoir erré plus d'une heure sur les chemins perdus, Mauvaise-Nouvelle et Sid arrivent près d'une cabane. C'est le buron d'Anglade mais ils ne savent rien de son pedigree et s'installent sans façon une fois que Mauvaise-Nouvelle a fracturé un volet à coup de pavasses. Sid s'allonge aussitôt , grognant en se massant le côté gauche. Mauvaise-Nouvelle recense l'intérieur de ses poches, tout est là : Tune, flingue et pills, le nécessaire de survie.

« Manque que la bière « remarque-t-il, désabusé. Sid ricane
« On est parti un peu vite mais on peut y retourner si tu veux »

« J'ai mieux à faire » Mauvaise-Nouvelle sort le sac de pastilles et en fait glisser quelques-unes dans le creux de sa main. Il en tend une à Sid qui se marre tout en grimaçant

« C'était super quand-même. On les a bien fumé. T'as pas raté Pitt, t'aurais dû la lui mettre dans la gueule.»

« Ça aurait peut-être fini comme ça si j'avais eu le temps «

« Les keufs ont pas l'air de vouloir t'en laisser du temps. Je me demande comment celui-là a réussi à nous repérer »

« Aucune idée. Ce qui est zarbi c'est qu'il soit seul, c'est pas dans leurs habitudes non ? » Mauvaise-Nouvelle avale les cachetons par deux, à sec. Sid remarque

« Tu vas te tuer. »

« Je crois que je suis déjà mort. Une fois. »

« Tu t'en souviendrais mon pote ! »

« Justement ça revient depuis qu'on est ici. Le pays me dit quelque chose »

« Comme si t'étais déjà venu ? »

« Je sais pas. Possible »

« Ça m'est déjà arrivé. Chez une vieille de Rosny qui me filait de la tune pour se faire tirer. J'y suis jamais retourné, ça m'a fait flipper.»

« Ça me fait pas flipper, c'est ma vie d'avant qui revient. Je vois ma mère, les coins où je vivais. Je crois que c'est les extas qui me font ça. » Sid grogne faiblement, il sombre dans un sommeil comateux, ses côtes cassées raclent sa plèvre. Mauvaise-Nouvelle avale deux nouvelles soucoupes et continue à parler seul.

« Les extas, j'ai fait ça toute ma vie d'avant, c'est pour ça. J'en ai avalé des tonnes, sûr. Mais je me demande ce qui s'est passé quand ma mère est morte. » Le sifflement douloureux de la respiration de Sid est seul à lui répondre. Il s'approche du volet défoncé et contemple la nuit. Il devine faiblement les feux au loin, en bordure du camp, mais il n'a aucune idée de la révolte qui renverse tout, là-haut. Il sent déjà les images qui affluent, il a l'impression qu'elles proviennent de son corps, non de son cerveau, qu'elles gonflent comme des bulles de gaz dans la naphte pour venir exploser hors de sa poitrine devant ses yeux. L'assaut des hallucinations le force à s'asseoir, il s'adosse au mur comme quelques jours plus tôt à Paris et se laisse envahir par les visions du passé.

Il est dans sa banlieue, dans une rue où du monde se presse. Des adultes pour la plupart, pas mal d'immigrés de tous horizons. Des mômes aussi, certains de son âge une douzaine d'années, les plus jeunes donnent la main à papa-maman. Mauvaise-Nouvelle les mate d'un œil méprisant mais il les envie dans le fond, le chien errant rêve parfois de niche et des coups de gueule d'un maître. Il circule d'un pas leste et rapide à travers l'assemblée, passant de groupes en groupes. De temps en temps un clille le hèle et en général l'échange se fait. Des grands le suivent d'un œil mauvais, le toupet de ce gamin qui distribue sa marchandise sous le nez des bourres les rend envieux. Ça pèze gentiment pour Mauvaise-Nouvelle qui finit par atteindre les premiers rangs de la population. Il jette quand même un regard à l'événement qui lui vaut cette concentration de prospects. Ses yeux se posent sur la silhouette puis le visage de l'homme qui serre des paluches encadré de deux carrures. C'est le même type que celui de la BM, dans la séquence de l'après-midi, tout sourire et sapé sérieux. Mauvaise-Nouvelle tire le bras d'un père de famille à sa droite

« Qui c'est ce mec ? »

« Il se présente aux législatives, il doit pas se sentir bien en banlieue, il a envie d'aller à Paris. »

« Et son nom tu le connais aussi, monsieur je sais tout ? »

« Câlin. Dis donc morveux ta mère t'a jamais appris la politesse ? »

« Ma mère elle est en train de crever, connard !» Il s'éloigne le type gueule.

« C'est pas une raison ! » Ça fait tourner la tête de Câlin qui croise le regard de Mauvaise-Nouvelle. Il stoppe un instant cherchant dans sa mémoire pendant que le jeune reste planté à le fixer. Puis il le remet, son regard se fait dur, disant

« Dégage petite tête. Il s'agit d'un autre biz ici, je te connais pas et je veux pas que tu me connaisses. » Mauvaise-Nouvelle résiste, c'est Câlin qui se détourne après avoir fait passer un éclair dans ses yeux. A chacun son commerce, Mauvaise-Nouvelle retourne à ses pills. Mais la baraka de tantôt semble l'avoir quitté. Dès le second client, il sent un keuf lui prendre la roue. Il se calme un moment en tentant de pommer le mec. Mais rien n'y fait, le civil a de longues jambes, Mauvaise-Nouvelle est le premier à ressentir la fatigue. Il a encore six cachets dans leur sachet et pas l'envie de les larguer gratis au premier malin qui baissera la tête. Il se laisse aller à la mauvaise idée de partir à la course à travers une rue large où traînent encore quelques électeurs. La chasse ne dure pas deux cent mètres, le chtarre le bloque contre une porte d'immeuble qui a changé son code. Avant qu'un attroupement ait pu se former le keuf entraîne sa proie à toute allure, faisant presque décoller le gosse du sol. Personne ne s'interpose, il a juste à beugler « Police ! » sans même sortir une carte.

Sid a crié dans sa syncope, Mauvaise-Nouvelle raccroche à la réalité. Il se sent courbaturé, le corps douloureux, il se demande pourquoi, le flic l'a peut-être bastonné dans le passé. Il a hâte d'y retourner, deux extas à nouveaux, la dernière colle aux parois de sa gorge sèche et le fait tousser. Il n'a pas le temps de faire le bilan sur la vision précédente , il sombre.

Dans une pièce vide, à l'exception d'une table, Câlin est face à lui, il sent un parfum de tafiole et les bonbons bonne-haleine. Heureusement parce qu'il parle sous le nez de Mauvaise-Nouvelle.

« Alors comme ça, Ganz me dit que tu as fait une nuit au poste, à ton âge ? »

« Ma mère dit toujours que je suis un enfant précoce. »

« Ah ouais, c'est ce qu'elle dit ta mère. Et qu'est-ce qu'elle raconte d'autre ?»

« De me méfier des types comme vous. » Câlin tord le nez, ce gamin le dérange décidément.

« Il parait aussi que t'as rien balancé aux flics ? »

« J'ai rien à leur dire. Moi et eux, on parle pas la même langue. »

« C'est bien, petit, c'est bien. Mais toi et moi on parle la même langue, n'est-ce pas ? » Sa voix s'est faite chaude pour un peu il poserait son bras sur les épaules de son détaillant.

« Peut-être. » Malgré lui, le regard de Mauvaise-Nouvelle s'est ouvert dans l'attente d'une récompense sans doute sous forme d'une rafale de pills. Il ne s'est pas trompé, Câlin met la main à la poche.

« J'ai décidé de te distribuer une petite prime pour ton endurance. Mais que je te prenne plus jamais à dealer dans mes pattes, t'as pigé ? » Mauvaise-Nouvelle fait oui de la tête en comptant à voix basse la douzaine de pilules dans le creux de sa main. Pas de quoi sauter au cou du grossiste; elles représentent quatre jours de conso au maximum. Il quitte le sous-sol de la villa à vendre, passe près de la caisse nickel de Câlin, il ferait bien un rodéo à bord mais le candidat député a promis de dépecer vivant celui qui toucherait à sa bagnole. Du coup elle n'est même pas rayée, ses partisans ont une sale réputation dans le quartier. Mauvaise-Nouvelle regagne l'appartement familial, la tête dans les épaules et les mains au fond des poches. Des tires passent auprès de lui en glissant, il n'y prête pas attention, l'esprit tendu vers le voyage qu'il va se taper. Arrivé à l'appartement, il va sans bruit à la chambre; sa mère épuisée et encore amaigrie somnole sur son drap trempé de sueur. Il l'embrasse doucement. Demain il faudra changer tout ça, demain. Il avale deux puis trois des cachetons et rapidement s'enfonce dans un mauvais voyage qu'il ne parvient pas à contrôler. Dans le buron d'Anglade, Mauvaise-Nouvelle se crispe, tentant d'abandonner son double du passé aux abysses du coma qui le gagne. Il y parvient et reprend conscience dans la cabane que la faible clarté du jour naissant éclaire enfin. Il fait froid et Mauvaise-Nouvelle tremble, plongé dans ses pensées à la recherche d'un fil conducteur qui pourrait lier tous les événements qu'il a vécu dans son délire mais rien ne vient. Il ne parvient pas à raccrocher les séquences au présent, à sa vie au foyer. Quand sa mère est-elle morte ? Car elle est morte bien sûr, sinon elle serait venue en visite à Bagnolet. Qui est l'homme de la rue de la Lune ? Son père, un beau père ? Et quelle relation peut bien exister entre Paris et Saint Amant ? Mauvaise-Nouvelle s'est allongé, un bras sur les yeux, son cerveau est submergé; il se tourne et se retourne, cherchant des indices dans le labyrinthe de sa mémoire; il finit par sombrer dans un sommeil agité, rythmé par les grognements que Sid pousse, dérangé par la fièvre.

Vers 10 h, alors qu'aux abords du caravansérail les autorités procèdent à la répartition des révoltés en groupes de taille gérable, Mauvaise-Nouvelle et Sid s'éveillent. Le kepon est fiévreux, ses côtes le font souffrir, il se sent crevé. Toujours allongé, il interpelle Mauvaise-Nouvelle
« Hé ! J'ai une de ces soifs. T'as rien ? »
« Ni bière, ni eau, mec, c'est la dèche ! »
« Faut que je trouve à boire, ça va pas. Je chauffe ! Viens sentir ! » Mauvaise-Nouvelle rampe jusqu'au chevet de son pote de trois jours et pose une paluche interrogatrice sur le front de Sid. Il la retire un moment plus tard, silencieux. Puis :

« C'est sûr que tu chauffes. On peut toujours visiter le coin, y'aura peut-être quelque chose. »

« Je sais pas si je vais pouvoir bouger. »

« Fais pas ta tarlouze, tu vas y arriver, je vais t'aider. Allez debout ! » Mauvaise-Nouvelle a passé son épaule sous celle de Sid et force sur son dos pour les mettre à la verticale. Ils titubent légèrement en gagnant la sortie puis ils trouvent leur équilibre. Dressés à l'entrée du buron, ils contemplent le panorama, à la recherche d'une intuition. Ils se laissent finalement aller à la facilité en prenant le sens de la descente plus facile pour Sid. Ils clopinent au milieu du chemin, le soleil les réchauffe enfin. La nature fait bien les choses, l'eau parcoure souvent les bas-fonds. Le feulement de la rivière met un moment à atteindre la conscience de Mauvaise-Nouvelle, celle de Sid est trop occupée à guider ses pas pour s'occuper de l'extérieur. Le fuyard stoppe tout à coup, prenant enfin conscience du bruissement de la rivière.

« Eh mec, t'entends ? » Sid grimace à son côté, levant enfin la tête.

« Quoi ? »

« La rivière, drogué ! Et tu dis que t'as soif ? » Le visage du blessé s'éclaire enfin.

« De la flotte, des tonnes de flotte ! » Il se met en marche guidant Mauvaise-Nouvelle, ils dévalent à travers les genêts cherchant l'éclat métallique de l'eau dans le vert floral des landes. La berge est escarpée, ils doivent progresser en bordure d'un talus abrupt avant de pouvoir descendre près du lit. Ils sont aussitôt agenouillés, prenant l'eau dans les coupes larges de leurs mains. Ils boivent pendant plusieurs minutes sans rien dire, se baignant le visage et le cou. L'eau est fraîche, claire, elle ressemble à la meilleure des bières givrant son verre dans la chaleur de l'été. Ils dégustent, engloutissent et stockent deux litres de flotte chacun, ils arrêtent quand ils commencent à se sentir ballonnés. Mauvaise-Nouvelle asperge Sid qui est tombé les deux bras dans l'eau, le visage au ras de la surface agitée.

« Alors on en a pas trouvé de la flotte et de la bonne, autant qu'on veut ? Je suis sûr qu'il y a à bouffer dans les champs, des moutons ou des trucs comme ça. Je m'en ferai bien un. On a un feu, tu parles il va pas résister»

« Et du feu t'en as pour le faire cuire ? »

« Pas de blème, j'ai mon briquet, on va se faire un méchoui, comme des cousins. »

« Dac, dans un moment. Il faut que je souffle, je crois que j'ai trop bu, j'ai mal. » Mauvaise-Nouvelle l'aide à regagner la berge, ils s'allongent distillant leur flotte au soleil. Sid a remonté son t-shirt, il ne réussit pas à lever la tête suffisamment pour se mirer le flanc. Il demande à Mauvaise-Nouvelle

« C'est comment ? » C'est noir, violacé sur les bords et ça n'a pas l'air tout à fait d'équerre.

« Normal. T'as juste un bleu. »

« Un bleu ? »

« Ouais comme celui que t'as sur le front » Ça ne fait rire que Mauvaise-Nouvelle mais Sid sous la moquerie reprend un peu d'entrain pour donner le change.

«Qu'est-ce que tu comptes faire maintenant ? Tu veux toujours aller à Nîmes ? »

« Je sais pas, j'ai envie de rester ici pour voir. »

« Pour voir quoi ? Tu crois que c'est ici que tu vas apprendre pourquoi t'as fini en foyer ? »

« T'es chiant avec tes questions. Qu'est-ce que ça peut foutre si je veux rester ici ? Je veux devenir paysan. »

« Y'a plus rien à gratter ici, faut s'arracher, le festival est fini et bien fini. Tout le monde se tire et les derniers vont se faire poisser par les chtarres comme l'an passé. Faut y aller ! »

« Moi, je suis sûr que je peux rester planqué peinard sans que personne s'inquiète. On a de la tune, un flingue, de l'eau pas loin et de la viande à proximité. Où tu veux être mieux ? »

« Chez moi à me faire examiner les côtes par un charlatan.»

« De toutes façons je retournerai pas à Paris, alors ... » Le divorce est consommé, leurs trajectoires vont se séparer sous peu, ils se taisent. Ils plongent leurs yeux dans le bleu roi du ciel où une lune paresseuse fait encore une tache blanche. Ils jouent aux dormeurs du Val pendant longtemps, ils pensent séparément aux trois journées écoulées, à leur amitié naissante, à la joie de se mesurer au monde en équipe. C'est Mauvaise-Nouvelle qui propose

« T'as encore soif ? »

« Pas vraiment mais j'ai pas envie de redescendre dans une heure. Alors je vais faire des provisions. » Ils replongent dans le ruisseau et font leurs réserves flanc à flanc au même rythme, plongeant et redressant la tête d'un même mouvement. L'estomac chargé ils mettent pratiquement une demi-heure à regagner le buron. Sa soif étanchée, Sid ressent de plus en plus vivement la douleur dans son flanc, Mauvaise-Nouvelle le supporte du mieux qu'il peut. Le soleil est déjà haut et ils décident de prendre un peu de repos. Mauvaise-Nouvelle n'est pas long à retrouver le chemin du sommeil, Sid par contre ne parvient pas à s'installer dans une position confortable, les élancements de son côté blessé le maintiennent éveillés. Il cogite dans l'ombre du buron à la recherche d'une solution honorable. Il a besoin d'un médecin et ce n'est pas en restant planqué dans cette cabane qu'il va en trouver un. La douleur l'obsède, il avale une des pastilles que Mauvaise-Nouvelle lui a refilé mais ça ne l'apaise pas. La fièvre s'empare à nouveau de lui, il vomit l'eau de la rivière en jets anarchiques qui lui tordent les tripes. Il se sent prêt pour la reddition sans condition, il s'en veut de ne pas avoir mieux surveillé Sly à qui il doit son état présent. Mauvaise-Nouvelle se réveille finalement, il semble frais compte-tenu des conditions. Il s'approche de son pote.

« T'as une sale tronche, vaudrait peut être mieux que tu vois un toubib ? » Sid hoche la tête, occupé à chercher sa respiration.

« Si tu veux je t'accompagne vers le village, tu trouveras au moins un véto là-bas. »

« N'importe qui. Je crois que j'ai des côtes cassées, c'est de pire en pire. Tu m'accompagnes? Sérieux ? »

« Ouais, près du village mais je rentre pas. Je veux pas tomber sur les bourres, il faudra que tu finisses seul. Tu crois que tu auras la force ? »

« J'y arriverai, si tu me lâches pas à 10 km. »

« T'inquiète! On y va. » Mauvaise-Nouvelle est pressé que la situation se décante; ce matin au lever il espérait encore que l'état de Sid allait s'améliorer mais maintenant il a hâte de se retrouver seul pour attendre il ne sait encore quoi. Ils prennent donc la direction supposée du village c'est à dire le sens de la montée. Au début, Sid joue les vaillants et tente de marcher seul mais son courage ne dure pas; Mauvaise-Nouvelle doit bientôt lui servir de béquille. Ils font de fréquents arrêts pour permettre au grand punk de prendre sa respiration; il est livide, Mauvaise-Nouvelle craint qu'il tombe dans les vaps à tout moment, il ralentit l'allure. Ils parviennent finalement sur un faux plat, leur vision du paysage s'élargit et Mauvaise-Nouvelle est le premier à apercevoir une colonne de schmitts encadrant une troupe désunie de jeunes. Les deux fuyards se couchent dans un fossé en continuant d'observer la situation. Les keufs tiennent le pays, c'est visible. Ils patrouillent de droite et de gauche, quadrillant la campagne souriante sous la bonne chaleur de l'été. Aucun moyen de se faufiler pour le moment, la seule solution est l'attente. Sid s'est recroquevillé comme une vielle serpillière, on dirait un zombi, ses yeux brillent, une mauvaise sueur perle à la frontière de ses cheveux ras. Il prend la parole, les dés sont jetés.

« Écoute, ça sert à rien que tu poireautes ici, on est plus très loin du village. Je vais attendre que ça se calme et je tenterai une sortie. Si tout va bien je trouve un médecin et je me fais soigner. » Mauvaise-Nouvelle le contemple, du vague dans les yeux.

« Je suis sûr que tu vas t'en sortir. Évite les perdraux et trouves toi des médocs. Rejoins moi à la cabane si tu veux, j'y serai encore cette nuit. Après... » Les deux jeunes se serrent les pognes comme ils ont vu faire dans les films, le cœur y est cette fois. Puis Mauvaise-Nouvelle reprend la descente courbé en deux afin de ne pas se faire repérer par les bourres qui arpentent la campagne. Sid sombre peu après dans un semi sommeil paralysant qui le maintient dans son fossé pendant une partie de l'après-midi. Lorsqu'il reprend conscience, il n'aperçoit plus d'uniformes sur la prairie, les poulets se sont retirés. Il se décide à prendre clopin-clopant le chemin du Solier, titubant à chaque pas.

Lucas s'éveille vers 8 h encore sous l'emprise de son rêve. Sa première pensée est pour Paula ensuite seulement il tente d'imaginer ce que fait Leila. Une envie obsédante de l'appeler lui capture l'esprit; il y cède. Il doit descendre au bar pour passer son coup de fil, Lhoste est là à lustrer sa machine à café. Lucas en commande un double serré et annonce qu'il veut appeler. Le taulier le conduit à la cabine en lui tenant la jambe.

« Vous avez vu ce qui s'est passé cette nuit ? » Il aperçoit en même temps l'œuf qui a poussé sur le nez du keuf et se dit que sa question est de trop, il poursuit pourtant

« Et votre copine elle est où, je lui prépare un express ? »

« Laisse tomber ! » bougonne Lucas. Au lever, il a du mal à supporter la piaille de Lhoste. Il tapote les touches, priant intérieurement pour que Leila, qui a le sommeil lourd, soit déjà réveillée. Elle répond à la seconde sonnerie, Lucas imagine qu'elle porte Jéricho, le petit dernier, et que celui-ci tête son biberon comme un perdu.

« Allô ?«

« C'est la police. Vous savez où est votre mari ? »

« T'es con. Tu vas bien ? »

« Mezzo, plutôt faiblard. Les gosses ça va ? Et toi ? »

« On joue au Tarot, Lucie m'a battu hier. »

« Ça m'étonne pas, t'y connais rien au tarot. «

« Attends, je mets Jéricho dans sa chaise, et tu me racontes tes ennuis ? »

« Vas-y » Pendant que sa femme abandonne la ligne il se retourne vers la vitre de la cabine, Lhoste est là, tentant de capter quelques bribes à proximité de la porte entrebâillée. Il simule une purge de radiateur en plein été puis regagne son bar à contrecœur. Leïla est de retour

« Il te fait un poutou mouillé. alors ? » Lucas se laisse aller, il raconte ses malheurs, le croquenot dans la tronche et la mauvaise nuit. Leïla l'a écouté sans l'interrompre.

« Quelque chose t'inquiète ? »

« Non, mais j'ai l'impression de ne plus être aussi performant, j'ai commis quelques erreurs. » Ce qu'elle n'a pas besoin de savoir, c'est qu'il a perdu son arme et qu'il va devoir en trouver une.

« Tu veux rentrer ? Rentre si tu ne te sens pas bien. »

« Ça va aller, je serai là demain soir au plus tard. »

« Reviens vite tu me manques ce week-end. » Sa voix s'est faite faussement timide, petite fille. Le sang de Lucas se réchauffe, c'est bon de l'entendre, ça serait encore meilleur de la sentir.

« Toi aussi, tu me manques. Je prends la semaine d'après, d'ac ? »

« Une semaine de vacances en amoureux ? »

« Tout juste. Tu patientes ? »

« Je sais pas. Le voisin m'a encore monté les courses aujourd'hui. Je devrai lui offrir un verre tu crois pas ? »

« Fais ça et je l'envoie au gnouf pour trente jours. »

« Tu le ferais, ordure ! » Elle rit maintenant, démentant l'injure.

« Ouais ma salope. » Il rit aussi. Enfin. Il reprend
« Je t'embrasse partout, je te dévore. Fais des bises aux
gamins. »

« Déjà ? »

« Il faut que j'y aille, j'ai du taf, peut-être pour toute la
journée. »

« Fais attention à toi. Tout le monde t'aime. »

« Moi aussi je vous aime tous. » Il raccroche, il ressent la
déchirure comme si son oreille était restée collée au combiné.
Il avale son noir debout au comptoir sous le regard désabusé
de l'hôtelier. Puis il part en disant qu'il repassera chercher ses
affaires et réglera en partant. Lhoste tord le nez, le genre de
client à emmerdes qu'il n'affectionne pas. Lucas reprend sa
caisse mais il aurait fait plus vite à pied. Les paniers à salade,
les fourgonnettes, les estafettes, les breaks, toute la mécanique
bleue obstrue la route. Le keuf avance au pas en direction du
Solier. Il a pris le pari que ses cibles ne font pas partie du flot
de réfugiés qui zonent aux abords de Saint-Amant. Non, ce
sont des durs à cuire qui ont pris parti pour la rébellion, des
mecs qu'on retrouve sur tous les mauvais coups, ils ne vont
pas rater celui-là. Il lui faut près d'une demi-heure pour
arriver au village. Il abandonne sa caisse au keuf qui est venu
lui réclamer ses papiers. L'autre ronchonne mais il parque la
tire tandis que Lucas se dirige vers le caravansérail. C'est pas
joli-joli, aucun des deux camps n'a fait dans la dentelle. Les
cendres c'est les émeutiers, la tôle tordue et l'oppidum
éventré c'est la keufaille. L'inspecteur apprécie en
connaisseur, il part à la recherche d'infos. Il s'attarde près des
camps de transit, montrant le portrait-robot de Mauvaise-
Nouvelle à ses collègues qui commencent à faire le tri,. Il n'a

guère de succès au départ puis il finit par croiser Gabin un rat de bureau pour lequel il n'a que mépris. Derrière un cahier à inscrire des noms sur des lignes et à mettre des croix dans des colonnes comme à son habitude. Gabin connaît Lucas de réputation, il sait notamment que les informateurs qui travaillent pour lui ne le trouvent pas pingre, alors il ne se fait pas prier.

« Aucune chance que ton mec passe inaperçu. On a eu son signalement hier. »

« Tu parles, Mesrine se pointerait ici personne le reconnaîtrait. Tu permets que j'aille voir moi-même. »

« Pas de problème, mais tu ne vas pas pouvoir faire tous les camps seuls. »

« Comme tu dis. J'offre une prime à celui qui le loge, correct ? »

« Une prime de combien ? » Gabin a laissé tomber son crayon papier à bout gommé.

« 10. »

« Pour 10, je vais pas pouvoir prévenir grand monde. »

« Combien de camps comme celui-ci ? »

« 6, entre cinquante et cent types par camp. »

« T'es un puits de savoir Gabin. Tu recrutes deux ou trois mecs, on fait un point d'ici une heure ou deux. Tu me fais entrer dans celui-ci ? » Gabin le guide entre le rideau d'uniformes qui encercle une horde de jeunes dont beaucoup ronquent encore dans l'herbe. Quelques lève-tôt s'attroupent cependant autour de bureaux de campagne où officient des civils posés sur un banc de bois ou une chaise de camping. Le tout sous l'œil des gardes chiourmes postés tout autour. Pas de malaise pour Lucas, il se sent comme un poisson dans l'eau, il parcourt le dortoir improvisé en plein air , retournant les dormeurs pour voir leur visage, s'attardant plutôt sur ceux qui sont allongés en couple. Il joue bredouille puis il s'attaque aux esseulés. Il finit par tomber sur une tête qui lui dit quelque chose. Il se repasse les visages des mecs qu'il a surpris en plein règlement de compte la veille mais ça ne correspond pas. Il poursuit sur sa lancée à travers ses souvenirs de la soirée jusqu'à son retour au Gaspard. Il revient en arrière et active la bonne connexion : C'est le mec qui s'est penché sur lui pour lui taper son arme et l'a sonné d'un coup de godasse. Lucas a un sourire mauvais, il tire le jeune d'un bras et lui allonge des baffes de l'autre main. Le type est long à se réveiller, un de ses yeux ne s'ouvre pas totalement. Le civil demande poliment :

« Tu me remets ? » L'autre fait non de la tête, la bouche collée par le valium.

« Entre les tentes, ça te dit rien, un type qui courait ? »

« Ah si ! » Le jeune ébauche un sourire. Lucas lui place un bourre pif discret.

« Le mec c'était moi. T'as toujours mon feu ? »

« Ouais » Le festivalier laisse traîner sa voix comme s'il en avait déjà marre de cette conversation.

« Tu l'as utilisé ? »

« Ouais. » Il prend un direct dans le menton qui lui fait claquer les dents.

« T'aurais pas dû. Tu vas me le rendre, discréto et subito.Il est où ?»

« Dans la ceinture de mon fute. Y'a plus rien dedans. » La main de Lucas plonge furtivement à l'endroit indiqué et remonte le flingue, tout sec, nettoyé de sa graisse habituelle.

« T'as du pot que j'ai autre chose à faire sinon j'aurais passé ma journée à te mettre des coups de godasses dans la tête. Tiens-toi à carreau !» Puis il s'éloigne, retourne aux renseignements. Gabin n'a pas de nouvelles alléchantes. Le relevé des identités prend fin et les keufs commencent à houspiller les jeunes pour qu'ils se forment en colonne, ça sent le départ. Lucas décide d'augmenter la prime

« 20 000 si tu le trouves, lui ou un de ses copains, un type avec une crête rouge et un pantalon écossais. Il doit porter un t-shirt avec un cul dessus. »

« On va faire du mieux qu'on peut, de toutes façons c'est pas grave. On va les conduire vers Clermont et Lyon. Personne ne sera relâché avant demain soir, ça nous laisse le temps. Je vais mettre deux mecs sur le coup à Clermont et deux à Lyon. »

« Ok, tu restes par là ? »

« Encore deux ou trois heures, après je pars à Lyon. »

« Laisse-moi un numéro là-bas » Gabin s'exécute et griffonne sur une page arrachée à son éternel cahier.

« Tu les retiens si tu les trouves. Tu peux me joindre au Gaspard sinon je t'appelle dans la soirée. » Lucas tend quand même la paluche, celle de Gabin est visqueuse, la sueur du stylo sans doute. Il a beau parler, Lucas n'est pas de l'avis de Gabin. Il est convaincu qu'il ne trouvera sa proie ni à Lyon ni à Clermont. Le gars se terre dans le coin, il attend la confrontation et lui, Lucas, bien décidé à patienter jusqu'à ce qu'il n'y ait plus de témoin. Il passe le reste de la matinée à se balader près des camps de regroupement puis la faim la ramène au Gaspard. Une fois son repas avalé, au calme dans la chambre, il extrait les douilles du barillet de son flingue. Il les récupère dans sa poche et recharge l'arme. Il essuie ensuite le canon et les mécanismes à l'aide d'un chiffon légèrement huileux puis passe un coup de mouchoir en papier sur la crosse. L'arme est purifiée, elle va à nouveau pouvoir servir. A 15h, alors que Gabin n'a donné aucune nouvelle, il reprend la route du Solier. Le coin a retrouvé son calme, Lucas s'éloigne sur le goudron en direction de l'oppidum. Il s'approche de la grue; la cabine est bloquée en haut du pylône, le dernier client a dû redescendre par l'échelle. Lucas pénètre dans la cabine de contrôle épargnée dans la tourmente. La porte n'est pas fracturée, le flic doit briser une vitre pour s'introduire. Il tripote des manettes à la recherche de la combinaison gagnante. Suite à quelques essais, un vrombissement annonce le démarrage du diesel de secours que personne n'a pensé à dérober. Lucas enclenche la commande de descente de la cabine et le moteur grogne puis stabilise son régime dans un grondement régulier. Le ronflement de la machine berce le keuf qui se trouve aspiré à nouveau par ses pensées du lever. Paula vient une nouvelle fois le hanter. Elle et son nain de jardin toujours à chounier dans les pattes, quelle sangsue ce môme. Il a grandi et forci maintenant et Câlin prétend qu'il peut retrouver la mémoire. Il ne pouvait pas confier sa mission à meilleur exécutant que Lucas. Il a toujours été d'accord pour ne pas prendre de risques : Au début il avait proposé à Câlin d'achever le gamin lors d'une de ses fugues du foyer, il n'avait jamais apprécié cette solution boiteuse consistant à supporter le gosse vivant tant que sa mémoire était morte. Lucas avait sa part de responsabilité dans la situation. En 92, Câlin lui avait commandité la première exécution de Mauvaise-Nouvelle, Jacques Schwester à l'époque. Lucas avait donc fait le voyage de Nîmes à Paris. Pour il ne sait plus quelle raison il avait accompagné une des bières prises au wagon restaurant d'un sandwich sous cellophane. Arrivé à l'hôtel du Centre, il n'avait pas décollé du chiotte, vidant ses tripes toute la soirée. Il avait dû prévenir Câlin pour annoncer qu'il déclarait forfait. Il avait senti le candidat député contrarié, le second tour des élections était pour le lendemain et il prétendait que le gosse pouvait le mettre dans la panade. La conversation avait avorté rapidement : Câlin avait prétendu qu'il s'occupait du gosse. Tu parles, dans les jours qui suivirent Lucas apprit que Jacques avait fait une overdose. Il était resté dans le coma quarante jours, à sa sortie il était amnésique. D'abord l'indisponibilité de Lucas puis la résistance du gosse pendant quarante jours, Câlin avait fini par voir des signes dans cette volonté acharnée à survivre et avait accordé sa grâce à Mauvaise-Nouvelle ; on l'avait donc placé dans un foyer sous un faux nom. Le keuf s'était demandé toutes ces années si la miséricorde du politicard aurait eu autant d'effet dans le cas où Mauvaise-Nouvelle aurait surgi de la salle de réanimation avec toute sa cervelle. Il a la réponse à présent. Deux pandores qui îlotent dans le coin, alertés par la pétarade du moteur, viennent aux nouvelles et tirent Lucas de sa rêverie. Il leur tend une vraie carte maquillée sur laquelle il s'appelle Ferrand. Les bleus font demi-tour et Lucas peut prendre position dans la cabine enfin arrivée. Il teste rapidement la télécommande puis entame l'ascension. Au rythme du diesel, la campagne auvergnate lui dévoile ses dessus. Les prairies et les forêts, le village et les allées et venues des gendarmes et des voleurs, tout est là, le flic en prend plein les yeux. La cabine se bloque enfin en position haute. Lucas sort ses jumelles et dissèque le paysage en tranches équilibrées. La route près du village est dégagée, bordée en son bas des carcasses calcinées et embouties des bagnoles. Ce qu'il voit des maisons respire le calme à nouveau. Seule une dépanneuse commence à tenter de dégager les fossés. Pas trace de flics, de vigiles ou de villageois. Tout ce monde se repose sans doute après la nuit passée sur le pont. Une caisse en état de marche surgit puis descend au pas, serrant le côté libre du goudron. C'est une méhari débâchée. Lucas dévisage le conducteur : c'est le mec qui a tiré sur sa 406 la nuit même. Il le suit un moment puis le quitte à hauteur de l'ancien camp. De ses jumelles, le perdreau parcourt les décombres et les débris du caravansérail ravagé. Pas âme qui vive. Il prolonge suivant le chemin qui mène à la D996. Tout au fond une colonne de réfugiés ou de mutins avance sous la haute protection ou surveillance de quelques costumés. Il part sur la gauche à la recherche d'indices derrière une ligne de hauts arbres. Il ne parvient pas à plonger le regard dans la vallée au-delà, il revient donc vers le camp suivant une courbe du terrain. Il avance rapidement puis il stoppe en arrivant au sommet de la courbe et revient en arrière attiré par un mouvement diffus. Un tache noire est apparue, c'est un type qui semble boiter, impossible de voir son visage à cette distance. Il détaille ses vêtements pendant que le mec se met en mouvement lentement. Prudent ou blessé ? se demande Lucas. On dirait bien un tissu à carreaux en bas et le noir du t-shirt semble surmonté de rouge. Lucas garde un œil sur cet objectif, parcourt rapidement le reste du paysage par acquis de conscience puis revient sur la silhouette noire qui n'a pas beaucoup grandi. Le civil la suit tranquillement et lorsqu'il se sent certain de bien avoir estimé la position et la direction du type, il enclenche la redescente conservant le plus longtemps possible le regard vissé à sa cible. Sitôt la cabine arrivée au sol il s'aventure à travers le camp pour récupérer un chemin creux qui devrait l'amener en position d'interception si ses calculs sont bons. De temps en temps, il scrute la campagne de ses jumelles, trois ou quatre tentatives plus tard il repère Sid qui boitille de plus en plus lentement, guettant le paysage à la recherche des bourres. Il ne voit pas Lucas approcher et se fait coincer au coin d'une haie. Le keuf lui applique l'acier rond et tiédasse de son gun contre la tempe. Sid s'arrête en grimaçant, il tourne la tête et contemple Lucas alors que la douleur lui crispe les mâchoires. Il est livide, Lucas a meilleure mine malgré son œuf sur le sommet du nez et puis il est du bon côté de l'arme. En le fouillant d'une main professionnelle, Lucas fait la causette au punk.

« T'as pas l'air en forme. Qu'est-ce que tu as fait de ton pote ? »

« Merde, qu'est-ce que t'as à nous coller comme ça? »

« T'encombre pas l'esprit, c'est moi qui mène le débat. Alors, où il est ? C'est après lui que j'en ai, je te laisse filer, t'as plutôt l'air d'avoir besoin d'un médecin. Je m'intéresserai à toi plus tard si t'as pas déguerpi d'ici là. Compris ? »

« J'ai rien à te dire. »

« C'est comme tu voudras. On va aller à l'arbre là-bas, je vais te laisser le temps de réfléchir. Fais vite je suis pas patient. » Lucas enfonce son canon dans les reins du jeune qui claudique dans la direction indiquée. A l'arrivée sous l'arbre, Lucas se fait menaçant.

«Tend une pogne. » Sid tend la droite, c'est plus facile. Le poulet lui serre un bracelet et le force à lever le bras puis il passe la chaîne au-dessus d'une grosse branche et c'est au tour du bras gauche. Sid retient une grimace qui n'échappe pas à Lucas.

« Tu t'es cassé quelque chose ? »

« Rien du tout, c'est ton haleine. » Il mange une mandale, le keuf connaît des ennuis gastriques, il n'aime pas qu'on le lui rappelle. Puis il tâte Sid sous toutes les coutures du canon de son arme. Quand le grand punk fait ouf, le civil relève le polo et siffle entre ses dents.

« C'est pas joli, joli. T'as du mal à respirer ? » Sid ne répond pas mais sa peau a encore blanchi, il a soif, il a chaud, il se sent prêt à tourner de l'œil.

« Mouais, pour moi t'as des côtes cassées et elles sont en train de te percer les poumons. Plus longtemps tu attendras moins tu auras de chance de voir un toubib. Vivant. » Lucas s'éloigne, il s'allonge à l'ombre et se met à téter sa gourde. Sid gueule

« Je pourrais pas en avoir ? »

« La maison n'arrose que les bavards. » L'attente commence, Sid parvient à passer à l'ombre de la branche grâce à maintes contorsions qui lui coupent le souffle. Et il est obligé de rester dressé dans la chaleur qui l'étouffe. Son esprit vacille au bord de la syncope. Lucas pendant ce temps mâche de la gomme et se désaltère en poussant des grands hah ! de satisfaction. Sid fléchit tout à coup au bout de sa branche, on dirait que son costume a été étendu là , flasque dans l'air qui ne bouge pas. Le keuf se lève et s'approche, prudent craignant une ruade. Mais le kepon est bien séché, KO debout, la branche et les menottes le retiennent. Lucas lui allonge deux-trois mornifles, Sid revient à lui. Le flic verse de l'eau dans sa main et hydrate le visage de son prisonnier.

« Tu voudrais pas en boire une bonne rasade ? » Sid a un rictus, il est cuit, il halète comme un chien après une course au grand soleil. Mauvaise-Nouvelle lui fait l'impression de pouvoir tenir tête à ce type; de toute façon, il est sur ses gardes.

« Le chemin, celui où tu m'as coincé, il va à une rivière plus bas. On était là-bas quand on s'est séparé. » Il ment mais de toute façon le flic a sans doute vu d'où il venait...

« C'est bon, j'y vais. » Il offre de l'eau au jeune et le libère mais c'est pour l'attacher à nouveau les bras dans le dos à un bouleau. Sid y a gagné une place assise à l'ombre mais c'est un médecin qu'il veut voir.

« Et le médico ? »

« A mon retour. Je t'aurai bien emmener mais dans ton état ... D'un autre côté je peux pas me permettre de te lâcher dans la nature si tu m'as menti. »

« C'est bien vous les keufs ! Toujours à imaginer que les gens mentent !»

« Allez, économise ton souffle. » Lucas disparaît derrière la première haie sur le chemin qui le conduit vers le buron d'Anglade.

Vers 13h, Félix consent à ouvrir un œil, il ne sent plus la fatigue pourtant la nuit a été courte, il n'y a pas eu de nuit en fait. Il est venu dormir vers 9 h seulement. La milice villageoise n'a pas pu participer à la reprise en main des abords du village, tenue à l'écart par les troupes régulières.

Félix n'en a eu aucun regret, faire le coup de feu contre des jeunes à l'agonie n'aurait pas été de son goût. Les chasseurs avaient regagné leurs lits dès que les colonnes de keufs avaient fait leur apparition. Félix était resté seul avec Bomel qui tenait à honorer sa charge d'élu. De la reprise du camp ils n'avaient eu que le son puis une bonne heure après le lever du soleil, un bleu à épaulettes était venu les prévenir.

"Messieurs nous avons la situation bien en main. Je dois donc vous conseiller de regagner vos domiciles." Bomel avait hoché la tête et Félix, dégoûté par l'arrogance, du mec avait grommelé

"Le 20ème de cavalerie !" Le gendarme n'avait ni culture ni humour, il avait froncé les sourcils.

"Vous dites ?"

"Rien colonel Mac Straggle !" avait répondu le paysan puis il avait regagné son pieu pour y sombrer dans des rêves à base de baisers et de coups de fusil.

Il s'arrête à la cuisine pour se gorger de café chaud et de pain en larges tranches ruisselantes de miel. Rien que des bons produits, Martine, la mère, papillonne

« Ils ont parlé de nous aux informations. Ils ont fait des reportages, ils vont bien rester dans le coin pour interroger les gens. Tu crois pas ? »

« Si je les vois je leur parlerai de toi. Tu te souviens, je l'ai baisé la télé, alors tu parles si je la connais. » La mère rit.

« Tu serai bien capable d'y passer encore une fois, hein. »

« Tu me préfères pas en chair et en os ? »

« Si, si. Tu me rappelles tant ton pauvre père. » C'est reparti ! Qui est l'homme le plus aimé du monde ?  C'est le mari de la veuve qui pleurniche toujours : Mon pauvre époux, mon cher époux.

« Pourquoi tu as soufflé hier soir quand je t'ai parlé de mes études et d'Auguste ? »

« Pour rien. Mange donc, tu vas faner aujourd'hui ? »

« Je sais pas encore. Difficile de perdre une journée, d'un autre côté ... »

« D'un autre côté, tu irais bien passer ta journée à renifler les fesses de cette Émeline. » La sonnerie du téléphone l'interrompt, c'est suffisamment rare pour que Martine se précipite sur le combiné accroché au mur. Contrairement à ses habitudes, la mère se tait, ça doit au moins être Ernest, l'oncle de Félix, pour qu'elle écoute aussi religieusement. Ou le fantôme de Mitterrand alors ! Deux minutes plus tard elle raccroche, elle a juste eu le temps de placer deux ou trois oui et un au revoir.

« C'était ton oncle, son tracteur a failli le tuer ! Il voudrait que tu y ailles. » Félix torche une dernière tasse de café et s'allume une cigarette à bout jaune. Il demande

« Il était comment Ernest ? Il tenait debout ? Comment son tracteur a pu le rater ? »

« Ne plaisante pas avec la mort, tu verras un jour toi aussi tu la respecteras. »

« Ok, tu viens avec moi ? »

« Non, il a dit que tu y ailles seul. Tu sais comment il aime faire des secrets, c'est leur famille qui est comme ça. Ton père aussi... »

« Peut-être qu'il veut me coucher sur son héritage et qu'il a pas envie que tu t'en mêles ? »

« Oh de toutes façons, c'est vos affaires. » Félix se lève et lui coule un bisou brun sur la joue.

« Je sors les vaches, je passe chez Chabrier et je file chez Ernest. S'il appelle je suis sur la route. » La mère lève la table, le regardant partir sur son Fiat, le torse bombé comme un camionneur débutant. Il repasse un peu plus tard et met la Méhari en branle, encore une de ses antiquités. Chez Émeline, il s'excuse rapidement, elle veut aller à la rivière et ils se donnent rendez-vous à la crique au-dessous du buron à 16h30.

Il prend les chemins, la Méhari est poussive mais elle est bien suspendue. Il longe un camp de regroupement de jeunes et il doit donner des explications à la maréchaussée. Il est à Barbaliche un peu avant 15h. Maryse, la femme d'Ernest est invisible, l'oncle a la tête des mauvais jours. Il tire Félix à l'intérieur de la cuisine.

« Tu veux un café, mon gars. ? »

« Non ça va, je viens d'en boire. »

« Tu vas en prendre un quand même, pour m'accompagner. » Félix hausse les épaules. Son attention est captée par une boite de fer posée sur la table du côté de la fenêtre. Ernest sert les cafés d'une patte épaisse et lourde. Il ne dit toujours rien, Félix s'impatiente. Il va au placard qui occupe la place du passe plat dans le mur. Il tire les battants de bois, ce qu'il cherchait est bien là, occupant la position de choix au premier rang de l'étagère à hauteur d'yeux. Le doigt qu'Ernest s'est coupé en 52 en sciant du bois, le majeur de la main gauche, flotte dans un bocal à cornichons empli de formol. Félix grimace

« Toujours là cette relique ! Il parait que c'est toi tout entier qui pourrait être là-dedans maintenant ?. »

« Finis ton café je vais te montrer. » Félix achève son café à la chicorée. Ernest saisit la boite de fer et le précède à l'arrière de la maison. Le tracteur a le nez dans le mur de l'écurie, la pente est légère mais suffisante pour qu'il ait déplacé une rangée de pierres.

« Eh ben, comment c'est arrivé ? »

« Comment c'est arrivé, je sais pas ! Mais je sais que si Whisky n'avait pas été là je serai entre le tracteur et le mur à cette heure. » Il caresse la tête du clebs qui trotte dans ses jambes depuis qu'ils sont sortis de la maison. Ernest poursuit.

« J'étais face au mur, je plaçais une barre pour servir d'axe à l'enjoliveur pour le tuyau d'arrosage. J'avais eu du mal à serrer le frein à main, en tout cas il est descendu sans que je l'entende. C'est Whisky qui a aboyé, j'ai juste eu le temps de me jeter vers la porte. » Félix siffle entre ses dents.

« Moins une, alors ? T'es tête en l'air, Ernest, ça aussi c'est de famille comme dirait ma mère. »

« Comment elle va celle-là ? »

« Comme toujours. » Ernest sourit en regardant ses godasses puis il relève la tête. Il pose une main sur l'épaule de Félix.

« Tu pourrais dégager le tracteur ? J'ai pas osé y toucher depuis. » Félix le prend par le cou

« T'en fais pas et je vais vérifier ton frein à main. Après si tu veux, on pourra s'occuper de ton mur. »

« Pas aujourd'hui, ça attendra. » Le paysan fait remonter la pente au tracteur et retend le câble du frein à main. Puis il va voir le mur. Il faudra le redresser mais ça peut attendre en effet. Félix devine que ce n'est pas seulement pour remettre son tracteur en état de marche qu'Ernest l'a fait venir. L'oncle lui dit :

« Prends le banc et allons-nous installer sous le tilleul. » Félix s'exécute, les réunions sous le tilleul étaient réservées à Ernest et Auguste jusqu'à la mort de celui-ci. Depuis cinq ans, son oncle ne l'a jamais convoqué. Ils sont assis sur le banc à l'ombre de l'arbre ancien. Ernest tend la boite de fer « Tiens. J'aurai pu mourir aujourd'hui. Ça appartenait à ton père. Tu dois savoir maintenant, je ne veux pas partir en emportant le secret. Je te laisse, lis bien tout. J'en sais un peu plus, Auguste m'avait raconté un peu, je te le dirai.» Puis il s'éloigne en direction de la maison laissant son neveu seul sous l'arbre en face de la boite en fer qu'il ouvre sans penser à rien. A l'intérieur quelques lettres et des photos couleur ou noir et blanc. Une femme toujours la même, tantôt plus jeune tantôt plus vieille, toujours désirable. En mûrissant, elle perd un air de fausse innocence et gagne quelques kilos qui lui vont bien. Félix a reconnu Paula, la lettre de la grange n'est donc pas unique en son genre. Derrière les photos, des dates et des lieux : Quito, Alger, Bagdad, Séoul, 65, 62, 72, 75. Paula a fait de la route. Puis Paris 78, une Paula fardée à la poitrine dégagée et appétissante dans une robe à bretelle rouge. Elle était donc revenue. Il écarte les photos et dépouille les lettres les unes après les autres dans l'ordre chronologique. Celle de Quito est pressée, sans doute écrite juste avant un rendez-vous.

- ...J'ai besoin de toi plus que d'habitude... J'ai envie de te sentir avec tes grosses pattes de paysan partout sur moi. ...- Ça finit sur un  - Je crois que nous allons bientôt quitter Quito.Je serai à Orly le 16/12.-

Dans celle qui vient d'Irak, Paula évoque les vicissitudes de la vie conjugale.

- ... Steve s'est mis à boire ! Dans un pays musulman ! J'espère que tu ne sombres pas dans ce genre de déroute. En plus je crois qu'il s'intéresse aux garçons à présent. Ça, je ne pense pas que tu puisses le faire. Il ne me touche plus. Si tu pouvais être là comme je t'aimerai...Sur la dernière ligne juste avant la signature. Orly, le 05/11. - Félix en a des frissons, combien de soirées son père avait-il passé en tête à tête avec ces lettres et ces photos, seul dans un coin de la grange ou de l'écurie, dans un pré peut-être ?

De Corée Paula écrit.

- ...Je crois que Steve ne pourra jamais me faire d'enfant. Il s'est montré plus assidu ces derniers temps et j'étais bien disposée. Mais, rien, je n'arrive pas à le croire, je suis tellement déçue. Toi, toi, tu pourrais me faire un enfant. Il serait beau et intelligent, tu ne crois pas ?

Si tu savais comme tu me manques, j'ai des amants mais je ne suis toujours pas parvenue à te remplacer vraiment. C'est étrange non ? J'ai souvent pensé pouvoir t'oublier, 6 mois parfois. Puis je me lasse et je reviens à toi. Je voudrai tant quitter Steve mais tu as ta famille... - La lettre s'achève comme les autres sur un aéroport et une date. CDG le 25/03.

Félix prend tout son temps pour lire celle de Paris.

Paris, trois rue de la Lune, 10/Octobre/78

Cher Auguy,

Plus d'un an que je ne t'ai pas écrit. Je n'ai pas eu le temps mais j'ai pensé à toi souvent.. Steeve a été gravement malade, le foie. Il est mort cet hiver, je suis veuve, pas encore joyeuse comme vous dites, vous les français. J'ai réglé quelques affaires, depuis, et je suis à Paris maintenant. Tu as mon adresse et mon téléphone, alors contacte moi, s'il te plaît. Je suis venue pour toi, pour nous. Tu te souviens d'Alger ? C'est toi qui ne sera pas libre cette fois mais j'espère que tu voudras me revoir après tout ce temps. Alors je te dis : Au 3 rue de la Lune, métro Bonne Nouvelle, qu'est-ce que tu en penses ? »

Félix replace le passé dans sa boite puis réfléchit. Une liaison clandestine de plus de quinze ans, Auguste avait revu cette femme sous les yeux de son fils et lui ne s'était douté de rien. La mère si, avec ses antennes à tête chercheuse. Ernest revient deux verres à la main, une chopine sous le bras. Il leur sert une rasade de blanc frais. Félix demande

« Alors qu'est-ce qu'il en a pensé ? »

« Et toi ? »

« Je crois que j'y serai allé. »

« Il a été aussi con que toi ! Tel père, tel fils !»

« Et tel oncle. »

« Attends la suite ! Il est monté à Paris pas loin d'un mois suite à la lettre. Elle l'attendait et c'est reparti comme quinze ans plus tôt. Il ne pouvait plus s'en passer. Alors il a trouvé l'idée des fromages et comme ça, chaque samedi-dimanche il était à Paris à écouler son Saint-Nectaire. Ils ont filé le parfait amour puis la dame s'est retrouvé à sec. Elle faisait la vie, habituée aux ambassades et elle avait pris goût aux drogues dans tous ces pays. Elle fumait beaucoup, les Saint Nectaire n'ont pas suffi. Auguste s'est mis à cultiver un champ de chanvre pour son usage à elle puis il s'est dit que ce serait plus rentable d'en vendre. Alors il a planté. Et oui, fils ! Tes champs c'est pas du nouveau par ici ! « Félix le sait bien, les champs il en a hérité comme du reste de la ferme. Pour ses besoins, le vieux cultivait encore un lopin à flanc de coteau, c'est celui-là que Félix fait fructifier. Rien de nouveau sous le soleil donc, comme dit l'oncle.

« Il dealait de l'herbe à Paris en même temps que ses frometons ? »

« Non, c'est elle qui s'occupait de revendre et elle lui fournissait les graines aussi. Lui il faisait pousser, il livrait et en prime il s'envoyait la tenancière. » Malgré la réprobation il y a une pointe d'envie dans la voix d'Ernest.

« Quelle combine ! Combien de temps ça a duré ? »

« 79-80, deux ans. Écoute la suite. Elle a fini par être enceinte. Ils ont décidé de garder l'enfant et c'est là que ça se gâte. C'est à cette époque qu'un flic a repéré Paula. Un pourri de flic, tu les as vu plastronner ce matin ? »

« Seulement cette nuit et ce matin tôt. J'ai tiré sur la caisse d'un commissaire de Lyon. »

« T'as bien fait, celui dont je te parle est une ordure. Il est tombé fou de Paula lui aussi, il a décidé de la garder et de garder le commerce aussi. Il a menacé de dénoncer ton père, de le coffrer. Ils vous avaient, il n'a rien pu faire. Cette saloperie lui a interdit de revoir la femme et son enfant. Il en était fou ton père, mais ce type, ce Lucas, c'était un tueur parait-il et il restait toujours sur son terrain. Auguste a bien tenté de l'attirer par ici en ne livrant plus mais il n'est jamais venu réclamer sa cargaison, ils ont dû trouver autre chose. »

« Et l'enfant, il n'a rien su de l'enfant. ? »

« Seulement ce qu'il a appris à la mairie. C'est un fils, Jacques. »

« J'ai un frère ! Il doit avoir dans les 17 ans à présent ? Jacques ! Je me demande si le vieux a choisi son prénom? »

« Il ne me l'a jamais dit. »

« Ils sont toujours à Paris ? »

« Je ne sais pas non plus. En 90, un matin, sous cet arbre, Auguste m'a dit qu'il ne tenait plus qu'il devait les voir, tu étais déjà en âge de tenir la ferme. Il a dû y retourner à cette rue de la Lune. C'est juste après qu'il est tombé malade.»

« Et ce flic, Lucas qu'est-ce qu'il est devenu ? »

« Je t'ai dit tout ce que je sais. Tu veux du vin ? »

« Vas-y, je crois que je n'irai pas faner aujourd'hui décidément. » Félix questionne son oncle longtemps, tentant de lui arracher des détails de la vie de son père qui ont échappé au spectateur inattentif qu'il était toutes ces années. 16 h sont passées lorsqu'il reprend conscience du présent. Il a oublié Émeline tout ce temps.

« On recausera de tout ça en redressant ton mur. Je passe demain dans l'après-midi. »

« Quand tu veux mon gars. Et n'oublie pas la boite, c'est à toi maintenant." Ernest rentre dans sa cuisine, la bouteille à la main, pour lui non plus cet après-midi ne sera pas consacré au labeur.


Après avoir quitté Sid, Mauvaise-Nouvelle est repris par son envie de viande et l'idée de s'offrir un mouton l'assaille à nouveau. Il ne regagne pas le buron et s'aventure à travers les prés à la recherche de son gibier. Pendant quelques temps il ne rencontre que des vaches et décidément c'est trop. Au bord d'une lande de genêts il tombe enfin sur le troupeau de ses rêves. Entre leurs barbelés, les moutons tondent la prairie, pas trace d'homme ni de chien. Le fuyard enjambe la clôture et se dirige vers les brebis les plus proches. Les animaux s'écartent lentement sans marquer trop de crainte, Mauvaise-Nouvelle a tout son temps pour sortir l'arme et viser la victime qu'il a choisi : Une jeune brebis qui lui tourne ostensiblement le dos. Le gars décrit un mouvement tournant qui l'amène à gauche de l'animal à qui il décoche une balle silencieuse. Il a visé la place qu'il suppose occupée par le cœur, la brebis tombe et gigote des pattes cinq minutes sous le regard désabusé de ses congénères qui se sont tout de même éloignées. Le jeune contemple tranquillement l'agonie de la bête en grillant une clope. Il n'a pas pris de pilule depuis qu'il a quitté Sid, ses idées sont plus claires, le monde a repris de la consistance depuis le début d'après-midi. Le mouton ne bêle plus et Mauvaise-Nouvelle a fini sa cigarette, il entreprend de tirer l'animal hors du pré et jusqu'au buron si possible. Tirer la bête au sol devient rapidement épuisant, il se décide à la charger sur ses épaules. Il a pris la précaution d'ôter sa veste qu'il a noué autour de ses hanches. Son t-shirt s'imbibe du sang de la brebis, rougissant sur les épaules et la poitrine. A l'entrée de la cabane, il jette sa proie au sol, le mouton rebondit légèrement sur la vielle pierre noire du seuil. Il le tire ensuite vers les vestiges de l'âtre occupés par du foin épars et des feuilles mortes. Mauvaise-Nouvelle fait un ménage sommaire, conservant du foin pour l'amorce, brisant des piquets de bois vermoulus qui devront assurer l'essentiel du feu. Au bout de quelques essais infructueux, son briquet se montre convaincant et une flamme s'élève vers la cheminée qui tire mal. La fumée envahit la pièce, heureusement la porte est restée entrouverte. Une fois débarrassé de son polo ensanglanté, le fuyard s'intéresse finalement à la brebis, se demandant comment il va pouvoir découper un gigot, sans parler de la peau ...


A 15h30, Emeline prend la direction de la rivière. Elle est dans l'eau vingt minutes plus tard, pressée de retrouver sa fraîcheur. En l'absence de Félix, elle s'est plongé nue dans l'onde. Elle patauge longtemps, s'éclaboussant, poursuivant les alevins qui flottent en bordure de berge. A 16h 15, elle décide de partir à la rencontre de Félix et remonte en direction du buron d'Anglade. A l'endroit où la cote connaît sa première rupture pour se transformer en faux-plat, le buron apparaît. Une colonne de fumée fragile monte du toit, Émeline pense que Félix lui prépare une surprise, elle sourit et se précipite à l'entrée sans prendre le temps de constater qu'aucun tracteur ne stationne à proximité. A travers la fumée, elle distingue mal une silhouette humaine devant le foyer, un animal blanc à ses pieds. Elle appelle
« Félix ? »
Mauvaise-Nouvelle se retourne vers l'entrée, une fille se profile sur le ciel bleu. Il fait
«Ouais » d'une voix étouffée. Émeline est prête à se jeter dans la fumée quand elle aperçoit la large trace qu'a fait le sang du mouton sur les dalles du sol. Elle étouffe un cri et part au sprint dans la côte. Mauvaise-Nouvelle se lève d'un bond, en un instant il est à la porte, la fille trace dans la montée, il sort le flingue et vise la forme mouvante. Le flingue ne fait pas plus de bruit qu'à l'habitude, la fille a un raté mais elle poursuit son ascension et disparaît derrière un sommet pendant que le gars se lance à sa poursuite. Il arrive à son tour

à la rupture de pente et stoppe. Un type descend en direction de la fille, c'est Lucas qui a juste le temps d'apercevoir Mauvaise-Nouvelle avant que celui-ci ne fasse demi-tour. Emeline supplie le flic

« Aidez-moi, je suis blessée, il a une arme. Aidez-moi. »

Lucas regarde rapidement l'épaule d'Émeline, ensanglantée.

« Pas de panique ma belle. Tu vas regagner le village, c'est tout droit. Je m'occupe du mec. Tiens mets-ça sur la blessure. » Il tend un mouchoir en papier qu'il a tiré de sa poche.

« Et marche lentement, ça coulera moins fort. »

« Vous allez me laisser seule ? »

« Le devoir m'appelle, ma belle. Une prochaine fois peut-être ? » La fille serre les dents, elle pense qu'elle va défaillir mais elle ne veut pas tourner de l'œil devant ce salop. Lucas la quitte sans se retourner, vissant une paire de jumelles sur ses yeux. La fille jette ses dernières forces pour reprendre la direction du Solier, elle titube maintenant sur toute la largeur du chemin. Elle tient encore deux minutes puis s'effondre dans les genêts qui bordent le chemin.

A la ferme, Félix échange rapidement la Méhari contre le Fiat, il est déjà en retard, tant pis pour le style, le tracteur moderne est beaucoup plus efficace et plus sûr. Il fonce dans la descente, les idées chamboulées, espérant le moment où il va pouvoir se glisser entre les bras d'Émeline, la serrer contre lui. Il manque ne pas la voir, à moitié cachée par les genêts du talus ; il freine en catastrophe, le Fiat entame un léger travers vite corrigé. Il saute au bas de l'engin et se précipite vers la fille qui gît au bord de l'inconscience. Il la soulève et la transporte jusqu'au tracteur. Elle l'a reconnu, se sent en sécurité, peut enfin s'abandonner. Une larme coule sur sa joue, Félix l'embrasse.

« Tu peux parler ? » Elle hoche la tête, il met le moteur en route, la machine prend la direction du village, poignée dans le coin.

« Un type, dans le buron d'Anglade, il m'a tiré dessus. Il a tué une bête » Elle soupire puis reste silencieuse, la main droite crispée sur son épaule, la respiration bruyante. L'arrivée de leur équipage, au gîte, sème la panique. La mère crise, Duvallier la calme en prenant les choses en main. Il se concentre sur les gestes de sa profession pour oublier un instant qu'il s'agit de sa fille cette fois. Emeline est allongée sur la table de la cuisine. Le père déchire le polo, nettoie, désinfecte et bande, assisté de sa femme et de Félix. Quand tout est terminé, il enfonce une seringue dans le bras d'Émeline, la drogue cardiotonique remet de la couleur sur ses joues cireuses.

« La balle n'est pas sortie. Nous allons la conduire à l'hôpital. » Félix regarde ses pompes, il n'ose même pas toucher le bras d'Émeline. Duvallier se tourne vers lui.

« Je ne vous ai pas confié ma fille pour que vous la rameniez blessée, Félix. Votre village devient très dangereux.. » La mère lui entoure la taille.

« Allons Armand »

« Excusez-moi Félix, nous allons nous occuper d'elle maintenant. » Émeline sourit au paysan et agite faiblement la main de l'intérieur de la voiture qui la conduit à Saint Amant où un hôpital de campagne, monté pour accueillir les victimes de l'insurrection, va la prendre en charge.

Mauvaise-Nouvelle détale dans la descente vers la rivière, un réflexe l'a poussé à courir, il ne peut pas rencontrer ce type à découvert, quelque chose dans la silhouette l'a effrayé. Le mec ressemble au keuf qui les a pris en chasse la veille et réveille une vieille plaie dans les tréfonds de la mémoire écrasée du jeune. Il court, il veut aller boire avant de se lancer dans une nouvelle fuite. Il doit trouver un piège pour le chasseur. Lucas le suit un moment à la jumelle en trottinant puis il passe au pas gymnastique en suivant le chemin. Rapidement il bloque un point de côté et ses genoux le font souffrir, il doit ralentir. Mauvaise-Nouvelle est arrivé à la rivière, il remonte le long de la berge en cherchant un accès protégé sans surplomb sur la rive. Il parvient à la crique où Émeline a pris l'habitude de se baigner et en profite pour se rafraîchir. Il boit en guettant le sommet de la pente à la recherche de Lucas. Celui-ci a quitté le chemin dès qu'il est arrivé en vue de la berge, il s'est arrêté dans un champ de genêts et scrute le cours de la rivière de ses jumelles. Il a souvent travaillé à l'affût et le métier l'a rendu patient; il passe calmement les rives en revue. Cinq minutes plus tard, il aperçoit Mauvaise-Nouvelle qui entame une traversée, drôle d'idée pense le chasseur. Le jeune cherche ses appuis dans le courant, l'eau est froide et les pierres moussues. Il met moins de trois minutes cependant et s'enfonce dans le sous-bois. Lucas se lève et suit sa rive dans la même direction que le jeune, prenant garde de rester invisible depuis l'autre berge. Il jette un coup de jumelles de temps en temps, cherchant Mauvaise-Nouvelle dans le sous-bois, il doit crapahuter car le terrain n'est pas stable. Il manque de condition, trop de bon petits plats et pas assez de salle de gym. Mauvaise-Nouvelle reste à l'abri des arbres, scrutant la rive opposée , le ruisseau n'est pas l'Amazone : Si quelqu'un approche il doit le voir venir mais rien ne bouge en face. La fringale prend le jeune, presque vingt-quatre heures qu'il n'a pas croûté et il s'est beaucoup dépensé. Quand il repense au mouton qui l'attend à la cabane ça lui tord le ventre. Confusément il ressent qu'il ne pourra pas éviter la confrontation, qu'elle est souhaitable. Le type le suit depuis deux jours et il ne ressemble pas à un keuf standard, pourquoi reste-t-il seul ? Mauvaise-Nouvelle a le sentiment que le civil le suit pour une autre raison qu'un simple deal d'ecstasy. Le cours de Vincennes peut-être. Il doit savoir des choses, ça pourrait être intéressant de l'écouter raconter des histoires. Dans l'esprit du jeune se dessine une nouvelle stratégie : Il n'a lu ni César ni les grands stratèges chinois mais la vie au foyer lui a appris que la meilleure défense est l'attaque, il se dit que sa fuite a dû mettre le chasseur en confiance, qu'il ne s'attend sans doute pas à une contre-attaque. Il décide d'observer encore un moment puis de retraverser et de tenter de tomber par surprise sur le keuf. Lucas parvient en face du guet où Mauvaise-Nouvelle a traversé. Il doit remonter encore, un champ cultivé s'ouvre en bordure de forêt, un espace découvert dans lequel le flic n'a pas envie de s'aventurer. Il bifurque vers les arbres et, de la lisière du champ, il prend enfin le temps de détailler la culture. Les plantes font un mètre en moyenne, herbacées et touffues. Du chanvre ! Lucas reconnaît enfin les plants. Il pense au paysan, Enjolras voilà, celui qu'il avait chassé du lit puis des affaires de Paula. Le champ de cannabis est peut-être un vestige de cette époque-là ? Et si le gosse n'était pas là par hasard, si la mémoire lui était revenue ? S'il était là pour rechercher son père ? A eux deux ils pourraient peut-être tout déballer, le dénoncer, dénoncer Câlin et le réseau ? Lucas se reconcentre sur la rive opposée, rien ne bouge, il se demande si Mauvaise-Nouvelle a progressé et il poursuit, laissant le champ de sinsémilla derrière lui. Il remonte le cours du ruisseau, dirigeant ses jumelles tantôt vers l'avant tantôt vers l'arrière. En atteignant un virage il descend jusqu'à l'eau, il décide de changer de tactique, lui aussi : Il se montre à présent, espérant une réaction du jeune s'il est resté en bordure de rivière.

Mauvaise-Nouvelle interroge sa montre, un quart d'heure qu'il poirote, l'impatience le gagne. A ce moment quelque chose bouge le long de la rive opposée vers l'amont. On dirait bien le keuf  qui reste planté là un moment puis continue à s'éloigner. Après un arrêt, Lucas suit la berge quelques dizaines de mètres et remonte au couvert. Caché par le virage Mauvaise-Nouvelle ne peut voir le mouvement du flic qui a regagné le sous-bois et reprend son observation à la jumelle. Deux minutes plus tard, le fugitif se décide pour une traversée retour sur le même parcours qu'à l'aller. Il connaît déjà le fond de la rivière et gagne du temps, la jubilation le pousse, il va prendre le flic à revers. Lucas a failli le rater, il assiste seulement à son débarquement sur la rive. Il voit Mauvaise-Nouvelle se glisser dans les genêts, le flingue au poing, c'est parfait, et a un sourire. C'est sans doute ce qu'il aurait fait lui-même, trente ans plus tôt, le goût du risque à cet âge conduit à des réactions prévisibles. Lucas se dit que si Mauvaise-Nouvelle l'a vu, il va vouloir le suivre. Il revient donc rapidement sur ses pas, il veut attendre Mauvaise-

Nouvelle au bord du champ d'herbe, le jeune sera obligé de remonter vers le bois comme il l'a fait lui-même quelques minutes plus tôt. C'est effectivement ce qui se produit : Mauvaise-Nouvelle arrive en bordure du champ de Félix et stoppe. Il se dirige vers le bois où Lucas est à l'affût. Quand Mauvaise-Nouvelle n'est plus qu'à cinq mètres, le civil sort de sa planque et, sans sommation, lui tire une balle sensée l'immobiliser dans un premier temps en vue d'interrogatoire avant son exécution définitive. Mauvaise-Nouvelle est rapide mais pas suffisamment, il est surpris. Il se jette en avant : La balle vient se loger dans un poumon et explose les bronches. Le jeune parvient à tirer une balle qui oblige Lucas à regagner l'abri d'un arbre puis le fugitif s'arrache en courant. Il ne va pas loin, le sang lui envahit la gorge et l'étouffe, il s'effondre au pied d'un grand pin en échappant son gun. Il rampe dans sa direction. Lucas qui a suivi l'action, se lance dans une course contre la montre pour prendre Mauvaise-Nouvelle de vitesse. Il pose son pied sur l'arme alors que la main du jeune n'est plus qu'à quelques centimètres.

« Laisse ça Jacques ! »

Une fois Émeline en sécurité à l'hôpital, Félix bout de rage contenue; il en veut à la terre entière et au mec qui a tiré sur sa toute nouvelle copine, plus particulièrement. Son visage s'est serré, il court maintenant vers la ferme et gueule dans la cour.

« Sandy ! Sandy ! » Le chien rapplique fissa tandis que Félix qui a récupéré son fusil retourne les tiroirs de la cuisine à la recherche de ses boites de cartouches. La mère s'inquiète

« Qu'est-ce que tu vas faire ? Il y a de la police dans le pays maintenant, vas pas faire de bêtises. J'ai plus que toi depuis que ton pauvre père nous a quittés. « Félix la prend dans ses bras et dépose un baiser sur son front

« T'inquiète pas, j'en ferai pas plus que cette nuit. Allez Sandy on y va !» Le tracteur rugit dans la descente. Félix prend les mêmes raccourcis qu'à 16 h et il ne peut pas entendre Sid toujours entravé à son arbre le long du chemin à troupeaux et qui trouve encore la force de crier dans son délire.

« Eh, les pédzouilles ! Réveillez-vous ! Sortez de vos trous !» Arrivé au buron, Félix descend de son Fiat et se jette dans la pièce enfumée. Un feu poussif de bois pourri et de feuilles asphyxie l'ambiance. Un mouton trucidé et sanglant attend près du foyer. Puis Félix pose les yeux sur le t-shirt que Mauvaise-Nouvelle a abandonné un peu plus tôt. Il sort avec la guenille et demande à Sandy de venir le flairer. La chienne jappe puis se lance nez à terre vers la rivière. Ils sont en un temps record près du gué où le jeune a traversé. Sandy perd sa trace et ne distingue pas son retour après le passage dans l'eau. Elle aboie en direction de la rivière mais Félix ne s'engage pas dans la traversée. La chienne a une alternative à lui proposer. Elle revient sur ses pas et retrouve l'endroit. Depuis le début, l'odeur que Félix a demandé de suivre est accompagnée des effluves d'un autre humain. Les deux pistes se séparent là, celle du deuxième homme part en direction du champ de Félix. Elle jappe en tournant en rond, tentant d'expliquer tout cela à son maître. L'homme fait un signe de menton, il a l'habitude de signifier ainsi son accord. Sandy prend la piste de Lucas, entraînant Félix. En arrivant à proximité de la plantation elle replie sa patte gauche indiquant la proximité du foyer de l'odeur. Félix glisse en direction du bois, le clebs sur ses talons. Il serre fort son fusil au creux de son bras. Une détonation le fait sursauter, cassé en deux il court vers le bois. Il y découvre le flic dont il a allumé la caisse, la nuit passée, au chevet d'un jeune punk blessé qui a du mal à parler. Félix s'est arrêté, il écoute les deux autres qui ne l'ont pas entendu venir.

Mauvaise-Nouvelle demande

« Jacques, c'est Jacques mon nom ? »

« Tu ne t'en souviens pas ? » Mauvaise-Nouvelle tousse

« Déficit autobiographique. Je suis malade. »

« Plus pour longtemps. » Mauvaise-Nouvelle ne réplique pas, sa respiration siffle, il a froid. Aux frontières de sa conscience, le passé se rapproche. Il entend la silhouette de la rue de la Lune qui grogne.

« Je suis pas ton père alors m'appelle pas Papa. Tu m'emmerdes petite tête. Enfin plus pour longtemps. » Mauvaise-Nouvelle fait un effort pour fixer le keuf qui l'a descendu.

« Je connais ta voix. D'où tu sors ? »

« Câlin a raison, t'es pas assez amnésique. Je pourrai être ton père. »

« J'en ai pas de père. »

« Si, si. Même que t'es en train de crever sur ses terres. Il s'appelle Enjolras. Qu'est-ce que tu es venu faire ici ? T'as parlé à quelqu'un ? »

Mauvaise-Nouvelle reste muet le nom, Enjolras, tourne dans son cerveau. Enjolras, Jacques Enjolras et pas le nom d'enfant trouvé dont on l'a affublé au foyer. Il sourit, il a bien un père : Il habite le pays et va venir le sauver. Il sourit, son souffle s'éteint , il meurt le sourire aux lèvres et le cœur enfin rempli d'espoir. Lucas hausse les épaules et se courbe en avant pour faire les poches du fuyard et en extirper les pils. Le sac est rouge, les extas sont trempées du sang de Mauvaise-Nouvelle. Du bon boulot, Câlin sera satisfait. La voix de Félix ordonne dans le dos du keuf.

« Jette ton flingue ! » En même temps le fusil de chasse tonne et une balle vient s'enfoncer à dix centimètres du pied de Lucas qui lâche son arme juste à ses pieds. Félix commande « Bouge ! » Le civil fait deux pas de côtés et se retourne lentement, les mains à hauteur des épaules.

« Je suis flic, j'étais en état de légitime défense. » Il reconnaît Félix.

« Ah ! Le cow-boy. Faites pas de connerie, donnez votre arme. » Félix le tient en joue

« Lucas, c'est bien ça ? » Des abois parviennent jusqu'à eux en provenance du chemin plus haut. C'est la battue des bleus qui se sont lancés dans la chasse à l'homme eux aussi, avertis par les Duvallier. Lucas se dit qu'il va falloir jouer serré si les collègues débarquent et ne pas essayer de leur la jouer avec sa vraie fausse carte de poulet.

« Ouais, Lucas, pourquoi ? » Félix ne répond pas immédiatement, il ramasse le flingue de Mauvaise-Nouvelle. Lucas grogne

"Ne touchez pas à ça, c'est une pièce à conviction !" Félix ne se laisse pas impressionner

« Vous l'avez connu Enjolras ? »

« Je connais personne de ce nom. » Félix sourit méchamment en contemplant le cadavre de Mauvaise-Nouvelle.

« C'était mon père et lui le seul frère que j'avais. » Lucas réagit au quart de tour. Il fait juste

« Ah ? » puis se jette sur son flingue. Félix est plus rapide et lui loge une balle dans la tête qui fait son chemin dans le cerveau de Lucas et lui coupe définitivement la parole. Une balle du gun de Biwzeck qui a déjà tué un flic et blessé Émeline.

Félix récupère l'arme de Lucas au sol et la lui glisse dans la main. Puis il referme celle de Mauvaise-Nouvelle sur la crosse du feu de Biwzeck. Il remplace ensuite la cartouche dans le canon de son fusil glissant l'ancienne dans le creux d'un arbre. Il fixe les yeux de Mauvaise-Nouvelle, le même bleu pâle que les siens, le même que celui des yeux d'Auguste. Il a une pensée pour son père qu'il a si mal connu, espérant que la mort de Lucas est une vengeance suffisante pour tout le mal qu'il a infligé aux Enjolras. Puis il se courbe en avant sur la dépouille de Mauvaise-Nouvelle, caressant la joue de ce frère qu'il n'a jamais connu. Il est si jeune, il aurait aimé pouvoir le protéger, le secourir. Des larmes lui montent aux yeux, il se détourne et lance un crachat sur le cadavre de Lucas. Félix prend enfin la direction des équipes de flics qui mènent grand tapage le long du chemin. Ils l'aperçoivent enfin et leur ligne se fige alors qu'un porte-voix appelle.

« Arrêtez-vous ! Jetez votre arme ! Il ne vous sera fait aucun mal. » Félix lève les yeux vers le ciel, le soleil l'éblouit. Bon sang, qu'il fait beau, qu'il fait beau ! Il va falloir achever les foins. Il ne pense pas plus loin que ses réflexes professionnels, il contient le flot de ses émotions. Son regard redescend vers la ligne bleue des uniformes sur le bleu du ciel. Il ne comprend plus ce que disent les portes-voie, il a l'impression de suivre une de ces émissions sur les ondes courtes. Son fusil est toujours calé au creux de son bras droit. Sandy tourne autour de ses jambes, répondant aux appels des bergers allemands fonctionnaires. Il n'entend pas sauter les crans de sécurité sur les armes de la flicaille. Un gradé braille dans son mégaphone

« Ne tirez pas. » Félix casse lentement le canon de son fusil et laisse tomber les cartouches à terre. Le fusil ouvert, flottant au bout de son bras, il avance de son pas de chasseur vers le demi-cercle des rabatteurs, cherchant un point dans le bleu scintillant du ciel. Le visage d'Auguste puis celui d'Émeline lui sourient, inscrits en filigrane dans l'azur, au-dessus du vert profond de la forêt.